# 银色光辉

银川经济技术开发区二十年发展纪事

苏炳鹏　杨贵峰　张雯　王文平　著

黄河出版传媒集团
宁夏人民出版社

图书在版编目（CIP）数据

银色光辉：银川经济技术开发区二十年发展纪事 / 苏炳鹏等著. -- 银川：宁夏人民出版社，2022.12
ISBN 978-7-227-07702-2

Ⅰ. ①银… Ⅱ. ①苏… Ⅲ. ①报告文学－中国－当代 Ⅳ. ①I25

中国版本图书馆 CIP 数据核字（2022）第 255808 号

银色光辉——银川经济技术开发区二十年发展纪事

苏炳鹏 杨贵峰 张 雯 王文平 著

责任编辑 赵学佳
责任校对 闫金萍
封面设计 姚欣迪
责任印制 宋 华

黄河出版传媒集团 宁夏人民出版社 出版发行

出 版 人 薛文斌
地 址 宁夏银川市北京东路 139 号出版大厦（750001）
网 址 http://www.yrpubm.com
网上书店 http://www.hh-book.com
电子信箱 nxrmcbs@126.com
邮购电话 0951-5052104 5052106
经 销 全国新华书店
印刷装订 宁夏凤鸣彩印广告有限公司
印刷委托书号 （宁）0025166

开本 787 mm × 1092 mm 1/16
印张 19.25
字数 250 千字
版次 2023 年 2 月第 1 版
印次 2023 年 2 月第 1 次印刷
书号 ISBN 978-7-227-07702-2
定价 60.00 元

# 从创业到创造

## ——报告文学《银色光辉——银川经济技术开发区二十年发展纪事》序

21 世纪初，西部大开发的号角吹响，国务院批准设立银川经济技术开发区。那时的经开区从银川郊区不足一平方公里的地盘上激情起步。银川人都记得，20 年前经开区起步的这片土地，衰草连天，乱苇如云，蚊蝇若雾，有“野猪林”“毛驴村”之称。作为富民强区之举，银川经开区的建设寄予了宁夏人的厚望。人民美好的愿景与期望最是激励斗志、催人奋进。作为振兴经济的主力军，银川经开区的建设者 20 年来步履扎实，披荆斩棘，以强烈的使命感和精气神，苦干、实干、巧干，撸起袖子加油干，争先创优，奋发图强，践行着“社会主义是干出来的”这一伟大号召的深刻内涵，使经开区这艘经济航母以最快的速度前行。

作为国家级经济技术开发区，银川经开区地处西北，不沿海，不靠边，有诸多短板、劣势。然而经开区的建设者以“敢教日月换新天”的雄心壮志，抢抓国家机遇，补短板、创优势，从精准政策支持、加快优势产业发展、加大科技研发投入、提升对外开放水平、优化营商环境等方面多维度、立体式拓宽招商引资渠道，创新争先，共克时艰，在推动产业高质量发展的征程上，持续深化“放管服”改革，精简项目审批流程，设立首席服务官，推行“不见面、马上办”计划，开展“春雨润苗”减税降费专项行动，从项目签约落地、开工建设到建成投产，高位推进，不断提升产业集聚、刷新项目建设速度，推行项目并联审批、集中联办，实行领导包抓、周协调例会等工作机制，确保园区重点项目有序推进，不断促进产业配套能力转型升级，完善现代化产业体系建设，提升产业综合竞争力……目前，银川经开区投资环境越来越好，优势愈来愈明显，呈现出天天有招商、月月有签约、季季有开工的兴旺态势。

二十载砥砺奋进，激情跨越；二十载足音铿锵，风雨彩虹。银川经开区由郊区一个小村庄起步，开疆拓土，发展壮大，成长为控制面积 50 平方公里的现代化产业新城；从首批落户仅 7 家企业发展到超过 9000 家市场主体，经开区内的国家高新技术企业占到 58%，“三新产业”占比超过 90%，工业总产值增长了 48 倍，完成了从创业到创造的蝶变，成为西部地区“三新产业”集群发展的新高地。在国家级经济技术开发区综合发展水平的“年度大考”中，2021 年银川经开区高位晋级，在 217 家国家级经开区中位列第 69 位，排名较上年前进 21 个位次，跃居西部第 7 位。数据佐证奇迹，实干托起梦想，每一个数据都是经开区干部群众心血与汗水的结晶，见证了经开区发展历程中的激情跨越和屡创佳绩。

回顾银川经开区的发展历程，可谓波澜激荡、气象万千，建设者们干出了大银川的气魄，创造出属于他们的传奇。工业经济是经济高质量发展的命脉，银川经开区为银川、宁夏乃至国家经济的快速发展贡献了才智与力量。如今，银川经开区已然成为西部地区投资兴业的热土。站在宁夏努力建设黄河流域生态保护和高质量发展先行区的新征程新起点上，银川经开区紧抓“十四五”新机遇和“工业强市”战略机遇，按照“高端化、绿色化、智能化、融合化”的发展思路，紧扣打造“千亿级升级版经开区”这一目标，砥砺前行，扬帆远航。

壮大主题宣传，传达主流声音，提升重大题材的感召力和影响力，是文艺创作者的时代使命。为献礼中国共产党第二十次全国代表大会，“银川经开区崛起二十年”这一具有史诗性的工业题材成为重要选题。为此，银川市文联组织几位作家，以《银色光辉——银川经济技术开发区二十年发展纪事》为题，进行长篇报告文学的创作。作家们以高度的使命感、责任感投入创作中。他们并没有沉溺于各种文献史料，而是沉入经开区最基层，在一年多的时间中，进行了大量细致的采访，追寻贴近20年来银川经开区建设的重大事件和产生的时代精英，去发现细节、感受细节、思考细节，探访建设者的心路历程和精神情怀，敏锐地捕捉最感动人、最激励人的故事。采写之初，作家们多次召开采访调研准备会，梳理采访调研提纲，并创建了一个微信交流群，我也有幸参与其中。从交流群中几位作家交流采访感受与心得可以看出，他们被经开区建设者的奋斗故事与人生历程深深地打动了，完全融入了所写对象的人生和故事中，还从他们身上汲取了蓬勃向上的力量与激情。

面对创作任务，在写作过程中，作家们用心良苦，严谨执着，立意高远，架构大气，既着意对时代背景宏观大气的精细讲述，更注重对创业者细致入微的刻画描绘。尤其是整部作品采取群像式人物采写，从决策层到实干家，数十个人物有血肉有筋骨，个个特点鲜明，而不是脸谱式的呆板。作家们用细腻鲜活的笔法，既写出了人物的坚忍、实干、无悔，也写出了他们的喜忧、困惑、期待。这些人物描写，融入了作家们对时代和人生的深层次思考，讴歌了经开区建设者身上的精神风采和闪耀着的时代光芒。这些人物栩栩如生地向我们走来，闪烁着信仰的光芒和力量，讲述着建设者故事的感人之美，构成这个时代最美的风景，让建设者的奋斗和开创、辛劳和奉献充盈着难以用语言述说的价值。

从创业到创造，往事如诗如画。毋庸置疑，《银色光辉——银川经济技术开发区二十年发展纪事》是一部思想性与可读性俱佳的作品，是一部展现银川经开区人精气神的集大成之作，既不失时代报告的鲜明特征，又有文学的艺术感染力，语言朴实清新，增加了阅读的愉悦感。尤其是整部作品中充溢着的作家们写作时涌动着的澎湃激情和倾注的深厚情意，读来让人激动感怀。这部作品是集体智慧的结晶，既写出了银川经开区崛起的精彩历史，也展示出银川作家群中坚力量的才华。

季栋梁

2022年6月

# 目　录

CONTENTS

## 第一篇　筑巢——打造产业链“聚宝盆”

## 第二篇　招商——携手开创经开区的美好明天

## 第三篇 服务——搭彩虹的桥，达梦想的岸

## 第四篇　“快车道”四部曲

# 第一篇

## 筑巢——打造产业链『聚宝盆』

银川经济技术开发区二十年发展纪事

# 第一章 把拳头攥起来

YINSE GUANGHUI

## 1. 南方的春风吹了过来

1992年春天，一位老人离开北京，乘专机南下，走进中国南方沿海城市的滚滚春潮中，稳健的前行脚步，穿过鳞次栉比的高楼大厦，唤醒了一片片沉寂的土地；浓郁的四川口音，回荡在风起云涌的改革开放前沿，开启了一段被称为“春天的故事”的历史讲述；那双穿过历史迷雾指点江山的手，开始描绘出一幅新的历史画卷。历史记住了那个重要的时间节点：1月18日—2月21日。

透过整整30年的时光帘幕，我们还是能清晰地看到，这位后来被誉为“中国改革开放总设计师”的老人，在春风拂面的南方走过的足迹：武昌、深圳、珠海、上海等地。一部壮丽的史诗，在这一串足迹后面开始书写，那是时代紧急而真切的呼唤，也是中国经济发展要向何处去的一篇宣言，史称邓小平南方谈话。

时代给那时的中国出了一道亟待破解的难题：解放生产力，发展经济！自然界的春风能够穿墙透壁，即使严寒的季节也挡不住春风的脚步。然而，思想界的春风却常常在观念的无形藩篱与铜墙铁壁前哀叹乏力。我们现在很难想象，在当时的历史背景下，中国的最高决策者们面临的困难是，如庄稼般遍布华夏大地的传统思想，成了南方谈话后挡在决策者和创业者们面前的一股厚重的寒流，阻挡着改革的春风。

邓小平南方谈话如风来兮，神州大地上开始出现观望、质疑、争论甚至阻挠的声音。虽然市场经济已如春风起步，然而计划经济却似脱不了身的厚棉袄，人们不仅没有感到这厚棉袄的不适，甚至还有人对这件棉袄里滋生的跳蚤与虱子安然自得。南方谈话让更多的春江之鸭感知到了追求幸福生活的急切。当经济发展的问题逐渐演变为政治上的激烈争论时，邓小平的那句“不管黑猫白猫，捉到老鼠就是好猫”，不仅成为坊间最流行的话语，也成为引导人们在市场经济之路上飞速前进的助推器。邓小平南方谈话解除了束缚在人们头上的紧箍咒，解开了社会主义计划经济和市场经济之间的那道结后，“发展才是硬道理”成了改革者们的口头禅与行动指南。

邓小平南方谈话很快就如浩荡的春风，劲吹于中国大地上。随后，全国各地掀起了一场学习、实践的高潮，一场和时间赛跑的大规模经济发展运动开始了。银川的时光机上清晰地记录了这样一件大事：1992 年 5 月 8 日，在银川市老城区和新城区中间的一块荒地上，宁夏回族自治区人民政府主席白立忱宣布，银川高新技术产业开发区开始建设！

当时的宁夏，在很多事情上呈现出明显的“西部速度”，比东部地区甚至比周边省区都要慢半拍，但在高新技术产业开发区的建设上，却丝毫没有慢节奏。这缘于邓小平南方谈话消除了人们的平均主义思想和大锅饭思想，冲击了小农经济思想和小生产者意识，使人们的思想进一步解放，认识进一步提高，改革开放和现代化建设被推进到了一个崭新的阶段。邓小平南方谈话给中国经济改革的专列下达了快行令，让全国人民投进风起云涌的经济浪潮之中，不仅缓和了当时的社会矛盾，还使整个社会呈现出一派生机勃勃的繁荣景象。

“抓住时机，发展自己，关键是发展经济。”这是现实的急迫要求。当时的中国经济巨轮，已经行驶在浅水区与慢行区，对内满足不了人民的需求，对外和西方发达国家的差距越来越明显，特别是我们周边被誉为“亚洲四小龙”的日本、新加坡和中国台湾、中国香港地区，已经成为亚洲经济之海上畅行的帆船。时代呼唤中国这艘潜艇尽快浮出水面，亮出自己的肌体，展示自己的力量。

把邓小平南方谈话发表时的时针往回再拨八年，那一年，邓小平同志到南方视察，陪同的广东省领导汇报：深圳经济特区已开办了五年，像一个小村姑出落成了美女，一个名不见经传的小渔村已经成长为一座现代化都市，这要得益于深圳速度。

视察结束后，邓小平同志留下了这样的题词：“深圳的发展和经验证明，我们建立经济特区的政策是正确的。”这是肯定也是激励，让当时关注改革开放的人们吃了一颗定心丸。后来，国家进一步开放沿海 14 个城市，一时，潮涌大海边。1984 年 10 月，党的十二届三中全会通过《中共中央关于经济体制改革的决定》，拆除了横亘在计划经济和市场经济间的那道看不见的墙，消除了将两者对立起来的传统观念。这时人们才发现，市场经济不是资本主义的专利，社会主义也可以搞市场经济。《中共中央关于经济体制改革的决定》就如一把时光刻刀，很快就刻塑了中国经济的基础模型：公有制基础上的有计划的商品经济。

邓小平同志两次到南方视察，是对中国在重要发展节点上的方向定位与把舵，是为中国经济的巨轮找准前行的航向与目标。他看清了当时世界上的风云变化：东欧剧变、苏联解体，东西两极的格局体系彻底瓦解，国际社会变幻莫测。这个时候，提出“以经济建设为中心”这样的战略口号，是领袖人物站在中国巨轮的桅杆上，为茫茫海域上中国经济的发展方向设立的一座灯塔。

从深圳经济特区到沿海经济开放区，中国在这条路上走了近五年时间，其中经济开发区的建设，犹如大海波浪，以沿海 14 个开放城市为原点，向更多的内地城市登陆。

银川，也不例外。这片现代工业基础薄弱的土地，开始感受到来自沿海地区的工业之风。

如今，打开一张银川市的地图或在电脑上百度银川市，你会看到由兴庆区、金凤区和西夏区这三大板块构成的这座城市的地理版图，银川高新技术产业开发区就在地处城市C位的金凤区。然而，如果把银川市的城市履历往前推20年，其城市格局绝非今天这样。至少，在银川高新技术产业开发区揭牌建设时，银川市的行政规划还是由老城区、新城区和新市区三部分构成的。老城区是银川的门面与会客厅，集中着行政机构与抱着“宁讨老城一张床，不要新城一间房”心态的老银川人；新市区则集中着三线建设时期留存下来的企业和宁夏大学等高校机构。东头的老城区代表着传统的城市力量，西边的新市区代表着工业时代的魅力，夹在老城区和新市区之间的新城区，并没有现代城市的任何痕迹。说是新城，其实是对清朝时期八旗子弟来银川后集聚的“满营”的一种体面的叫法，它更像是连接老城区和新市区的一段“盲肠”，是典型的比郊区还郊区的地方。

废墟上的光芒固然引人注目，但空地上的起步更让人敬佩。选择在这片荒地上建设银川高新技术产业开发区，决策者们并不只是简单地从成本考虑，而是在那个特殊的时代背景下，有着一种白纸绘蓝图的“空地造楼”的勇气。

1992年，今年已53岁的王毅（化名）从外地一所大学的经济系毕业。那一年，是他们那个年代的大学生最后一批国家分配工作，王毅怀揣派遣证回到家乡。7月的早晨，银川的天气还比较凉爽。王毅知道银川市行政区中的三区规划，其中新市区和新城区是以自北而南穿越银川市西郊的包兰铁路为界线的。走出银川火车站，王毅看到一轮朝阳正从东边的地平线上冉冉升起。

坐上从火车站发往老城区的1路公交车后，王毅这才知道，虽然四年过去了，但城市交通的变化并不大。他心里升起的希望开始如溺水般下沉，和照进车厢的朝阳形成反差。车过罗家庄，马路南边零星散落着几所学校和科研单位；在路的北边，稻田边竖起一排厂房。那时候四周还没有其他建筑物，这些厂房也就显得恢宏大气。王毅觉得，和自己读大学的南方城市的工厂比起来，那些厂房简直就是一堆简陋的建筑而已。

到市里报到时，一位领导语重心长地说：“家乡的状况你们是知道的，经济的发展更需要你们这些学经济的年轻大学生呀！就在两个月前，自治区主席白立忱宣布，银川高新技术产业开发区开建，我觉得你们去那里很合适。”

“银川这样的城市，能搞成什么经济开发？”王毅心里顿感排斥，按照传统的就业习惯和专业对口程度，他只想进入经济计划部门，因此最终拒绝去银川高新技术产业开发区报到。

多年后，我问他对当初的选择有什么想法，他告诉我：“虽然当时没去银川高新技术产业开发区和后来的经济开发区，但后来我就职的部门和经济开发区有着很紧密的联系，也算是见证了它的发展历程。”

王毅说得没错，短短一年时间，银川高新技术产业开发区（简称高新区）就初具雏形，其基础设施无论是从投资还是建设速度上都取得了预想的成绩，包括标准厂房、单身宿舍、综合服务楼、写字楼及商贸广场等。开工企业达到了十多家，并吸引了日本、美国、俄罗斯、澳大利亚、新加坡、马来西亚等国的外商来投资。当时的中国，每个地区或城市的高新技术开发区，都不是一座孤岛。一个个高新区的建设，形成了中国大地上茂盛的经济庄稼。银川高新区就像代表宁夏参加全国高新区建设比赛的选手，从一开始就倾注了宁夏人民的厚望和关切，也得到了中央领导的关怀。在开工建设一年多的时间里，乔石、李瑞环等中央领导来宁夏视察时都亲临现场给予关心和指导。

1993 年和 1994 年的两次全国人民代表大会期间，宁夏代表联名向大会提交议案，希望批准银川高新技术开发区为国家级高新区，为此时任国务院总理的李鹏同志还专门派人来银川调研。

高新区是一个集万千宠爱于一身的孩子，倾注了各级领导的心血。宁夏人曾经通过新闻媒体了解到的中国经济建设的高速度和高效率，在高新区这里同样也领略到了。这也给了宁夏建设者鼓励和信心。9月，是丰收的季节。1994年9月，白立忱在银川高新技术产业开发区主持召开主席现场办公会。会议当场决定从1995年起，自治区、银川市和开发区三级财政和自治区计委每年各安排100万元专项资金，用3年时间建立起总额为1200万元的扶持高新技术产业发展基金。这一举措从根本上解决了开发区运行过程中的资金之忧，也从另一个侧面呈现出宁夏人民对开发区经济建设寄托的希望。

钱能解决很多事情，但不能解决全部事情。要想把银川高新技术产业开发区建设成为宁夏经济发展的增长点，形成对外经济合作的窗口，不能仅仅停留在资金层面，基础设施的日趋完善对管理、服务、招商以及产业方向提出了一系列挑战。建好鸡舍不是养鸡人的初衷，养鸡人的目的是抓来鸡放进笼子里天天下蛋。作为宁夏回族自治区唯一的高新技术产业开发区，银川市把高新区当成了宠儿，尽可能地提供一切便利。请允许我介绍一下宁夏当时的经济形势：国家正在提倡“科教兴国”战略，宁夏南部山区一直以农业生产为主，北部的工业以煤炭资源开采为主，和其他兄弟省区比较，只在农业和能源上有一点优势。而且这种优势表现得也并不那么明显，稍微一松懈，经济总量就滑落于温饱线上。

发展高新技术产业，科技是关键。科技是宁夏上空的响雷，是水面的海啸，是地下的震波，只有科技才能改变传统的生产方式，使产业结构得到调整。科技就是高新区这座庄园的钥匙，但是没有科技支撑怎么办呢？有权威人士说，高新区里面有孵化器，可以把高新技术孵化出来。如果高新区真能孵化出高新技术来，那么建设它的初衷就实现了。可在当时，这多少给人有点天方夜谭的感觉，有多少人能够相信呢？

多年后，我们不得不为当时的决策者点赞。取得今天的经济成就，审视

30 年前的那些决策，怎么能说不像是天方夜谭呢？

## 2. 在质疑声中小心起步

王毅并不知道，早在他大学毕业回归故乡的前一年，有一个和银川高新技术产业开发区的建立有重要关系的人来到了银川，他就是时任国务委员兼国家科委主任的宋健同志。

1991 年 9 月，宋健同志来宁夏考察工作。这位科学家出身的领导敏锐地觉察到，传统的生产方式在宁夏依然占据着主导地位。他去了几家企业，其中就有大河机床厂。大河机床厂在宁夏算比较知名的重点企业，但在工作车间，他看到科技人员还趴在绘图板上手工操作。他非常感慨，这是他 50 年代曾在苏联学习的技术，40 年过去了，中国的科技工作者还在使用这种技术。当世界制造业如火如荼地发展，西方现代科学技术已经完成了现代化，正快马加鞭地迈向数字化智能化时，我们的工业水平，特别是西部的制造业还原地停留在人工操作上，这不仅是发展缓慢的问题，更可能是观念的问题、眼界的问题。这样的制造业和技术生产力到波涛汹涌的国际市场中竞争，怎么能够取得胜利，又怎么能在世界经济的较量中占有一席之地？宁夏发展高科技产业迫在眉睫！

无论是国务委员，还是当地企业家，大家都有这样的共识：和周边兄弟省区相比，无论是产业技术状况，还是人口规模，宁夏建设发展高新技术产业开发区都不具备优势条件。即便高新区建成，到底以发展何种产业为主导，推动高新技术产业向前发展的动能又在哪儿？这都是问题。

在基础设施建设开始之前，高新区的建设首先面临的难题是拆除城中村、毛驴村等地面上的凌乱建筑。这引起了借居于此的流浪人员和施工人员的矛盾。解决上述问题后，高新区开始引进企业。此外，没有现成的模板，没有成功的先例作参考，选择什么样的技术道路，引进什么样的企业，就成了焦点。那时候除了公认的电子信息、生物工程、新材料等几个高新技术领域外，能够吸引来的其他高新技术领域的企业很少。而引进的企业占据比重较大的则是用新技术改造的传统产业，这自然引起了社会各界的质疑。组建高新区本来就是新型模式，在引进企业方面缺乏经验，因此有时会放低门槛，这就导致进区企业良莠不齐。有些企业与高新区创建之初的规划并不沾边，因而被人怀疑有滥竽充数之嫌。

王毅毕业后被分配进了政府的企业审批部门，他很清楚地记得，到1993年9月，经高新区审批注册的企业有122家；到1993年底，这个数字上升到332家，翻了差不多两倍。

这样的高速增长所创造的“奇迹”引来了非议：高新区引进企业过于宽松，并没有严格执行当初的高新技术指标，对高新技术产业的声誉逐渐产生不良影响。为此，白立忱主席在1994年9月的主席现场办公会议上一再强调，高新区一定要坚持高新技术的本色。这一指导思想在后来的工作中进一步明确，成为企业入驻高新区的标准。特别是高新区的领导机构由建设指挥部改为管委会后，这一指示被严格执行于建区工作，并在以后的工作计划和规划中得到贯彻落实。

高新区建设之初，房地产业作为形象工程吸引了外界的眼球。在一片平坦的稻田和村庄中，一排排高大的厂房相继耸立而起，给这片土地增添了亮丽的色彩。但奔跑的步伐很快就遭遇到现实的阻力，崭新整齐的厂房大面积空置——由于进区的项目并没有及时跟进，导致大量厂房闲置。从某种程度上来说，高新区的骨架很高大，却没有理想中足够多的支柱企业。大量闲置的基础设施使刚刚起步的高新区背上了沉重的财政包袱，这一失误在当时成为制约高新区向前发展的重大障碍。

回过头来看，高新区在最初的几年建设中，经受了多种考验和挫折。从

1992年5月到1995年底，把沿海开发区作为参考模式，高新区的管理机构为指挥部，旨在重视基础设施建设，希望筑巢引凤。截至1995年底，引进工业企业30家，工业项目总投资2.1亿元。这一阶段高新区主要以广夏软盘项目为龙头，带动了一些中小民营企业入驻，开启了“以大带小”的经济发展模式，也形成了以民营企业为主体的银川高新区经济。

1996年新年伊始，时任银川市市长韩有为的身上又多了个身份——银川高新区管理委员会主任。尽管高新区的管理机构由原来的指挥部变更为党工委和管委会，但仍然处于自治区和银川市共管，以银川市为主的格局。摆在高新区人面前的，依然是一条充满艰辛探索的道路。

新成立的高新区管委会面对的第一个问题就是总结过去几年的成败得失。在有限的时间里大家集中力量组织了不同类型的专题座谈会。会上，大家各抒己见争论不休，有些观点激进，有些观点消极，有些观点理想，有些观点现实。最后，管委会决定派出调研组前往沿海兄弟省份的开发区调研，学习他们已有的成功经验，以此来走好银川高新区的发展之路。

其实，高新区的发展一直都是机遇和挑战并存。随着国家经济政策的调整，1998年开始，国家赋予高新区的一些原有优惠政策逐步取消，这就要求高新区要做好“断奶”的准备，开始走自立之路。随着经济体制和经济增长方式的根本改变，国家中西部投资开始战略转移，以前的特殊性转为普遍性，曾经被特别优待的羔羊现在放在旷野中自然成长，它是否能够适应？高新区面对的第一个挑战就是资金不足。一开始银川市政府给了一系列财政政策，自治区政府也划拨了专项资金，但随着开发区的发展，需要钱的地方太多。再加上银川市城市总体规划的改变，把高新区原先规划的产业区基本上切掉了一半，新方案中可供开发的面积减少了，使高新区产业的进一步发展受到了严重的制约。1999年新的《中华人民共和国土地管理法》开始施行，和以前比较，土地征用开发的成本提高了，这些都对高新区的发展提出了挑战。此外，国家在引进外资的政策上也出现了变化，逐步取消了一些引进外资的优惠政策，因而外商投资日渐减少。

和发达的沿海城市比较，西部地区本身就存在着差距，而政策的普遍性调整无疑使西部城市更处于劣势地位。这种现状导致的结果当然是竞争力变差，可操作的项目变少，再加上资金的短缺，银川高新区的发展面临着巨大的挑战。还有一个关键问题，那就是人才。从 20 世纪 90 年代初期，西北地区的人才随着国家改革开放的步伐大量流向沿海地区。无论是尖端的科技人才，还是优秀的管理人才，对于开发区来说都是稀缺的。这一问题不仅仅是宁夏，对于整个西部地区来说，都是普遍存在的现象，更不用说创新型人才和复合型人才。站在风口浪尖，注定会有不平凡的阅历和成长，高新区是踩着时代发展的脚步起航的，虽然经历着曲折的道路和市场的风雨，但对于决策者来说，相信在正确的政策方针的指引下一定能够做出成绩。短短几年的时间里，高新区的领导者和实践者似乎摸到了路子，抓建设、抓项目、抓外资，抓大育小适度投资，从一厢情愿筑巢引凤变为你情我愿凤巢同居，用一句话概括就是：你来了我立马给你安家，你不来我不空等。

## 3. 高新技术产业开发区是时代的产物

银川高新技术开发区的建设一开始就是奔着利用产业壮大经济增长的目标去的，为此还特别建立了“自治区人民政府领导下，由银川市政府负责开发，自治区科委归口管理和进行业务指导，高新区管委会代表市政府对开发区实行统一管理”的管理体制。同时，自治区还批准高新区设立一级财政，并将“与高新区建设相关的自治区级经济管理权限”授予管委会。简单来说就是，高新区在开发、建设、发展上的一般事情不需要层层报批，管委会可以自己进行决策。此外，高新区的发展还有一个得天独厚的条件——时任银川市市长韩有为同志兼任高新区党工委书记、管委会主任，直接领导和协调高新区的工作。从这一系列配置和安排可以看出，当时自治区和银川市对于高新区非常重视，这为高新区工作的开展创造了便捷和优越的条件。

可以这样说，对于高新区的建设，各级政府和政府直属部门一路敞开绿灯，在城市建设、基础设施建设、保障供应上纷纷鼎力相助。为了鼓励国内外投资者到高新区开办企业、参与开发建设，自治区人民政府先后两次发文批准高新区发布实施《鼓励投资和发展高新技术企业的政策规定》，对入驻高新区的企业在所得税、房产税、土地使用税的征收方面给予优惠政策，即采用“照章纳税、财政返现”的办法按季度给企业退税。这一措施有力地支持了高新区企业的发展。再加上从 1995 年起建立的总额为 1200 万元的高新区高新技术产业发展基金的专项扶持，高新区的建设开始步入快速发展的轨道。

然而，高新区的建设从一开始就注定是一条不断探索的道路。老银川人都记得：夜晚，1 路公共汽车从西门转盘拐一个弯就到了自治区政府站，然后一路向西，驶过唐徕渠，城市的灯火就逐渐稀疏了。接下来是很长一段没有路灯的路，路旁是大片大片的稻田，给人一种西部乡村的空旷和苍凉感。然后一直到罗家庄，乘客才能再次看到零星的灯火。高新区就在这里。这里有几所大学：一所是宁夏广播电视大学，一所是宁夏教育学院；在靠南的位置，还有宁夏职业技术学院等。每到周末，从校园里出来的学子，在这片土地上漫步，或三五成群或几人结伴，为这片“田园”增添了青春的亮丽色彩。这些学子每天都能看到写着“银川高新技术产业开发区”字样的巨型广告牌，但他们不知道有一件即将影响这座城市发展的大事正在他们眼皮子底下悄然发生着。

经过几年的发展，高新区度过了艰难的起步阶段，耸立的高楼越来越多，来来往往的工厂工人、科技工作人员、寻求岗位的打工者开始在这里不停穿梭。

与之相配套的饭馆、理发馆、小商店也多了起来，高新区从人气上开始走向繁荣。大学校园里的莘莘学子注视着眼前的情景，不禁开始畅想自己与世界的明天。从 1996 年开始，国家逐步把经济建设战略投资向中西部转移。为了迎接即将到来的机遇，自治区和银川市出台了一系列优惠政策，积极扶持本地企业发展壮大，高新区也因此格外得到关注。

1997 年 7 月 1 日，全世界的目光都聚焦在中国，香港回归祖国了！这是中华民族结束百年屈辱历史的又一标志性事件，对于提升民族士气、振奋民族精神影响深远；对于中国经济来说，其意义也非同凡响。香港是世界金融中心，能够为内地城市的众多高新区进一步开拓技术市场、金融市场、资本市场、劳务市场提供新的渠道，也能使这些高新区更快走上一条通向世界的道路。

在国家经济建设战略投资向中西部转移和香港回归的双重背景下，不少沿海投资企业看中中西部地区的各种资源，开始把目光投向中西部地区，希望从这片刚刚开发的热土上寻找新的经济增长点。银川高新区自然不会放过这么美好的商机，于是开始积极布局，用西北人特有的待客之道，摆好桌子备好茶水，招呼客人来这里观摩考察，共商发展大计。

1998 年，陆陆续续有一些外地大公司看中了银川市高新区这一项目，开始大量注入资金开展合作。其中，最具代表性的是上海市浦东新区社会事业投资经营公司与宁夏三新真空锅炉制造有限公司合作的项目。多年后，宁夏职业技术学院当年毕业的学子们仍然记得三新锅炉厂曾经热火朝天的生产场景。在那个以锅炉取暖的年代，三新真空锅炉技术是当时最尖端的代表，其“真空锅炉”技术是一个全新的概念，成为一种创造性的取暖理念。良好的市场效应使企业发展出现了生机勃勃的局面，许多青年学子就是在那个时候怀揣着梦想从校园里出来，走进了厂房。机器轰鸣，人声鼎沸，切割机的流火，电焊机的璀璨，一群人围着吊车将一台台安装好的锅炉送往全国各地。除上海市浦东新区社会事业投资经营公司 1998 年给宁夏三新真空锅炉制造有限公司投资的 400 万元外，上海绿谷制药有限公司也在银川市高新区投资苦参素项目，前后共投资近 1000 万元，使高新区整体呈现出欣欣向荣的热闹景象。

当时，正是东南亚金融危机最严重的时候，国际金融大鳄正张着血盆大口吞噬着东南亚国家和地区的财富，泰国、菲律宾、印度尼西亚、马来西亚等无一幸免。这场历时将近一年的金融风暴给发展中国家带来了深重的灾难，引起了世界对全球资本市场的担忧，使泰铢、韩元、印尼盾、新元大幅贬值，有些贬值甚至超过 50%。这场金融危机造成了严重的后果：一些东南亚国家的企业和金融机构纷纷倒闭，资本疯狂出逃；西方外汇市场动荡不安，许多国家和地区的经济呈现负增长趋势；引发了俄罗斯的金融危机并波及其他国家，巴西资金大量外逃，哥伦比亚货币大幅贬值，进而导致全球金融市场剧烈震荡、西欧和美国的股市大幅波动，使全球经济增长速度放缓。

东南亚金融危机给全世界造成的灾难进一步在延续，但当时的中国政治稳定，经济虽然同样受到波及，但影响不是很大。这就使东南亚的一些客商看准了中国的投资环境，于是全国各地的各种开发区或者高新区格外受到青睐，银川高新技术产业开发区也不例外。1998 年，有一些日本、印度尼西亚的客商漂洋过海，怀揣着对中国西部地区的好奇和期待来到这里，用适量的资金投石问路，寻找项目的落脚点，也推动了银川高新区的发展。

此后，银川高新区的面貌开始有了日新月异的变化，一些新鲜的企业名称陆续出现在高新区的大楼。如果说高新区就像一株正在茁壮成长的大树，这些新企业就是这株大树上盛开的花朵，大有“忽如一夜春风来，千树万树梨花开”的意味。除了道路两边多了新的办公楼之外，整个高新区还悄悄发生着巨大的变化——村庄渐渐消失，农田陆陆续续整平，映入人们眼帘的是一马平川的土地。

当时，银川高新区大面积的平田整地行为并未引人注目。对于那些从全区各地来到银川城里读书的学子们来说，他们还没有意识到中国的经济正在发生着深刻的变化。他们一方面羡慕失地农民拿着高额补贴，另一方面也担忧失去土地的农民会不会带来新的社会问题。此刻的高新区仿佛一个魔术师，那些征来的土地就像是这位魔术师罩在道具上的一层幕布，当时人们并不知道这层幕布下面，究竟会变出什么来。很多人只是看到，大大小小的汽车贸易公司如雨后春笋般出现。

在那层神奇的幕布下面，高新区人会创造出什么呢？这片土地未来会是什么模样呢？银川市民并不知道答案，在高新区生活的人们也常在一起嘀咕：这到底是要搞什么呢？

YINSE
GUANGHUI

# 第二章
# 栽好梧桐树，等待凤凰来

## 4. 来自北京的关怀

1997 年 7 月，银川一年中最热的季节来临，国家科委副主任徐冠华、国家科委火炬办主任王瑞明、国家科委工业司司长石定寰、国家科委火炬办开发区管理处处长张超英等人在银川市市长韩有为、自治区科委主任苏焕兰等领导的陪同下，到银川高新区考察指导工作，让高新区的经济热度一下子提升了不少。

那天，徐冠华一行耐心地听取了高新区管委会常务副主任李可彬关于高新区几年来建设发展情况的汇报，考察了耐戈尔·固勒医疗设备有限公司、银川广夏新进松下日宝高级印刷有限公司、宁夏亚湾铝业股份有限公司等企业后，对高新区的领导开诚布公地表达了自己的看法，也介绍了一些沿海高新区的经验。徐冠华说，参观了高新区和部分高新技术企业很受鼓舞，宁夏的工业基础和东部地区相比非常薄弱，无论是基础设施、技术力量，还是开放程度，都不可同日而语，所以现有的成绩是显著的。徐冠华对银川市政府、自治区科委和高新区的工作给予了充分的肯定。他认为在这样一种困难的情况下，有一个明确的发展高新技术、发展宁夏经济的观念是非常正确的，在欠发达地区，银川高新区有目前的规模和一些重点企业是一个不错的成绩，他相信高新区一定会有一个光明的未来。

得到来自国家科委领导的表扬，对于地处西北的银川来说是一件值得高兴的事情。从实际情况来看，银川的基础设施、交通运输、通信技术力量和沿海城市相比不在一个量级上，在这种背景下要想取得竞争优势只能在政策上下功夫。徐冠华说，如果银川高新区的政策和沿海地区一样，投资者是不会到宁夏来的，所以要发挥资源优势和政策优势。徐冠华深有感触地告诉现场陪同人员，这些年到过许多地方，发展好的都是领导敢于拍板决策的，宁夏、银川现在给的优惠政策包括土地税收等发展空间还比较大；除了政策影响外，一定要从体制机制上做文章，比如沿海地区高新区搞得活，是因为可以技术人员入股、技术入股，能把个人和企业发展结合起来，把资本、人才、技术留在企业，从而形成优势，把一个封闭的环境变为开放的环境。他期待大家开动脑筋，在国家政策法律允许的前提下做好相关文章。

徐冠华的意见对当时的银川高新区在发展上起到了传经送宝的效果，进一步指明了高新区的发展方向——高新技术企业要发挥自身作用，就要与地方优势、政策优势结合起来；要充分认识市场，技术是一个问题，市场也是一个问题，高新技术企业不解决市场问题，单单依靠技术还是发展不起来；市场不完全取决于技术，还得看销售策略，要重点支持民营企业，才能促进高新区健康地发展。徐冠华还叮嘱道：发展高新技术企业不能只考虑眼前利益，要重视建立样板，树立形象；企业要通过品牌向外宣传，该让步的要让步，只有这样才能吸引外商来投资，才能获得长远的利益和持久的影响力。

国家科委的领导在银川待了好几天，他们到现场、进企业、听汇报，既肯定银川高新区取得的成绩，又根据其他地方的发展经验进行对比、查找问题，无私地给银川高新区提供其他地方高新区的先进经验，希望能够帮助银川高新区更快更好发展。如果说徐冠华副主任的意见是站在全局给予指导性的概括，那么国家科委火炬办开发区管理处处长张超英的意见就是具体的和具有可操作性的。他说，银川高新区能发展成现在这样，保持工业产值以年均 51% 的速度递增是一个不容易的成绩，要继续向前发展必须做好一些重点事情。对此，他提出了一个理念，那就是“要以特区的观念来建设银川高新技术产业开发区”。

从现存的资料看，在这次考察中，国家科委对银川高新区的把脉问诊还是非常有效的。

张超英的“特区观念”主要特殊在概念的特殊、政策的特殊、建设的特殊和做法的特殊这“四特”上。后来这种“四特”做法，被银川高新区作为“弯道超车”的经验吸收，逐渐引起了外界的关注。

张超英认为，银川市用建设特区的那一套做法来建设高新区是能够成功的。他说，银川高新区具备后发优势，所谓后发优势就是有前车之鉴——沿海城市积累的很多成功的经验和失败的教训。要勇于打破长期计划经济体制下形成的旧的观念和习惯做法，为此他举了一个深圳的例子。在深圳，一个项目最快能够在一天内办完所有手续，没有烦琐的流程，节约了时间，提高了办事效率。要明确高新区的发展不能再按常规走路，引进项目要实现跳跃式跨越式增长；要按照市场经济规律的要求进行劳动人事、分配、产权及社会保障制度的改革。人才是高新区建设的第一重要因素，从全国搞得好的高新区的经验来看，发展好的高新区都集中了一批懂专业会管理的年轻优秀人才。无论观念、环境怎样，人都是决定性因素。人才队伍的建设必须要有一套选人用人机制，在用人上要打破论资排辈任人唯亲的陋习，坚持按照一个人的学识、能力和业绩来选拔和使用；在分配制度上要消除平均主义，真正贯彻和体现“按劳分配、多劳多得”的原则。

然而，当时的银川高新区在管理体制上还处于过去的分配体制模式，张超英处长的建议并不能够立马付诸高新区的具体工作中。沿海开放地区的经济基础、科技创新、人力资源都不是银川能够相比的。西部留不住人才的一个主要原因就是待遇跟不上，但待遇提高了又会有一系列新问题要解决。在这个问题上，银川高新区曾经专门有过讨论，并出台了一些措施，希望在人才战略上做出成绩，至今依然坚持着。

张超英还认为，银川发展高新区有两个优势：第一个是资源，宁夏有农业和能源两大优势，有丰富的农产品、中草药和矿产资源，可以利用这些资源去找沿海或内地一些成熟的企业合作；第二个是宁夏有廉价的劳动力，沿海地区的劳动力已经贵起来了，这里对劳动密集型产业有天然的吸引力，是招商引资的一个重要优势。张超英的这一判断无疑是准确的，对银川高新区的发展非常有益。

银川高新区从建设伊始就虚心听取各方面的意见和建议，如同一个刚刚踏进校门的学生，认真地聆听各方面的教诲，踏踏实实走好每一步，不仅从上级部门、专家学者那里汲取营养，而且广交五湖四海的朋友，希望走出一条发展的康庄大道。

通过最初几年的发展，银川高新区对自身的发展也有了比较深刻的认识。虽然财政收入每年以 40% 的速度在增长，但在整个硬件建设中还是感觉到捉襟见肘，有限的财力物力只能集中在一些较大的工程项目上。有时为了树立形象，还不得不做一些面子工程，力图营造最优化的硬件环境，形成自己的独特风格，以此来吸引外面企业的目光。到1998年，银川高新区已经形成五大产业领域：以高能电池用的发泡镍生产、聚氨酯防水防腐材料生产、新型铝合金异型材生产等为主的新材料领域；以西吉淀粉厂、宁夏科隆生物工程开发研究所的产品为主的生物和食品工程领域；以宁夏沙赛制药的中药制剂、康亚药业的抗生素生产为主的医药及精细化工领域；以广夏实业的信息产业、中德合资的X射线管生产等为主的机电信息领域；以宁夏三新真空锅炉制造有限公司的真空锅炉和宁夏茂华活性炭有限公司高性能活性炭项目为主的环保与节能领域。

经过几年的努力，银川高新区的发展格局已经初步形成，在自治区、银川市两级政府的大力支持下，在各行业的共同努力下，已开创出一片属于自己的天空。

## 5. 西部大开发号角吹响

时代是在不断努力中奋进的，机会总是青睐有准备的人。对于国家也好，对于地方也罢，在改革开放经济发展的潮流中出现过无数机会，有些人迎难而上走到了时代的前列，肩负起国家和民族的责任，成为一个时代的引领者和建设者。

世纪之交的中国，发生了几千年未有的变化，无数人投身轰轰烈烈的商海中，掀起了惊涛骇浪，创造了一个又一个奇迹。

当银川高新区正在轰轰烈烈地大力发展高科技经济的时候，我们国家也正在酝酿着一项影响千秋万代的重大举措。

西部大开发是我国的一项重要战略政策，目的是“把东部沿海地区的剩余经济发展能力，用以提高西部地区的经济和社会发展水平、巩固国防”。

2000年1月，国务院成立了西部地区开发领导小组，由时任国务院总理朱镕基担任组长，时任国务院副总理温家宝担任副组长。经过全国人民代表大会审议通过之后，国务院西部开发办于2000年3月正式开始运作。2000年10月，中共十五届五中全会通过的《中共中央关于制定国民经济和社会发展第十个五年计划的建议》，把实施西部大开发、促进地区协调发展作为一项战略任务，强调："实施西部大开发战略，加快中西部地区发展，关系经济发展、民族团结、社会稳定，关系地区协调发展和最终实现共同富裕，是实现第三步战略目标的重大举措。"西部大开发战略的提出，对西部省份来说是鼓舞人心的大事，西部12个省（自治区、直辖市）开始摩拳擦掌，准备积极争取更多机会。

2000年6月14日至17日，中共中央总书记江泽民同志来宁夏视察，为宁夏实施西部大开发战略指明了方向。宁夏回族自治区党委、政府及时成立了西部大开发领导小组，从本地实际出发，研究确立了实施西部大开发的基本思路，明确提出"西部大开发，宁夏要争先"；银川市则根据自身实际情况，提出了"西部大开发，宁夏要争先，银川走在前"的发展目标。

同年8月30日，宁夏社会科学界联合会在银川召开"西部大开发，宁夏要争先"理论研讨会，来自全区各地的50多位专家学者，针对这一主题，就实现"宁夏争先"目标展开激烈讨论、献计献策，从优势和不足两个方面提出了许多有益的参考意见。参会代表列举了宁夏在农业、能源、旅游及劳动力方面的优势，认为"宁夏争先"有较强的内在动力和外在动力。内在动力主要表现在丰富的土地资源、便利的引黄灌溉条件、良好的光照条件和独特的煤炭资源，再加上宁夏人民群众创业积极性高、各地支持态度坚定；外在动力主要表现在宁夏是民族地区，有国家和兄弟省区的大力支持，还有西部独特的旅游资源。

对于"宁夏争先"面临的劣势和不足，与会代表也是直言不讳。除了人口少、地域小，经济发展滞后、城乡居民生活水平低外，当时宁夏的基础设施建设相较兄弟省区还是比较落后的，对外开放程度也处于一个较低的水平。此外，生态问题也是制约宁夏发展的重要瓶颈。

“西部大开发，宁夏要争先”，作为首府城市的银川，无疑是全区城市集群雁阵中的头雁，它的角色至关重要。世纪之交提出的西部大开发，对宁夏来说，不再是一只领头羊带领群羊奔跑，而是希望银川以鹤鸣九天的姿态，带领群鹤振翅于时代的苍穹之下。

西部大开发是一项长期的艰巨的奋斗工程，对于宁夏来说是机遇也是挑战。“争先”是一个目标，要完成这个目标需要付出什么样的努力不言自明。宁夏必须实现超常规跨越式的发展才能够在西部大开发中取得理想的成绩，用 10 到 20 年的时间先打好基础，实现经济面貌的根本性转变，才有可能使宁夏的经济水平和人民的生活面貌达到一个领先的状态。

理论研讨会还确立了加快宁夏发展的六个重点，把“以资源优势，发展高新技术产业，全面加速宁夏工业化进程”作为一项任务慎重地写进了报告，同时还明确提出要进一步加大对外开放力度以促进宁夏大发展。与会代表建议要利用国家鼓励外商到西部投资的机遇，实施项目工程“敞开大门”战略，变被动迎接为主动出击，大力改善投资环境，吸引国内外先进技术、资金和管理经验，推动东西部合作，做到优势互补互惠互利，促进宁夏经济结构调整和产业结构升级换代，积极发挥高新区的作用，以更优惠的政策和优越的投资环境，成为经济发展的载体，增强对全区经济的辐射带动作用。

从上可以看出，无论在政府还是专家眼里，银川高新区都是宁夏经济发展的重要窗口和载体，寄托着各级政府和人民群众对未来的期望。所以，高新区的发展是当时宁夏经济腾飞的一个重要着眼点。

与东部沿海地区相比，无论是外部环境，还是内部环境，西部地区都存在较大的差距，在市场经济中不仅没有明显的优势，而且身居内陆，环境和地理上也处于不利位置。因此，要取得预想的结果，就必须在国家西部大开发制定的各项政策的基础上，制定优于目前国内其他地区现行的同类政策。同时，还要建立良好的人才激励机制，留住现有人才，吸引特殊人才，创造良好的投资环境和生活环境，提高服务水平和工作效率，为西部大开发保驾护航。

随着国家西部大开发战略的深入推进，自治区党委、政府适时做出了实施区域中心城市带动全面发展的重大决策，对银川高新区的发展提出了新的、更高的要求。

面对发展新形势和新任务，银川高新区管委会认真分析发展现状和未来趋势，在肯定历史的基础上继续确立新的工作思路，即围绕一个目标——把银川高新区建成宁夏高新技术产业化基地、对外开放的窗口、新的经济增长点和环境优美的现代化“花园式”城市新区。上述目标中明确了一个概念，那就是城市新区。这意味着高新区将不再是简单的经济科技产业区，在讲究科技创新的同时，还要提升对环境建设的重视，将发展重点从围绕企业建设变为创业与环境建设并重。因此，在基础设施建设上除了以前强调的绿化之外，高新区还提出了亮化、美化、艺术化的概念，启动了高新区内道路连通等工程，为园区企业创业发展提供便利。

与此同时，银川高新区也开始重视软环境建设，力争在服务环境上不断创新。在宁夏率先创办银川高新区服务大厅，将高新区有关的管理服务职能和一些适宜在窗口办理的服务项目全部集中在服务大厅一站式办理，力争减少审批事项，简化办事流程，提高办事效率。随后，这一做法和成功经验在银川市不断推广，得到国家领导人的高度赞扬后，全区其他地市纷纷效仿。

随着基础设施建设、道路建设、软环境建设的不断完善，银川高新区开始有了一系列新变化。最让老百姓津津乐道的是中央大道的开通，宽阔的路面令人眼前豁然开朗。这条道路也预示着高新区的前途一片广阔。同样，高新区的政策环境也得到进一步优化。高新区管委会不断完善自身的管理体制，努力搭建各领域创新平台，努力提升自己的服务协调水平，服务能力得到明显提升。在不到十年的时间里，在国家各项政策的大力支持下，在自治区和银川市党委、政府的关怀与指导下，银川高新区作为银川市科技和经济结合的典范不断取得新突破，作为银川新的经济增长点的积极作用日益显现，使整个产业园区的发展进入了快车道，取得了突出的经济效益。

## 6. 高起点的银川经济技术开发区

2000 年 7 月，宁夏回族自治区党委决定向国务院申请设立国家级银川经济技术开发区，并为此成立了领导小组。2001 年 4 月 13 日，银川经济技术开发区筹备小组和银川经济技术开发区管理委员会成立。与银川高新技术产业开发区不同，它是正厅级单位。银川经济技术开发区（简称银川经开区或经开区）完全是在实施西部大开发的机遇中应运而生的。建设初期，自治区党委决定，银川经开区设立党工委，并且实行管委会体制，党工委由自治区党委派出，管委会由自治区政府派出。2001 年 7 月 27 日，经国务院批准，国家级银川经济技术开发区成立，是全国第 46 个被批准设立的国家级经济开发区。银川经开区依托现有的银川高新技术产业开发区进行建设，总规划用地面积 7.5 平方公里，其中Ⅰ区 2.26 平方公里（高新区）、Ⅱ区 5.24 平方公里（位于银川市西夏区南部）。

从建设之初，银川经济技术开发区就与银川高新技术产业开发区产生了互相依托的关系。后来这两个开发区合并，其实它们原本就有天然的“血缘关系”。

2001 年 10 月 9 日，银川经济技术开发区正式启动运作。时任自治区政府主席助理的张来武兼任党工委书记和管委会主任。张来武毕业于北京大学数学系，先后在北京大学获得数学博士学位、在美国纽约州立大学获得经济学博士学位，是我国著名的经济学家，北京大学光华管理学院教授、博士生导师，北京大学经济学院兼职教授。作为经济专家的张来武为银川经开区提出了一系列发展举措，即使用现在的眼光来看，当时他的很多思路都走在前沿，比如虚拟经济模式。但在当时的宁夏，这一想法还比较超前，许多人并不能够理解这样的一套资本理论如何能带来实实在在的成绩。如果说那时的经开区是一艘刚下海的船，那么它年轻而茁壮的体内一定激荡着、鸣响着时代的钟声，一定充溢着银川人对经济发展的希冀与赞歌。它的肌肤上留着时代的痕迹，它的唇边回荡着银川唱给新世纪的春天之歌。张来武就是这艘船的船长，他和它即将行进于时代的巨浪与波涛间。

为了更新观念、拓宽思路，张来武带领管委会的一些主要负责同志，用“脱下布鞋穿西装”的思维，走出银川看银川，站在高处看银川，积极参加各种前沿经济论坛，到沿海发达地区考察学习。

2002 年 11 月 20 日，宁夏回族自治区党委、政府研究决定，将银川经济技术开发区和银川高新技术产业开发区的管理体制进行调整，移交银川市，作为银川市委、银川市政府的派出机构（正厅级单位）进行管理运营，银川经济技术开发区党工委书记、主任由宁夏回族自治区党委任免。同月，李文华任银川经济技术开发区党工委书记。

刚一到任，急性子的李文华就召集所有人开会研讨，和大家一起进行严谨细致的基础规划工作。在这个阶段，经开区一方面“开疆扩土”安置失地农户，另一方面积极寻找商机接轨世界。建设银川经开区是自治区、银川市贯彻落实西部大开发战略的重要举措，所有经开区人都感觉到肩上担子沉重，有时不我待的紧迫感和使命感。

也就是在这个时候，银川经开区大规模的拆迁工作开始了。一群人日夜行走在村庄中，和不同性格的人协商拆迁事宜。这是一个艰难的过程，有些拆迁户只要现金，不让把赔偿款打到卡上；有些人明明早上谈好了拆迁事宜，下午却又反悔了……事实上，拆迁工作从来都是一个硬骨头，需要有耐心的同志一点一点地啃。在李文华的指挥和带领下，管委会办公楼里仅留下两位同事值班，其他所有人干脆在经开区建设工地上租下了兴俊实业公司的一层办公楼，24 小时吃住都在那里，狠下决心一定要做好征地拆迁、基础设施建设和招商引资工作。

当然，做好土地清理和拆迁安置工作的确不是想象中那么简单。国务院批准的银川经开区Ⅱ区的 5.24 平方公里范围内，土地现状极为复杂。那里原来并不在银川市城市规划范围之内，因此，天上是密密麻麻的高压线，地下是斜穿的天然气管道，地上是城市生活垃圾堆场，几十年来倾倒的垃圾就有 60 多万方。此外，还有农业排水用的四二干沟、平二支沟等，这些都要进行改造和清理。而最难的还在于，这里居住着 1000 多户居民，他们主要是农垦磷肥厂、硫酸铝厂、区建三公司等已停产或破产企业的职工，是等待出路的城市弱势群体。再往南，则是兴泾镇的吊庄移民。说是移民，但并不是有组织有安排的移民，他们大多数是投亲靠友后，随意建房居住，并在周边土地上靠自由开发土地维持生计的“外来户”。不仅如此，要做好土地清理和拆迁安置工作，资金是重要保证。而在起步阶段，自治区政府给予经开区的启动资金只有 3000 万元。这点资金着实很难满足需要，因此拆迁清理的难度可想而知。

面对如此巨大的困难，李文华曾经想过另行选址，只要能找到一块适合开发的土地，哪怕层层上报争取获批，也比战胜眼前这样的“拦路虎”强。因此，李文华带领管委会的相关干部，几乎跑遍了银川市三区所有地方，千方百计另寻出路，对所有适宜开发区建设的土地，从现状、地面建筑及附着物、权属、规划以及基础设施配套等多方面进行调研，以便让国家级经开区尽快显出雏形。

功夫不负有心人，最终在西夏区北部原银川机场周边，还真找到了一块适宜开发建设的土地。经报请上级有关部门和银川市政府同意，规划了一块新的园区。此刻，银川经开区在规划建设上提出了新的思路，那就是“统一规划，分步开发，滚动发展”，对整个经开区进行“一区两园”设计，“一区”就是国家级经济技术开发区，“两园”简单来说就是划分成南园和北园。南部先期布局建设以高新技术提升传统产业和先进适用技术产业为主的“工业园”；北部经过规划控制，逐步发展为以教育和科研为依托的高新技术产业为主的“科技园”。南部“工业园”重点发展三大产业：一是天然气化工业，主要包括天然气化工及其上下游产品链；二是用高新技术改造提升的传统产业，主要包括机械制造业、食品加工业、新材料和新能源产业等；三是特色医药产业，主要包括以宁夏中药材产业化基地为依托的加工业。北部“科技园”计划重点发展四大产业：一是信息产业，主要包括以“数字银川”为依托的电子商务服务业，以电脑软件为依托的软件及其集成服务业，以电子产品和相关生产企业为依托的信息产品制造销售业；二是现代金融服务业；三是以法律、会计、审计、信息、商务等机构为依托的中介服务业；四是教育产业，主要是依托宁夏大学等高等、中等院校，积极发展非义务阶段教育。

这是当时的规划和设想，虽然后来一部分并没有实施，但在当时来说无疑是有明确思路的。

这一时间，自治区和银川市党委、政府积极为经开区提供优惠政策和各种保障，主要包括：一是以无偿划拨方式取得“工业园”和“科技园”建设用地使用权，以有偿出让方式提供给土地使用者，土地收益留在经开区内，用于经开区的基础设施建设并作为发展资金；二是在有关部门的指导和监督下，对管辖区域内的规划、土地、建设、房产等依法实施行政管理，核发或受托核发“五证”；三是为便于封闭运行和宏观管理，按照“一级财政一级国库”的精神，保留经开区国库；四是经开区管委会可从本区实际出发自行制定更加优惠的招商引资政策，同时，积极争取国家优惠政策和资金支持；五是经开区城市道路、供水、供电、通信、供气供热纳入银川市统一规划；六是鼓励自治区范围内的企业跨市县到经开区投资新建项目和发展科技创新项目，上缴税金由经开区和企业原所在地政府利益共享。

从这些优惠政策可以看出，当时为了经开区的建设，自治区和银川市两级党委、政府在法律框架下，给予了银川经开区最大的政策扶持。这也从另一个侧面看出，为了使经开区能够迈出经济腾飞的步伐，自治区在举全社会之力为其营造良好的投资环境，吸引投资者的目光。

当然，除了享有好的政策之外，营造好的创业环境也是当时经开区重点要做的一项工作。在硬环境建设方面，南部的“工业园”和北部的“科技园”都在如火如荼地进行基础设施建设，平田整地修路架桥，该绿化的绿化，该亮化的亮化。对于引进的项目，项目一旦落地，立即进行开发配套建设，并且在建设中充分利用已经形成的项目，能衔接的衔接，能共享的共享，让整个经开区联动起来，树立大发展快发展欣欣向荣的局面。与此同时，经开区积极推进软环境建设系统工程，坚持按国际惯例满足投资企业的要求，树立“人人都是投资软环境，事事都讲信誉形象”的观念，提出强化“亲商、安商、富商”意识，制定了一整套科学有效的扶持政策，全天候为企业提供免费咨询服务。当时，经开区还提出五大服务，即加强生产需求保障、建立企业投诉调节网络系统、完善投资环境的监控测评、保护投资者合法权益、严禁乱堆乱放乱污染等。经开区对入区项目不仅实行一个窗口的快捷服务，而且努力争取审批的高效。由于经开区本身实行的就是封闭式管理，因此在相应范围内，其他部门干预少，这就为企业提供了巨大的便利。

通过两年多的运行，银川经开区快速发展，逐步成为银川市乃至自治区的经济新亮点，和其他各市经济开发区一起打破了原有的经济格局。在产业定位和布局上，工业占据主导地位，以信息化带动工业化，并形成了一定的高新技术产业规模，制造业和信息产业逐步开始支撑起经开区的产业门面。这对西部边远地区来说意义重大，是银川市经济发展的一个窗口，也预示着在将来银川也会与沿海地区一样，拥有一定规模的现代化产业，进而能够使宁夏缩小与沿海发达地区的差距，带动本地区经济迈向一个新的阶段。这是自治区和银川市党委、政府的愿望，也是宁夏人民的共同愿望。

YINSE
GUANGHUI

# 第三章
# 给飞翔插上翅膀

## 7. 大银川战略

国家关于加快西部大开发的战略给了宁夏空前的发展机遇，自治区党委、政府高度重视，运筹帷幄，积极思谋各种战略部署，可以肯定地说，宁夏正处于跨世纪发展的关键时期。如何借助国家宏伟蓝图确定的目标和方向，结合宁夏现有的基础和条件，完成“西部大开发，宁夏要争先”的目标，必须要确立一条符合宁夏实际的发展思路。

当时的宁夏，全区上下进入了一场攻克难关的世纪大战之中，从繁华的闹市到偏僻的乡村，从人才济济的科研单位到妇孺游走的田间地头，大家热烈地讨论着这一振奋人心的事件。对于宁夏的行政决策者来说，这是激励也是考验。当时自治区党委、政府理出了一条思路，那就是“以富民为本，以市场为导向，实施农业产业化、工业现代化、新技术应用三线推进，加快改革开放步伐，加快经济结构调整，加快非公有制经济发展，加快脱贫致富，加快社会进步，形成宁夏经济发展新优势，实现经济社会协调发展，使宁夏各项事业三年上一个新台阶，五年有一个大发展”，并提出了一个目标——力争经济增长速度年平均达到10%。

农业一直是宁夏的优势，且土地资源和技术开发潜力巨大，但工业环境一直很薄弱。当时，宁夏人均粮食占有量居全国第四，鲜奶居全国第三，水产品居西北第一，这为农业开发提供了一定条件。此外，宁夏的特产在全国影响较大，有全国最大的枸杞集散市场、最大的毛皮集散市场，还是全国最大的马铃薯淀粉生产基地和葡萄酒原料种植基地。全区煤炭人均占有量居全国第一，人均发电量居全国第二。宁夏要做的就是在能源优势基础上建立门类齐全结构完善的工业体系，要用这些优势建立并形成石化、冶金、机械、建筑、医药、农副产品加工等六大支柱产业。

作为首府的银川，在西部大开发背景下，也积极提出自己的发展战略，确立了“建设大银川，实现跨越式发展”的宏伟目标。“大银川”的提法是一个创举，一下子打开了宁夏人的思路，对常年生活在“小”宁夏的人来说忽然有种升华的感觉：我们的地域虽小，但我们可以建设一个大的城市。这个提法是一种自信、一种态度、一种突破。银川要把自己建设成西北地区现代化区域中心城市，唱起了推进城市建设的慷慨高歌。

似乎一夜之间，整个城市进入了一场翻天覆地的建设之中，全社会开始忙碌起来。首先映入人们眼帘的是各种匆忙的施工车辆，道路、广场、住宅、商场、公园、旅游景点，所到之处皆是忙碌的身影。很多人的脸上露出了灿烂的笑容，他们在感慨这座城市的变化。在老银川人的眼里也好，外地来的人眼里也好，银川都是一座小城市，无论从地域面积还是人口数量来说都与大城市不沾边。虽然当时有老城、新城、新市区三个区域，但在国家经济体制改革中，有一部分国有企业破产，留下了一些废旧的工厂，使整个城市处于一种落寞之中。银川既不是沿海发达地区，也没有特别突出的大型企业，在全国的城市名单中一直籍籍无名，甚至有人一直把银川当作是甘肃的一个城市。这样的笑话不止一次出现，甚至有的媒体也犯过这个错误。虽然这是他人的无知，但对于宁夏对于银川人来说，总给人一种被忽略和无视的感觉。大银川战略的提出，仅从这一点来说，也是让人内心充满激动的。

银川是宁夏的首府城市，而宁夏又毗邻内蒙古、陕西和甘肃这三省区，这为"将银川建设成为现代化的区域性中心城市"创造了得天独厚的发展条件。银川市地处宁夏平原腹地，地势平坦，交通四通八达，良好的购物环境、医疗条件和城市氛围对周边区内外各市县有很强的吸引力。经过几年的城市改造，银川打破了"城是城，乡是乡"的二元结构，横亘在高新技术产业开发区中间的乡村不见了，撤销了包围城市的郊区，以前的老城区、新城区和新市区也更名为更富有历史人文意味的兴庆区、金凤区和西夏区，构成了三区两县一市的城市新格局。这些举措很快得到自治区党委、政府的支持和国务院的批准，为大银川战略的实施提供了动力。

将银川建设成为现代化的区域性中心城市，是根据银川的实际情况作出的战略定位，在今天来看，是当时自治区和银川市领导高瞻远瞩的结果。在一个仅有一百多万人的城市提出这样的想法是需要胆量的，同时也使银川市迈进了一座特殊的考场。要实现"建设大银川，实现跨越式发展"这一宏伟目标，必须要通过加快城市建设，优化投资环境，切切实实增强银川市的经济实力。如果银川还是"一个警察看两头，一个公园两个猴"的境况，一切就是纸上谈兵。如果银川不借助西部大开发的机遇实行追赶型发展，那么后果可想而知：它将会成为一个边缘化城市，不仅在全国落后，即使在西北地区也会被逐步淘汰。当时的领导有着强烈的紧迫感和危机感：银川是自治区首府城市，银川的发展不能再小打小闹，只有在思想上大解放、观念上大改变，才能换来结构上的大调整、面貌上的大改变、经济上的大发展。

时任自治区党委常委、银川市委书记的王正伟同志在一次采访中说，“大银川”不仅是银川的大战略，更是自治区的大战略；西部大开发战略的实施是银川真正走向城市化的千载难逢的历史机遇，把银川做大、做强、做美，做出特色，是建设现代化区域性中心城市，发挥其带动战略的基本途径。

这个时候，银川的城区面积从 76 平方公里提高到 376 平方公里，接近原来的五倍。城市变大摆在第一位的是规划工作，如果规划失误将成为历史的遗憾。银川曾有七十二连湖的美誉，在城市建设的进程中曾走过不少弯路，填湖造田就是短视之举，现在要在现有的基础上对城市进行整体的、全面的、长期的规划。规划是布阵，规划是美学，规划是经济，合理的创造性规划是造福千秋万代的壮举，不仅能提升城市品位，更能提升城市价值。为了进一步打造城市形象，绿化美化城市，银川市政府出台了一系列政策，采取了一系列措施。如今，在北京中路南侧的森林公园项目，已经成为银川市标志性的高档小区，它就是银川高新区曾拿出 2 平方公里土地，与南非一家公司合作打造的。

城市要做大做强，必须在实现农业现代化的同时还要进行工业园区化。当时银川规划了 7 个工业园区，重点项目都落户在经开区。各工业园区你追我赶，建设的浪潮此起彼伏。当时，银川的东部也开始开发了，建成了国家级宁东能源化工基地，一批优质的具有较强竞争优势的企业陆续入驻。这个阶段，银川还提出了“生态立市、特色建市、工业强市、人才兴市、依法治市”的五大方略，上上下下齐心协力，抓机遇、抓项目、抓发展，力争把银川打造成为有核心竞争力的品牌城市。这一时期银川建了 7 个广场、8 个公园，其中森林和广场占地 3000 亩。黄河两岸建了绿色屏障，城市亮化更是焕然一新，银川有了现代化的气息。行走在银川的街头，人们忽然有种陌生感：我们的城市什么时候变得如此美丽？

## 8. 从起点到长远规划

2004年10月21日，金秋的塞上瓜果飘香，四处洋溢着甘甜的成熟气息。宁夏回族自治区党委书记陈建国主持召开了自治区党委常委会会议，原则同意银川市关于银川经济技术开发区与银川高新技术产业开发区的调整合并方案。第二天，宁夏回族自治区党委决定，李文章任银川经济技术开发区（银川高新技术产业开发区）党工委委员、书记，管委会主任；李文华兼任银川经济技术开发区（银川高新技术产业开发区）党工委委员、副书记；贺满明兼任银川经济技术开发区（银川高新技术产业开发区）党工委委员、副书记；李可彬、李广林、李继荣、徐文珍任银川经济技术开发区（银川高新技术产业开发区）党工委委员、管委会副主任。10月29日，银川市委、市政府联合发文，银川经济技术开发区与银川高新技术产业开发区进行调整合并。从此，"银川经济技术开发区"这9个字代表的一个合并后的经济管理机构，以重金属般的感觉镂刻在银川经济发展的历史帷幕上；同时，它也默默记住了为银川经济技术开发区与银川高新技术产业开发区作出过贡献的人们。

挂在开发区大门上的那两块白底黑字的牌子被取下了，但这背后不是两块牌子合为一块牌子的简单合并，它预示着银川在高新技术开发方面，将要迈开更快的步伐。

2004年11月2日凌晨，《宁夏日报》《银川晚报》等报纸的发行人员，在黎明前的寒风中，骑着自行车穿梭在这座城市的街巷中，将一份份报纸送往机关单位的门房和各个报纸零售点。他们并不知道，那天的报纸在显要位置上刊登了中共银川市委副书记、银川经济技术开发区党工委书记、银川经济技术开发区管委会主任李文章的署名文章《开发区的明天更美好》。

当天上班时间，银川市的机关事业单位工作人员、国有企业员工及订阅这两份报纸的读者，打开报纸时读到了李文章的心声："在全区上下全面贯彻党的十六届四中全会精神、全市同心协力稳步推进'区域中心城市带动战略'和'兴工强市战略'的重要时刻，银川经济技术开发区、银川高新技术产业开发区今天正式合并、揭牌。阳光拨雾一重天，扬帆奋发蓄时急。从此，银川经济技术开发区这艘区域经济的航母将扬起大银川建设的风帆，乘着西部大开发的春风，快速驶入振兴发展的航道。此时此刻，回首银川经济技术开发区和银川高新技术产业开发区的发展历程，我们感慨万千、心潮澎湃。"

"阳光拨雾一重天，扬帆奋发蓄时急"，既指出了当时的经济形势，也道明了加快高新技术发展的紧迫性。

李文章在《开发区的明天更美好》一文中指出，两个开发区的整合，是自治区和银川市党委、政府的一项重大战略决策，是区域经济发展的必然选择，是资源整合、优势再造的正确抉择。整合有利于充分利用开发区的各项优惠政策，更好地发挥招商引资的政策优势；有利于加强对开发区的统一领导，进一步协调各方关系，改善外部环境，树立良好的对外形象，促进开发区协调、健康、快速发展；有利于提高管理效率，降低管理成本，实现人力资源、物流服务、信息资源的合理有效配置；有利于实现两个开发区的优势互补。要建立高起点、高效率、高效益的运行机制，保持开发区的生机和活力。整合后的开发区必将更好地发挥产业集聚、对外开放、体制创新和示范带动作用，对促进大银川建设，加快银川经济发展，落实自治区中心城市带动战略，提高城市综合竞争力起到积极作用。

两个开发区的合并标志着一个时代的结束，也标志着另一个时代的开启。新的银川经济技术开发区挂牌一个月零四天后，时任宁夏回族自治区党委书记陈建国，就前往新合并的银川经济技术开发区视察，听取两区调整合并以来的工作汇报。

调整合并是为了实现更好更快的发展。到2005年11月，两区合并一周年后就取得了务实高效的发展，经济运行保持着良好的势头，当年共引进工业项目43个，共享铸钢、光彩实业、小巨人机床、捷美化工、中小企业创业园等6个过亿元的重点项目全部开工建设或投产。美国罗门哈斯、康师傅公司、宁夏天净集团、法国（香港）圣朗门等企业也相继入区发展。这一时期，银川的面貌也焕然一新，银新北路和银新南路在“大银川”的建设中扩展为八车道，并更名为黄河路和北京路，这种宽敞与整洁使这片土地生发出现代化的气息，也使整个城市初步呈现出大都市的繁华和时尚。

## 9. 从这里出发

一条缓缓流淌的小溪，突然变宽变阔，变得步履加快浪花飞溅；一朵随风飞舞的蒲公英和漫天的蒲公英一起飘扬在半空；一根蓝色桅杆出海不久便和遍布海域的桅杆一道形成远征的风景。

从这里出发：银川经开区，越来越多的企业变成了宽阔的河流，漫天的飞花，桅杆的森林。经开区，不仅是那几年银川人口里的热词，也成为令各界关注的热点，给这个和全国经济同步发展的城市不断带来热度。有关它的新闻，不断见诸报纸和电视，不断吸引着银川市民的关注，也引发了区内外媒体的聚焦。中央领导多次到银川经开区视察，自治区、银川市的领导对调整合并倾注了大量心血，多次深入经开区对遇到的问题进行现场指导。经开区逐渐成为一个基础设施完善、服务功能齐全、发展环境优美的现代化园区，也让银川市民看到了一个集知识经济、科学管理、可持续发展于一体的示范区。

就在经开区蒸蒸日上的时候，银川的历史发展坐标得到了又一次确认：银川被国家确定为亚欧大陆桥西陇海经济带重点开发城市，同时被国务院发展研究中心纳入中国北方呼包银经济三角区中心城市之列。由世界银行贷款支持的“银川市现代化区域中心城市战略研究项目”，更是将银川作为宁夏经济建设和发展的领头羊，提出银川市要率先基本实现现代化、城市化，未来，在西部省会城市中，银川要和呼和浩特、太原、西安、兰州形成既相互呼应又彼此竞争的发展态势。

经开区日渐成为银川市经济发展的明珠。信步在华灯初上、流光溢彩的中央大道，看着两边贯穿城市东西的黄河路与北京路时，人们不禁感慨：短短十多年的发展，银川经开区已经大气磅礴、卓尔不群。站在一个新的起点上，经开区不仅仅是投资创业者淘金逐梦的热土，更是高新技术产业的孵化器。当鳞次栉比的现代化工厂处处竞秀时，谁能够想到十年前的这里还是一片贫瘠、一片荒凉？

2005年，银川经开区像一艘满载着银川人希望的船开始出海，开始驶向预定航向所指的领域。这艘船没让银川人失望，保持着高效、快速的航速。

短短几年时间里，银川经济技术开发区已经被银川人亲切而自然地称呼为“经开区”，这一称呼一直保持到现在。而在它正式挂牌前，从开发区辖区学校里毕业的大学生，来到校门口却见不到当年的样子。他们或许会哼着罗大佑《鹿港小镇》中“想当年我离家时她已十八，有一颗善良的心和一卷长发”的歌词，或崔健的那首《不是我不明白》中“放眼看那座座高楼如同那稻麦，看眼前是人的海洋和交通的堵塞，我左看右看前看后看可还是看不过来，这个——那个——我越看越奇怪”，来解释眼前发生的变化，真可谓“不是我不明白，这世界变化快”。

“调整合并一年来，我们顺利地实现了银川市委、政府提出的过渡目标。”时任银川市委副书记，银川经开区党工委书记、管委会主任的李文章在一次接受记者采访时，激动地说，“面对新的形势，银川市积极优化各种服务，加强基础设施和重点项目建设，招商引资取得重大突破，经济增长方式得以转变，在调整发展规划的基础上，把提高自主创新能力看作一场事关开发区前途命运的决战，并以此作为满足开发区产业发展的迫切需要，满足经济强区的战略需要，满足构建和谐开发区的内在需要。”从这段话中我们可以看到，银川经济技术开发区的变化是全方位的，而且从中能够嗅出，从管理层面来讲，经开区正在酝酿新的举措来推动整个园区向前发展。当时经开区提出的一个目标是，“一年一个新变化，三年上个新台阶，五年有个大发展”，力争到2008年自治区50周年大庆时工业总产值突破100亿元，工业增加值达到30亿元。这是一个挑战，也是经开区给自己出的一张具有挑战性的答卷。事实证明，经开区给时代、给银川交出了一份优秀的成绩单。

如今，问及一些老银川人，17年前的宁夏“1号工程”是什么，很多人未必知道，但他们却知道那时的宁夏“2号工程”。因为前者在一段时间内处于保密范畴，而后者却需要大力宣传，后者就是银川经开区的建设。“2号工程”是自治区任重道远的大事，也是影响全局的大事，全社会都把目光聚焦在这片土地上，把这里看作是全区经济发展新的驱动力，是关乎全区高新技术和产业经济增长的新引擎。因而，银川经开区早已注定了自己在宁夏经济发展中的不平凡，同时也践行着自己的使命，收获着自己的荣光。

2008年，对于发展中的中国来说是极其不平静的一年。5月12日，四川汶川发生了世所罕见的大地震，一方有难，八方支援，亿万人民投身于抗震救灾之中。这场天灾牵动了海内外中华儿女的心。这一时期，美国次贷危机爆发，金融危机席卷全球，美国经济受到前所未有的重创，不得不向中国伸手求援。中国政府审时度势，制定了一系列稳增长促发展的经济计划，力争和全世界一道渡过难关，寻求新的经济增长点。

此时偏居西北一隅的银川经开区经过多年的发展已经初具规模，在这片热土上创造出了新的奇迹。荒芜破旧的城中村不见了，来到开发区犹如身临繁华的都市，道路宽敞整洁，高楼林立，花草树木点缀其间，一派欣欣向荣的景象。

2008 年 12 月 19 日，银川经开区召开干部大会，新到任的党工委书记、管委会主任贺满明传达了中央、自治区相关经济工作会议精神，安排部署当前重点工作。摆在他面前的是更高的山峰，迎接他的是更艰巨的挑战，因为当下最重要的难题是应对金融危机，要全力以赴帮助企业渡过难关。12 月 23 日，刚上任 4 天的贺满明带队赴外商独资企业银川佳通长城轮胎有限公司调研，宣传党中央、国务院及自治区、银川市有关应对金融危机的政策精神，在了解企业经营状况的同时鼓励企业坚定信心，力争在当前形势下创造出好的经营业绩。他还具体了解、掌握企业存在的实实在在的困难，和相关部门沟通，帮助解决困难问题，促进企业更好地生产和经营。

2009 年 1 月 9 日，迎着新年的阳光贺满明带着招商队伍从南到北，广州、深圳、顺德、盐城、北京等地都留下了他们的足迹和汗水，在经开区的招商路途上留下了浓墨重彩的一笔。2 月初，他深入经开区西区现场，着手处理解决拆迁工作的难题。5 月 19 日上午，2009 年第四届中国（银川）国际装备制造业博览会在银川国际会展中心隆重开幕，来自国内外 20 多个地区的 80 余家厂商相约凤城，共同感受银川市机械装备制造产业快速发展的魅力。经开区作为主办单位之一，组织 20 余家企业参展，意在坚持并致力于促进装备制造业又快又好发展，特别是加速国内外先进机械装备制造最前沿的新工艺、新技术、新设备向西部地区推广应用，为装备制造业的商贸流通、贸易交流搭建了最便捷的平台。8 月 22 日，中国（宁夏）国际投资贸易洽谈会隆重举行，会议期间经开区总投资超过 20 亿元的 5 个新能源项目分别举行了隆重的奠基仪式，为此次会议献上了一份沉甸甸的大礼。这 5 个项目之首就是陕西西安硅材料股份有限公司投资建设的年产 3000 吨单晶硅及切片项目。正是这次奠基，使西安隆基硅在未来10多年不断注资扩建，逐步发展成为全球最大的硅材料生产企业。同时，经开区着力打造全国知名的数控机床制造、风力发电设备制造、特种铸钢和轮胎生产四大基地，使机械制造业成为经开区的特色优势产业，形成了一道亮丽的风景线。中日合资的宁夏小巨人机床有限公司和宁夏长城须琦铸造有限公司、中澳合资的宁夏共享铸钢有限公司、中德合资的恩德（银川）风电设备制造有限公司都是各行业内屈指可数的龙头企业，还有宁夏新瑞长城机床有限公司、宁夏银星能源股份有限公司、西北轴承集团有限责任公司都是国内响当当的企业，生产能力或技术含量在国内同行业中都举足轻重。

在任职期间，贺满明亲自主抓招商引资工作。为了让更多外地企业的项目落户经开区，短短几年时间，他带队跑遍了全国各地，在许多招商项目上都取得了新突破。他多次强调，“招商引资服务是生命线，我们都是服务员”。他把企业的困难看在眼里，把企业的发展记在心间，一个项目一个责任班子，通过全程跟踪服务来推进产值增量扩张。时任银川经开区经济贸易发展局局长马杰回忆起过往，如数家珍，感慨地说，那些年贺主任带着我们跑了很多路，干了不少事情，脚踏实地地增强了经开区的发展后劲和竞争力……

# 第二篇

## 招商——携手开创经开区的美好明天

银 川 经 济 技 术 开 发 区 二 十 年 发 展 纪 事

## 10. 从“心里没底”到“0.8 平方公里”

新千年的开局之年，对于银川来讲，着实有着非凡的意义。

如果我们把时间退回到 2001 年 7 月 27 日，银川的历史记忆一定会深刻地记住那天：经国务院批准，宁夏第一个国家级经济技术开发区——银川经开区宣告成立。如果把银川经开区的成立当成一艘宣布下水的巨舰，72 天后，这艘巨舰就正式启动了它至今从未停止航行的辉煌之旅。

沿海开放地区，某工业发达城市。

从银川来到沿海的这座城市，让银川经开区管委会主任助理马杰和随行的同事有些做梦的感觉。

在马杰看来，这次从西北到东南的“远游”，有点像穿越，有点不真实，更让人心里有点隐隐作痛。同在一片国土上生存、生活，共同沐浴着天上那个可爱的太阳发出的光，但经济发展的速度与质量、城市建筑的规模与体量却不一样。

望着眼前这座城市繁华的街道、穿梭的车流，感受着快节奏的生活，马杰不由感叹道：“唉！如果繁荣和发达可以尽情地复制，该有多好！”他心里清楚，东南沿海的经济发展，不是电脑上面的文档，摁一下复制键，就能在银川落地开花。哪怕只是发展经济的

▲银川经开区第一批企业刚刚落户时的场景

思路与观念，也不是随随便便看看、转转就能复制到银川的。

马杰和同事不是来旅游观光的，也不是探亲访友的，他们有个神圣的使命——考察。从西北到东南沿海，他们一路上看到的不同景象，形成了鲜明的对比。

“考察！”马杰一路上总在心里琢磨这个熟悉而又普通的词汇。他清醒地知道，此番考察，不单单是跟其他领域一样简单地用眼睛看、听别人说，包括把一些成功经验记在笔记本里带回去。不是复制，更不是照猫画虎，他需要在脑洞大开中观察一些别人看不见的东西，比如发展的观念、发展的模式、经营的理念甚至数据背后的运营情况。

仿佛一个饿极了的汉子，在堆成山一样的面包面前，忽然有种毫无食欲、不知如何是好的犹豫。他们着实是“饥肠辘辘”，但又有种“老虎吃天，无从下口”的窘迫。时间又不允许他们细细观看，只能让他们饥不择食般地倾听、观察、记录、思考，再倾听、再观察、再记录、再思考。

后来，回忆起那次的行程，马杰认为是自己最紧张而又充实的一次外出。

午间在住处，尽管有些困顿，马杰却兴奋得毫无睡意，睁着眼看着房间顶上不规则的图案，他的思绪天马行空。

如果能照着别人的鞋样做一双适合自己的鞋，鞋底上还纳着巧夺天工的花针，该多好。

从沿海发达工业城市考察回来，马杰向经开区的领导作了详尽的汇报，经过大家的讨论，确立了经开区“三个为主”（以工业为主，以东西部合作及引进外资为主，以外向型为主）、“三个致力于”（致力于发展高新技术、特色项目和优势产业）、“一个带动”（以经开区的大发展带动银川市乃至整个宁夏的经济大发展）的发展原则。

家有梧桐树，才能招得凤凰来。如果“家里”只有国槐、钻天杨和沙枣树，哪能让凤凰“屈尊”此处?

如何吸引投资者来银川落户，大家心里起初都没有底。面对0.8平方公里的土地和土地之上散落的荒凉，没有人敢意气风发。

确定了经开区的发展原则，就等于飞机有了导航、轮船有了灯塔；有了政策，就如汽车有了可以顺利前行的路，有了相对比较明确的蓝图。

马杰和同事们开始在开发区的工业园驻扎，吃住都在现场。所谓工业园，其实是在两个带着野性味道甚至“歧视”意味的地方建起的——“野猪林”和“毛驴村”。看到这名字，读者或许会认为那里有野猪和毛驴出没。

提及野猪林，看过《水浒传》的一定不陌生，书中提到的野猪林，处在东京至沧州的官道——汴沧道上。林冲被押解去沧州，野猪林乃必经之路。而野猪林之遗址，就在现在的莘县观城镇东不远处，明代《正德观城县志》中就明确地记载着“野猪林”这一地名。银川经开区南部的“野猪林”跟《水浒传》没有关系，大部分是那些捡垃圾者、没钱在城区居住的打工者们，随便找了些建筑废料乱搭乱建些临时住所，进而构成的一个污水肆流、空气污浊、进出不便、治安环境恶劣的城中村。这样一个荒凉、脏乱，甚至还透着点阴森的临时据点，被称为“野猪林”也就不足为怪了。

毛驴，离现代生活似乎稍微近一点，毕竟毛驴是家畜里面的一分子，跟人类是有渊源的。谈及“毛驴村”的来历，很多老银川人都认为那里同样是因为脏乱而得名；而谈及毛驴，人们第一反应应该是形容一个人脾气暴躁。开发区创建时，要动员“野猪林”里的人搬迁，那些生活在底层、生活毫无保障，一旦搬离“野猪林”，连基本的生存之地都没有的“临时居民们”，自然会奋起捍卫自己的“生存权”，面对经开区工作人员的各种动员可谓“油盐不进”。那些工作人员常常气得私底下说“野猪林”里的村民们比毛驴都犟，或许，“毛驴村”的来历也与此有关。

没有城市规划，基础设施不完善，到处都是生活垃圾，这是当时留在马杰记忆里的情景。很长一段时间，马杰和同事们搬运垃圾、以苦为乐，终于清理出一块 0.8 平方公里的土地，作为经开区发展的初始基地。这些地，换算成农民熟知的土地单位，整整 1200 亩。

在这片洒下大家汗水的土地上，第一批 7 家企业安家落户，银川经济技术开发区正式起航，迈出了艰难的第一步。

2001 年 7 月 27 日，银川市经济发展史上迎来了极其重要的一个日子。这一天，银川市政府有关部门收到来自国家对银川经济开发区建设的批复，这意味着原来的高新技术开发区作为一区、经济开发区作为二区，将同时进行建设。这不是数学意义上的简单合并与加减，而是符合银川高新经济开发需求的科学决策，合二为一的两个开发区实施封闭式管理、开放式运营、自主式发展、省一级管理。

几年后，两个开发区的合并成了银川经济发展中的标杆性事件，也是银川高新经济发展的重要节点。对政府来说，这既是千载难逢的机遇，更是促进城市经济发展的动力，但同时也是挑战。

这不仅仅是为了让银川财政的钱袋子鼓起来，让银川的发展速度快起来，更重要的是把国家实施的西部大开发的战略构想落到实处，产生真金白银般的实惠，让每一个市民都能享受到国家大政方针带来的红利。

怎样才能把企业招进来，成了银川经开区所有领导干部和职工最要紧，也是最头疼的事。土地是农民的命根子，也是开发区的命根子。为了城市的发展，农民奉献出了自己的土地，经开区就要在这片如命根子一般珍贵的土地上种出更多的“庄稼”来。这“庄稼”就是已经在各处深深扎根并且开花结果的大中型企业。

为此，银川经开区管委会开了好几次会，就招商引资的议题再三讨论，达成了如下决定：经开区成立之初，借西部大开发战略的东风，全员上下只干一件事，那就是招商引资。

银川经开区管辖的每个部门都有招商任务，各部门将任务细化到人，不断推进。不要讲客观条件，不要讲实际困难，即便没有梧桐树，也要让美丽的“凤凰”在银川的“国槐”或者“沙枣树”上落脚。

总会有一个地方适合你的某些心理需求，总会有一些条件或者态度让你心动！时任自治区主席助理、经开区管委会主任的张来武说起招商的事打了一个有意思的比方：招商是迫切的，但迫切归迫切，不能饥不择食寒不择衣；招商的真正目的并不是连哄带骗，让企业来到银川落脚就完事了。

张来武对负责招商的人指出：招商要有长远眼光，要量体裁衣，要多考虑银川的实际情况。企业来了能有较为广阔的发展前景，有一定竞争优势，能生存，能壮大，这对经开区对企业都好，可以达到双赢的目的。像这类企业，一定要争取，“不择手段”地争取。

在座的人都笑了。张来武又不失时机地补充说，这个“不择手段”指的是发扬革命老区不畏艰险不怕牺牲的革命精神，发挥地域优势、政策优势以及人格魅力。说到底，不管是发扬革命精神，还是发挥地域优势、政策优势，或者是人格魅力，都得通过“人”这个主要媒介来达成。人，是革命精神的传承者，是地域优势的打造者，是政策优势的制定者，也是人格魅力的践行者。换言之，少提客观原因，多下主观功夫。

如果要把经开区做一个形象而又充满文艺范儿的比喻，那么所招之商就是演员。舞台、灯光、背景、音响设备都已经到位，差的就是身怀绝技的演员登台演出。

没有演员，再华丽的舞台充其量只是一个美丽而多余的摆设；没有企业的支撑，经开区就如同空荡荡的舞台，而且没有观众。

招商引资对于经开区来讲，是永远的“紧箍咒”。那时候有一个幽默的说法，在农村，计划生育工作是天下第一难事。那些到农户家做工作的干部，动不动就会因为话不投机而被群众“翻先人掏祖宗”地骂上一顿；运气不好碰上一个脾气火暴的，说不定就挨打了。而在城市，招商引资是天下第一难事。计划生育工作难做，但是有国家的政策作为后盾和抓手，再不讲道理、再难对付的生育政策对象，起码是有义务了解和实施这些政策的。因而生育政策对象的态度再恶劣，做工作的人起码是有一些底气的，不至于担惊受怕。招商引资就不同了，它就好比一个男孩找对象娶媳妇那样，不能一厢情愿甚至动用威权。对方如果有兴趣，就会开始观察你、审视你，考量你的硬件条件和软实力；要是提不起兴趣，可能连考虑都不考虑，就直接拒人于千里之外。

说起经开区最早的那段岁月，曾全程参与的一位老领导这样评价一起为了经开区的创建、发展而拼命工作的同事们：男人像酒一样浓烈，女人像水一样温柔，都是一帮子干事的人。

忆起往事，这位老领导说经开区是创新的窗口，也是发展宁夏经济的二号窗口。这个对经开区发展怀着深厚感情的老人特别强调，土地是开发区发展的命根子，项目是开发区发展的源泉，资本是开发区发展的根本。

“命根子”“源泉”“根本”，这几个令人无从持怀疑态度的词语，形象地说明了土地、项目、资本跟一个国家级开发区唇齿相依的血肉关系。经开区利用政策、制度、模式、方法打造出人才制高点、产业制高点、政策制高点的同时，大力发扬企业家艰难拼搏、认准方向坚持到底的创业精神，对整个城市的发展起到了巨大的推动作用。

银川经开区就像是经历了从不毛之地到茂密森林的嬗变一样，成为银川创新发展的动力源、增长极。

如今的银川经开区，聚焦战略新材料、现代装备制造、大健康三大主导产业，全力推进“千亿级升级版经开区”建设，用实际行动为宁夏经济的崛起贡献智慧和力量。

二十年的风雨兼程，让银川经开区破茧成蝶。

## 11. 生长于荒凉之上的“珍珠”

黄土高原，目之所及都是荒凉。然而，这莽莽的黄土高原上也有村庄、绿洲、城市和河流。经济落后地区犹如黄土高原一般，却也能生出一片郁郁葱葱的庄稼。贺兰山下、黄河之滨的银川经开区就是这样一块冲破黄土窒息的庄稼地，经过辛苦耕耘后，逐渐葳蕤、蓬勃、茁壮，成为中国经济大田中的一块长势良好的试验地。

贺兰山绵延200多公里，呈北偏东走向，是阻挡西北冷空气和风沙长驱直入的天然屏障，日夜守卫着银川，为它遮风挡雨。

如果说贺兰山担当了银川的父亲山的角色，那么发源于青藏高原、一路高歌而来的黄河，则给了银川无限的妩媚和温情。

贺兰山，是银川的骨气；黄河，则是银川的灵魂。脊梁和血脉并存，粗犷与温柔同在。

山高水远的地理位置，造就了银川城市性格的刚柔并济。山河再美，没有发现美的眼光，“珍珠”就只能孤芳自赏。没有发达的交通网，没有坚实的工业基础，让银川在农牧时代的“珍珠”之光在步入工业时代和信息时代后，犹如油将燃尽的灯盏，渐渐暗淡于时代的天幕下，这和沿海发达城市快速发展的工业形成了鲜明对比。

为这颗珍珠再次添光，是时代赋予银川人的职责。

没到过银川的人，或许不知道它的地理位置：东与吴忠市盐池县接壤；西依贺兰山，与内蒙古自治区阿拉善盟阿拉善左旗为邻；南与吴忠市青铜峡市相连；北接石嘴山市平罗县，东北部与内蒙古自治区鄂尔多斯市鄂托克前旗相邻。银川面积只有9000多平方公里，经开区初建时也只有几十万人口。

银川，有银之川！这个名字里寄托着多少代银川人美好的期盼！据考证，“银川”这个地名出现的时间已有400多年了。按照城市发展的轨迹来看，它在中国城市群中实属年轻，从古人类留下活动印记的水洞沟到春秋时期的游牧时光，从汉设廉县到北宋初期的怀远镇，这里一直没有城市的模样。

直到北宋真宗天禧四年（1020年），党项族首领李德明将政治与军事中心由灵州迁至怀远镇，并更名为兴州，贺兰山下的这片平原上才有了重要的城池。1038年，李德明之子李元昊将兴州升格为兴庆府，作为其兴建的西夏国的首都，这应该是一座初具规模的城市。从兴庆府到西夏晚期的中兴府再到清朝的宁夏镇城，这些都是银川的乳名。

尽管明朝的三边总督刘敏宽经过今盐池县时，写出了内含“银川”二字的诗句“须凭驼岭临河套，遥代银川挹贺兰”，不过其中的“银川”应该是指贺兰山以东、黄河两岸的河套平原。到了明清时期，银川被称为“小南京”，城市商贾云集、市肆繁荣。如今我们的很多地名都来自那个时期的街巷和建筑。

1947 年 4 月，当时的宁夏省政府呈报民国政府批准，宁夏镇城正式定名为银川。

据资料记载，“银川”作为古地名，最早见于《新唐书 · 地理志》：银州银川郡，故址在今陕西省米脂县东北。《读史方舆纪要》载，宋崇宁四年( 1105 年），“仍置银州，五年废为银川城。金为银川寨”。

“银川”，从字面解，令人叫好的原因主要有三个：首先是代表富裕的地方。银川自古就被人称为“塞上江南”“鱼米之乡”。古人喜欢用“金”“银”代入地名，寓意富饶，而“金川”一名已经在甘肃出现，于是就启用了“银川”这个名字。其次是反映了自然面貌。宁夏地方文献上出现“银川”一词，是在明末清初时期。一些官吏、文人在咏唱宁夏平原沟渠交织如网、湖泊珠连其间的秀美景色时，常用“银川”一词形容水光潋滟、水映晴光的水乡风光。“古木距虬龙，连山似奔浪。黄河一带宽，城郭渺如舫。银川亦寥廓，微茫但一望。”“或是天吴聊小试，暂移鳅穴到银川。”这些诗词中的“银川”，还没有明确的地名意义，但生动地描绘出了“银川”的地理特点。再加上银川地下水位高，退水之后盐碱显露，到处白茫茫一片，银为白色，因此取名“银川”恰如其分。

2000 多年前，这里的先民们就凿渠引水、灌溉农田，形成了大面积的自流灌溉区，秦渠、汉渠、唐徕渠沿名至今，流淌至今。

“天下黄河富宁夏！”无论如何，在西北地区，因为黄河的“垂青”而受益最大的，莫过于宁夏。

宁夏回族自治区成立后，银川成为首府，是自治区的政治、经济、文化

▲贺兰山下的银川经开区园区

中心。闭上眼，贺兰山下战马的铁蹄似乎还在刀光剑影中翻飞，而顷刻之间，人间已如幻影转换一般变得平静、祥和。

游牧时代与农耕时代的优势，未必就能成为工业时代的利器。新时期工业经济的发展，有着其对原料、交通、人才、技术等各方面的要求，历史没有给银川留下满足这些要求的因素。

穷和落后，成了银川在20世纪末期的代名词。俗话说："无农不稳，无工不富，无商不活。"原源《寻根》之五里面对这句话作了注解："国家要兴旺，社会要繁荣，工、农、商的发展，缺一不可。"

无工不富，工业革命的兴起给城市的发展总结出了这样一个颠扑不破的真理。自古以来，对于一个城市而言，工业是国民经济的主导，是国民经济各部门进行技术改造的物质基础。工业不断地为国民经济各部门提供先进的技术装备，保证各部门在先进技术的基础上不断发展，从而带动整个国民经济的发展。

经开区初建时，怎么找下锅之米？怎么解发展之急？怎么发展工业经济？怎么建设"黄河雄浑、贺兰岿巍"的银川？这些都成了摆在经开区招商引资工作之首的重大战略议题。

开发需要征地皮、建车间、进设备、买原料、招人才、扩市场，这是市场经济要求的一个链条，而钱是贯穿这个链条的传输带，没钱怎么行？于是招商成了经开区人说得最多的词，也是他们下功夫要完成的首要目标。

经开区，就是一个城市的发动机；钱，就是这个发动机的机油。自己没有油田和加油站，就要找油田、建加油站，而招商就是找油！如何招商引资，让经开区的每一寸土地都长出"摇钱树"，成了摆在经开区人会议桌上的重大议题。

就在银川经开区为发展资金发愁时，国家实施了西部大开发战略。国家战略向西部延伸的重大机遇，对经开区而言犹如久渴的大地迎来了一场及时雨。1999 年 12 月举行的全国计划工作会议上，国家发展计划委员会主任曾培炎指出，要像当年搞特区那样，加快西部地区大开发。中国经济发展的考卷上，期待与会的决策者用超人的智慧和长远的眼光，完成每一处空白的填写。

在这之前，中央经济工作会议已敲定对西部进行大开发的战略决策。会议提出，要不失时机地实施西部大开发战略，这直接关系到扩大内需；促进经济增长，关系到民族团结、社会稳定和边防巩固，关系到东西部协调发展和最终实现共同富裕。

这一表述等于向全国人民宣告了西部大开发在国家战略中的重要地位。要从大局、从战略的高度充分认识实施西部大开发战略的重大意义，要把它作为党和国家一项重要的战略任务，摆在更加突出的位置。

2000 年伊始，国务院西部地区开发领导小组召开西部地区开发会议，研究加快西部地区发展的基本思路和战略任务，部署实施西部大开发的重点工作。

同年 10 月，中共十五届五中全会通过的《中共中央关于制定国民经济和社会发展第十个五年计划的建议》决定，发行长期国债 14 亿元，把实施西部大开发、促进地区协调发展作为一项战略任务，强调实施西部大开发战略、加快中西部地区发展，关系经济发展、民族团结、社会稳定，关系地区协调发展和最终实现共同富裕，是实现第三步战略目标的重大举措。

2001 年 3 月，九届全国人大四次会议通过的《中华人民共和国国民经济和社会发展第十个五年计划纲要》对实施西部大开发战略再次进行了具体部署。

东西部地区发展差距的历史存在和过分扩大，是一个长期困扰中国经济和社会健康发展的全局性问题。支持西部地区开发建设，实现东西部地区协调发展，是我们党领导经济工作的一条重要方针，也是我国现代化建设中的一项重要的战略任务。

早在20世纪50年代，毛泽东同志在著名的《论十大关系》中就强调，要处理好沿海工业和内地工业的关系。当时全国工业的大约70%都在沿海地区，这是历史形成的不合理状况，必须要平衡发展布局。20世纪80年代，在改革开放和现代化建设全面开展以后，邓小平同志提出了“要顾全两个大局”的地区发展战略构想。

回顾历史，从1979年提出要办“出口特区”，到1980年开始建设经济特区，再到1984年5月，党中央、国务院作出建立国家级经济技术开发区的重大决策。毋庸置疑，十一届三中全会给中国的改革开放注入了强大的动力，以深圳为代表的沿海城市在短时间内找到了发展经济的方向和方式，进而一骑绝尘，将西部落后的城市远远地抛到了后面，留给西部人民的，只有焦灼和等待。

2001年，最后一批进入国家级经济技术开发区“国家队”的银川经开区没有赶上“头班车”，错过了中国开发区发展的黄金年代。当它诞生之时，东部沿海地区最早的国家级经济技术开发区已经运行了17年，而它只是一个地处内陆欠发达地区、体制尚不成熟的开发区。

不得不说，正是借助西部大开发战略的东风，这个被天下黄河“宠着”的西北省会城市，才有机会搭上经济发展的快车。然而，事情并不是想象中的那么简单，一个“囊中羞涩”的市政府，要实行大刀阔斧的城市变革，不容易；一个贫穷落后、不具备发展后劲的欠发达地区，单凭国家的一项重大战略决策，要想在短时间内改变现状，更不容易。

## 12. 醉“卧”酒场，只为一纸合同

成立国家级经济技术开发区，并且跟之前的高新技术开发区合并，整合了资源，统一了规划和领导，对于银川市和经开区来说，相当于高楼奠基。

接着就是寻找建这幢高楼所需的原料，招商引资就是购买这些原料，而不是一种圈钱的手段。

一个适合制造轮船的城市，即便招来制造火箭的公司，也会水土不服，甚至影响制造轮船的进度；反之，可以造火箭的地方，引来一个造轮船的企业自然也不是很合理。

招商是一个双向选择的机会，是为经开区和外来资本提供一场“恋爱”机遇，对经开区的发展和外来企业投资都是一场考验。如果企业选择不当，在以后的市场经营中就会因为经营能力不足，或者销量上不去，从而影响市场的正常运作，最终导致合作的脱节和企业的“一蹶不振”甚至关门。

对于经开区当时负责招商的人来说，如同采蘑菇一般，虽然都希望篮子里的蘑菇越多越好，但对于有毒的蘑菇一定要学会放弃，否则只能满足暂时的需求，最终还是会对自己造成伤害。

银川经开区刚成立的时候，所有人都有招商引资任务，领导带头，全员出动。他们穷尽招商引资的所有招数，一遍遍收获着招商路上的快乐、忧愁甚至泪水。

银川经开区招商局的局长郭永带领招商小分队赶在天黑前抵达南方A城，几个人在宾馆旁边的一家饭馆点了几个家常菜，吃了点米饭。办理入住向阳宾馆后，就随意顺着A城开发区的一条路走走看看，边走边讨论明天的工作。

9月的傍晚，要是在北方，这个时候是最舒服的，白日的燥热渐渐褪去，凉意会从夜幕里升起。可是在南方的A城，空气中仍夹杂着一股股热浪。不单单是气候，南方的开发区和银川也有着很多不同，这样的体会是看在眼睛里，听在耳朵里，同时也走进心里的。除了东南沿海的地理优势，发达的工业化水平创造出的客观效益也给A城的基础设施建设注入了显而易见的活力，大家都能隐约感受到这里透出的优越感。招商小分队的成员清楚地知道，不管这种优越感是不是一种自以为是的错觉，但在A城有相当一部分人，而且是一大部分人都不会特别清楚，他们的优越感与开发区培养起来的工业文明息息相关。A 城的市民中不会有太多的人了解创业的艰辛，他们不会在乎企业文化是用怎样的机遇、钻研和汗水凝结而成；他们只关心财政税收，而这税收，有相当一部分来自开发区，来自开发区每一家企业车间里的机器轰鸣声。

第二天早上，天刚蒙蒙亮，郭永和招商小分队的成员就起床了。在此之前，大家已经做了充分的准备，也做足了功课，既包括心理准备工作，也包括事前方方面面的电话咨询。

坐端正，清清嗓子，尽量让情绪进入最好的状态，然后照着黄页上的电话号码一个挨着一个打。这就是大海捞针一样的招商，甚至还有点“姜太公钓鱼——愿者上钩”的架势。

黄页上留的电话号码大多都是各企业销售部门的，一般很难联系到主管项目投资的领导。通常的情况是，电话接通后，里面传来热情的询问声：请问您需要哪一款产品？我怎么能帮到您？一旦知道电话里的真实用意，对方就会很委婉地挂断电话。遇到好心的员工，听到客气的问话，还会说出另一个部门的联系方式。有的虽然打通了，但聊上几句，牛头不对马嘴后也就挂了，在电话扣死之前，还会听到不情愿的嘀咕或者埋怨声；有的接电话的人要么不是本部门的，要么“丫鬟带钥匙——当家不作主”，打通了说上半天，才理直气壮地告诉你，“对不起，这件事我作不了主，等我们领导回来了，我汇报结束以后给你答复”；有的领导不愿意接受来自西北这个偏远城市的盛情邀约，就打发手下的人客气地递上一碗“闭门羹”，不是暂时没有投资计划，就是对投资地还不太了解，等有机会了再说云云。

郭永等人已经习惯了各种意外情况的发生，坦然接受每一次拜访企业时的闭门羹、婉言回绝甚至是嘲讽和嗤笑。回到宾馆的房间里，几个人围坐在一起，分析出现的问题，积极寻求解决的方法，从每一个电话里找可能性，找机会，找希望。在每一个电话号码、每一家企业或者公司名称后面，他们都清晰地标注了通话联络后的结果，也明确了以后进行更为有效的沟通的方法。大家认为，对那些有潜力的企业，有的需要集中力量环而围之，兵分几路进行几头堵，从不同的角度选择不同的策略；有的则是要保持恰当距离地跟一跟，跟得太急人家反感，说不定就会出现“物极必反”“欲速则不达”的反常效果；有的电话上谈得比较和谐，能听出一点合作的诚意，那就成了重点“跟踪”的对象。

有时候就算电话号码是正确的，也不代表就能得到你想要的结果。这时候，考验的就是招商引资人员的恒心、耐心、毅力、诚意和磨嘴皮子的能力。

一个时代的经济发展，有着它的特色；一个时代的招商引资工作，同样贴有自己的标签。很多经济开发区的人们喜欢这样一种比喻：招商人，就要把自己锻炼成一个被反复咀嚼的泡泡糖，有清香，会黏糊，轻易甩不掉。“有清香”就是沟通的时候会说话，说出来的话别人爱听，有艺术，有内涵，有修养；“会黏糊”指的是不能被别人三言两语就痛痛快快地打发了，要学会找话题，会破解别人的死结，会见缝插针，会把话题不断引入彼此感兴趣的领域；“轻易甩不掉”当然更好理解，就是面对别人的断然拒绝沟通或者心不在焉，不能草草收兵，要穷尽一切努力，为双方进一步拓展合作打下基础。

一提起招商引资，大多数人就会说，出去住着高档酒店，吃着山珍海味，喝的都是好酒，这不就是享福吗？深受传统的饭局文化影响，请企业的领导吃饭，一般情况下是离不开酒的。每天都喝酒，每次都喝得胃里难受，不管吃什么好菜都觉得无味。甚至有时候，在同一个地方连续几天吃同样的菜，也会让人很不舒服。他们开玩笑说，有晕车、晕船、晕飞机的，他们却是集体“晕菜”。

若干年以后，他们因当年为了招商而频频出现在酒桌上，导致身体出现了各种问题，身体的内脏器官几乎没有完全健康的。但只要开始谈，就意味着事情向好的方向发展，饭局也就避免不了。

饭局上，“酒品即人品”成了大家的口头禅。尤其是酒过三巡，满桌的人喝得微醺时，说不定就是最关键的时候。银川经开区的招商人员借着酒劲儿表达内心的真实意图，每一句话都发自肺腑，都是掏心窝子的，恨不得把银川的好重复一千遍一万遍。

受邀企业的领导借着酒劲儿，如果之前还有所保留有所遮掩，这时候也就开诚布公有啥说啥了。招商人员则极尽述说之能事，把冠以“塞上江南”之美誉的银川夸得犹如天堂。

不管如何，总算在“大海”之中捞到了几根“银针”。除了几家答应见面细谈的，还有几家则是语焉不详，只是勉强同意先让招商局领导带领的招商引资小分队到他们的企业参观参观。

郭永把小分队的人分成了两拨，一拨去几个新材料类的企业，另一拨去装备制造类的企业。白天的“参观”任务结束后，晚上再请答应见面详谈的企业领导吃饭。

中午，两拨人在离自己较近的小餐馆吃点便饭，稍事休息后，又掐着企业上班的时间继续下午的参观访问工作。

一天的时间过去了，他们回到住处，把各自的收获作了总结：有 3 家企业的领导有所表态，愿意在合适的时间，有合适的机会，到宁夏银川考察一下投资的环境和服务。说到底，对人家而言，眼见为实，环境是硬件设施，而服务除了经开区的诚意，还包括整个城市发展前景所能带动起来的软实力。

当然，招商小分队也遇到过各种尴尬“镜头”。

尴尬“镜头”一：

小分队成员：“董事长您好，我们是银川经开区的，前两天已经在电话里沟通过了。我们特来贵公司参观、取经，并且希望贵公司能在我们那儿投资兴业。”

企业领导：“银川？”似乎一下子想不起来这个地方在哪里。

小分队成员：“银川在宁夏。”

企业领导：“甘肃的宁夏吗？”

小分队成员：“宁夏就是宁夏回族自治区，1958 年就成立了。银川是宁夏回族自治区的省会城市，首府。”

一脸礼貌性的恍然大悟之后，企业领导才带着小分队成员去了生产车间。

尴尬“镜头”二：

敲了好半天门，里面也没人应声。隔壁的办公室有人听到敲门声出来了，问了几句话，说是老总不在，请他们随后再来。

小分队成员又接连敲响了几个办公区域的门，包括技术科、行政科，还有总经办，出来的人都是同一个口径：老总不在，无法安排。

几个人在长长的走廊里面面相觑，哭笑不得。为了不难为别人，他们选择去了另一家，而那个老总的电话在两个小时之后才姗姗来迟，语气里能听出隐隐约约的不情愿。

尴尬“镜头”三：

在一个生产车间，小分队成员第一次见到这么复杂的现代化的生产工艺。机器轰鸣，工人熟练地操作着，整个车间的气氛让人热血沸腾。

小分队成员不停地驻足观看，有些恋恋不舍，等他们回过神来，才惊异地发现，有几个工人像盯着怪物一般看着他们，脸上挂着一丝嘲讽。

几个人相对无言，但每个人的眼神里都是知耻而后勇的坚毅。起步迟了不要紧，只要迈开步子奋起直追，差距总会一点点缩小。

宴请 A 城一家知名装备制造企业老板的时间定在晚上 8 点。跑了一天，小分队的成员已经饿得饥肠辘辘，可是饭点定得有点迟，他们只能咬咬牙忍一忍。不知谁在自己的包里翻出来一袋方便面，几个人就像哥伦布发现了新大陆一样惊喜万分，每人分着嚼了一点，算是应付了一下肚子的差事。晚上7点半，他们就到了订好的饭店等着。不大一会儿，约好的企业老板带着公司的几个下属也到了。双方互相作了详细的介绍，算是认识了，就进入包间，围坐在一张很大的桌子旁边。服务员开始上菜，并打开了经开区小分队成员买来的本地销量最好、度数也不低的一款白酒。

在座的人都满上了酒，郭永站起来做了热情洋溢的开场白，也发自内心地说了一些感谢的话，然后招呼经开区招商小分队的所有成员跟企业老板带领的几个人挨个碰杯。这里的人喝起酒来很是有些特点，不像西北人，在酒桌上又是划拳猜令又是扑克助兴，反正是尽显能耐斗智斗勇博个输赢，输的喝，赢的就兴高采烈地看着。这里没有那么多七手八脚，就一句话：碰着喝，陪着喝。

责任在肩，经开区招商小分队的成员们谁也不敢含糊，喝酒就是“攻关”（他们喜欢把“公关”说成“攻关”，就跟战场上打仗一样，攻城略地的那种），也是招商引资的主要内容，把企业老板陪高兴了，说不定一句话就把合同签了；陪不高兴，一句话就会让所有的努力都泡了汤。

酒桌上的气氛热烈而愉快，推杯换盏，叮当作响。酒劲儿大了，话也大了，没有了顾忌，大家都敞开了说。双方甚至称兄道弟，喝得不亦乐乎。

毕竟之前没有这样“文明”地喝过酒，当小分队成员意识到不胜酒力的时候，时针还没有指向晚上10点，几个人便接二连三地往返于酒桌与卫生间。

还没吃饱，就吐饿了。郭永充满醉意地拉着企业老板的手，含混不清地重复着一个愿望：“银川是个好地方，欢迎你来投资！”老板看起来也是久经“沙场”的人，倒是比郭永清醒一些。然而，他说的话却让郭永胃里的酒菜又咕噜噜地往上翻涌。

老板说：“等你啥时候能把我灌醉了，我就跟你签合同！”说完就带着同来的下属走出了饭店。

郭永和几个同事彻底醉了。

第二天，经开区招商小分队的人一直睡到上午10点才陆陆续续起床，多亏知道酒后误事，也就没有安排特别重要的任务。下午还有两个之前说好的企业要去参观了解一下。重点在晚上，还要跟一家谈好的配套设施企业的老板吃饭，他们对银川经开区做过考察，有投资意向。

这家企业的老板是西安人，算是半个老乡，说话间也能听出来不少亲切的味道。他和公司里一起来的人正合小分队的胃口，喝酒时不仅是江湖义气单打独斗，而且十八般武艺都可以用，所以酒桌上的“战况”要比前一天晚上好很多。

已经过了晚上10点，喝过的空酒瓶不少了，可是没有一个人显得很狼狈。酒桌上的菜大多被“洗劫一空”，有几个碟子还摞到一起了。为数不多的几个不招人喜欢的素菜，也被一桌人用筷子戳得七零八落。老板跟小分队的人接着又对战了一轮，终于露出醉意。他握着郭永的手说：“就冲着银川经开区人的这份爽快劲儿，我同意签这个合同。”

大家都乐坏了，斟满酒继续转圈。老板仰脖喝完最后一杯酒，软软地瘫倒在椅子上，人事不省了。

第二天早上，经开区招商小分队去找他签合同。他竟然面露一副惊愕的表情，极力否认说过签合同的话：“没有啊，我从来没有说过那样的话。即便说了，也属于酒后失言。对不住了，投资建厂的事容我再想想。”

竹篮打水一场空！大家的心情像冬天肚子里咽进了冰块——透心凉。

郭永认识到，喝酒是次要的，签合同才是正题。第三天晚上，经开区招商小分队再次请第一个晚上喝酒的那个老板吃饭。

郭永的耐心出奇的好，兴致同样出奇的高涨，这是平常看不到的。大家都很奇怪局长晚上跟往日不一样的表现，大声说话，大口喝酒，频繁地跟老板碰杯，“兄弟长兄弟短”地套着近乎。喝到夜里12点，之前自信满满的企业老板端着酒杯开始找不到自己的嘴了，终于败下阵来。而郭永早已把胃里的东西吐了个精光，甚至连胆汁都吐出来了。

郭永喝到无法走路，有好几次挣扎着站了起来，但也是踉踉跄跄。胃里空空的，揪得难受；眼神迷离，闪着光圈；两只脚有些木木的，抬起来就似乎找不到落下的地方。招商小分队的成员扶着他回到住处，他还是不能安然入睡，在床上辗转反侧，干呕，折腾了好几个小时。终于等到早上，郭永连早餐都没吃，就让大家带着他在老板家门口守着。

一直守到日照中天，宿醉的老板才从床上起来，推开门看到眼前的情景，一句话都没说，就折身进去了。

大家长出了一口气，总算是签到了 A 城的第一个合同。这可谓是以真诚、酒和胃换来的合同。

YINSE
GUANGHUI

# 第五章
# 开启健康新纪元

## 13. 憨娃娃干成了大事情

身为一家药材公司的员工，那段时间，小伍隐隐约约有种预感，似乎要有什么事情发生。他看到单位的领导跟平日里的表现有些不一样，既显神秘，又似乎带着一点亢奋。同事们倒是也没有比他更清楚其中的门道，也跟他一样，私下里互相探问虚实，做些情理之中甚至情理之外的猜测。

如果说经开区的发展历程是一条长长的跑道，上面有众多的运动员，那么启元药业就是最早踏上这条跑道且一直跑到现在的一名功勋运动员。从刚起跑时的传统制药企业，到目前在经开区大健康产业中占有一席之地的大咖企业，它历经的成长艰辛和各种转型的阵痛，可谓经开区众多企业的一个缩影。

1945年的诺贝尔生理学或医学奖颁发给了弗莱明、弗洛里及钱恩三人，原因是这三个人与“二战时期最伟大的发明”青霉素有关。从此，青霉素被誉为对人类历史进程影响力最大的药物之一，人类对它的依赖度也日益增加。

20世纪60年代中期召开的中央工作会议提出，从战备需要出发，由国家化工部委托中国医药工业公司西安分公司（以下简称西安分公司）承建宁夏制药厂。

1966年6月至7月，西安分公司两次派原西安制药厂车间副主任陈思平，技术员萧志林、漆荣如到宁夏进行选址调查。调查人员先后察看了10余个地方，最终选择了当时位于永宁县杨和街上的县药材公司所在地，作为新建药厂的厂址。8月，西安分公司又先后派陈思平等人分两次到宁夏进行建厂调查。

1966年底，国家投资10万元，主要用于征地和厂内部分公用设施的基建，西安分公司派了27名同志来宁协助建设宁夏制药厂。

小伍是被招进制药厂的一名普通员工。1967年6月5日，这个日子永远镌刻在启元药业历史的第一页，也永远镌刻在小伍的脑海里。这一天，启元药业的前身——宁夏制药厂破土动工。

宁夏制药厂的建设刚一开始，就像一条小船驶入巨浪滔天的区域，随时都有被市场淘汰的危险。厂领导一方面组织人员赴外地参观学习先进的生产工艺，进行设备的设计和修改；另一方面对新招学徒工进行培训，在派出去与引进来之间，为企业注入新鲜血液。

两年后，也就是1969年，宁夏制药厂新招了一个学徒工。谁也不会想到，这个不起眼的年轻人，从此跟宁夏制药厂的命运紧紧联系在一起。

当时招进来的那个学徒工，留给小伍的印象就是看着不起眼，性格有些木讷，穿一身打着补丁的粗布衣裳，一双旧布鞋的大拇指处还顶出来一个快要破了的洞。如果有外人在，时不时地就能看到大拇指害羞地往后缩着。

因为年龄都差不多，而且都是学徒，小伍只要一有空，就会跟这个小个子学徒工一起说说话、打打趣，时间不长就混得很熟了。

当年，宁夏永宁县望洪乡粮库有个做事极其认真却少言寡语的山东人，人们都叫他老胡，他真实的名字倒是很多人都叫不出来了。

这个小学徒就是老胡的儿子胡吉东，从小憨憨的不爱言语，扎进娃娃堆里不显山、不露水的。细一端详，这爷俩都是扔进人群里就会被湮没的那种。大家都没想到，几十年后，胡吉东会成为宁夏启元药业有限公司的掌舵人。

胡吉东祖籍山东泰安，生长于宁夏永宁，父母都是普通百姓。父亲在粮库工作，不爱说话，但为人踏实正派，口碑极好，曾被评为自治区劳动模范。母亲那时候是生产大队的妇女队长，热情又能干。

父母的勤劳质朴无疑给胡吉东带来了潜移默化的影响。熟悉他们的人仔细回想一下从前的小胡，再看他如今办的大事业，都会情不自禁地说不奇怪。原因之一就是胡吉东从小抱着书本就不撒手，作业本正面用完再用反面，还特别勤快，爱干活。那时候，因为心疼母亲点灯熬油做鞋，人们常见他上学路上把鞋提在手里，光着脚丫走田间小道、过渠坝土坎，到学校才把鞋穿上。

胡吉东在农村小学读了四年半书，赶上三年经济困难时期，便跟村里的孩子们一样无奈停学回了家。而初中刚读了一年半时间，又赶上“文化大革命”，他只能回乡当农民。胡吉东喜欢读书，劳动挣工分之余，能找到啥书就看啥书。

少年胡吉东在书里窥见了一个广阔而神秘的世界。

1969 年底，宁夏制药厂在永宁县招工，胡吉东被录用为一名学徒工。学徒工每月工资只有 20 元左右，三年出徒后才能转成工人，一个月工资 37 元。

小伍记得很清楚，胡吉东在制剂车间当机动工，哪个岗位缺人，就到哪个岗位，全车间到处走，像一个流动的哨兵。每个岗位就是一道工序，洗瓶、灌封、灭菌，车间的各种工种他都干过。这对于爱动脑、爱学习的胡吉东来说，学了不少技术，真是难得的人生积淀。

机会总是垂青有准备的人。小伍没想到，不久他跟胡吉东就成了不一样的人。大学开始招收工农兵学员的时候，20岁的胡吉东通过考试和推荐，前往吉林大学有机化学专业读书。他一头扎进知识的海洋，课堂上认真听讲，课后虚心请教，到图书馆自学，在实习中处处留心，任何学习机会都不放过。

有机化学专业跟制药的关系太密切了，这段学习经历使他从过去的“雾里看花”一跃成为胸有成竹的栽花人。毕业回厂后，胡吉东因为干啥都让人放心，又成为全厂的“机动工”。成立实验室，需要人，他去了；配电室、计量室、技术科缺人，他顶着就上。当工人那会儿，他了解了生产环节，在大学读书时又熟悉了技术环节，实践与书本的结合使他的知识和能力呈放射状增长，放在哪里都是块料。

1988年，36岁的他担任宁夏制药厂的总工程师。1995年底，经组织考察，他被上级任命为厂长。

本来觉得当总工更适合他的性格，可以心无旁骛把精力集中于生产技术，只要认真做就够了，而当厂长得统揽全局，要有大局观。胡吉东觉得，如果在企业经营与发展正常时他应该当总工；如果企业发展的前景不清晰不明朗，不知路在何方时，那他还是应该当厂长，因为当厂长可以把自己的思路变为现实。

胡吉东的骨子里继承了山东人的豪迈与大胆，但这大胆是建立在他多年的学习积累和对事物的把握上，建立在他对市场客观的调研分析的基础上。

胡吉东上任宁夏制药厂厂长时，正逢全国医药市场严重滑坡，制药厂面临生存危机，企业充满了来自各方的压力和悲观的气氛。如果说制药厂是一个病入膏肓的人，那么，技术改造就是一场不打麻药的手术。只有技改才能使企业起死回生。当时，有一句行话，“困难企业不搞技改是等死，搞技改是找死”。胡吉东却不这样认为，他认为企业有没有发展，关键在于正确决策，等死是必死，找死还有活路；唯有正确的技改决策和实践，才可能使企业经营峰回路转，进入正确的发展轨道。

观念的冲撞，资金的短缺，技改的路上可谓荆棘丛生。

第一次技改，国家批准的600吨盐酸四环素项目，专家测算需投资8000万元，这在当时的宁夏医药行业是罕见的大投资。当时，从上到下，企业决策者与员工认为资金压力太大，决定分两步实施。

胡吉东研究市场趋势，激烈思考着企业的命运，决心立足于宁夏的原料优势和能源优势，迅速上规模、上档次，抢占国际市场。他克服巨大的阻力和困难，迅速而果断地作出新决策，变技改项目两步走为一步走。

科学运筹，强化管理，严格控制设计、施工等资金使用的各个环节，最后他和项目组的同志一起经过努力，以5219万元完成了常规概算为8000万元的技改工程，打破了技改项目决算超预算、预算超概算的常规模式。最终项目提前5个月投产，减少了利息又占领了市场，当年就为企业增加了1600多万元的销售收入。技改后，盐酸四环素的生产规模扩大了15倍。

紧接着，二期200吨“四盐”技改项目、三期600吨“四盐”技改项目相继建成投产，短短三年，企业完成了西部最大——全国最大——全球最大的盐酸四环素生产企业的“三级跳”。

三年不飞，一飞冲天；三年不鸣，一鸣惊人。时光见证了宁夏制药厂的腾飞。

## 14. 历尽坎坷，中药厂起死回生

说起药企，在20世纪五六十年代，宁夏制药厂其实并不是一枝独秀，比它更早的，还有另外一家，那就是银川中成药厂。

银川中成药厂是一个由中药加工部逐步发展起来的企业，厂区位于银川市兴庆区永康北巷内。

检索1998年出版的《银川市志（上下册）》，没有任何关于中药生产的记载。在有关人士零星的口述中，仅有少数商人在宁夏收购或贩运药材的相关记载。

在激情燃烧的1958年，中共八大二次会议通过了“鼓足干劲，力争上游，多快好省地建设社会主义”的社会主义建设总路线，很快大办工业的号召便传至各地。对此，宁夏提出了“依靠群众、小型为主、全面铺开、遍地开花”的方针。在这样的背景下，银川中成药厂成为数千座速生工厂中的一座。

在负责人李子敬、强培珍的带领下，银川中成药厂紧锣密鼓地登台亮相。刚一成立，药厂就选派第一批技术员和青年工人赴上海第三制药厂培训学习生产抗生素、针剂、片剂的技术。药厂人自力更生，不论男女，打土坯、打砖窑、打井，有时甚至几天几夜不睡，当年厂子便生产出青霉素、链霉素、金霉素的针剂和片剂。

1962年夏，银川中成药厂迁往银川南门外。新厂址占地80余亩，自治区拨款盖了两层楼、水塔和锅炉。其余设施和职工宿舍，由干部职工自己打土坯、烧砖，自己盖。开始先是建砖拱窑洞，刚盖起来没有门，就先挂个草帘子，炉子一生，满屋都是水蒸气。就在这种条件下，他们生产出针剂、片剂、中药、膏药等大批药物。

然而，历史终归要对超越现实条件、盲目冒进的行为给予惩罚。由于隶属关系多次变化，加之缺乏管理经验，致使产品成本过高、质量不过关。再加上连续三年的自然灾害，粮食告急，银川中成药厂被迫停止了抗生素项目，大量的设备闲置起来。

此状况一直延续到1963年5月。根据中共八届九中全会决定的对国民经济实行“调整、巩固、充实、提高”的八字方针，自治区决定将银川中成药厂的大部分厂地、房屋及动力系统转划给电表厂，360多名干部、技术人员和工人被安排到其他单位工作。

至此，宁夏历史上的首家中成药厂夭折。

银川中成药厂下马之前，自治区领导李景林指示说，“羚翘解毒丸”不能下，它能治病，疗效确切。自治区卫生厅厅长张程等参加会议后回来传达，让中成药厂好好重视。

当时社会上流行性感冒相当厉害，许多学生不能上课。中成药厂生产的几个品种不仅在宁夏有名，在甘肃、青海、内蒙古等地也美名传扬，上述几地还指定要用宁夏的中成药。

在当时还发生了这样一个真实的故事。三年经济困难时期，银川中成药厂生产了枸杞药酒。当时宁夏驻京办有一个姓白的处长，是个老红军，长征时在恶劣的自然环境下留下了后遗症，6月天还要穿毡靴，要不然就倍感不适。宁夏药材公司的人去北京开会给他捎了些枸杞药酒，喝了几瓶以后，折磨他几十年的老寒腿竟然好了。他高兴地甩掉了毡靴，换上了皮鞋，连连夸奖枸杞药酒就是“救命药”。

虽然银川中成药厂下马了，但宁夏药材公司的“成药加工部”承担了保护这些珍贵的中药产品的重任。当时厂址就在如今的银川市兴庆区永康巷，占地面积不足5亩，依旧为前店后厂的作坊式生产方式。成药加工部生产规模非常小，用于制药的房屋只有几百平方米。工人通常只有十几人，忙时加上临时工最多三十几人。

成药加工因属商业系统，上级缺乏工业意识，投入设备很困难。于是职工们发扬自力更生的优良传统，一方面搞建设，一方面搞生产。生产工具简陋，洗药用水缸，切药用板刀，煅炙炒药用铁锅土灶，粉药用石碾，泛丸用竹匾。

“文化大革命”期间，许多企业经常停产“闹革命”，但成药加工部没有停过产。经常会出现这样的情况，他们还正搓着药丸，上面就通知到南门广场开会。

开会是不能不去的，开几个小时会职工们回来就补几个小时的班。在此期间，上级曾拨款10万元给成药加工部用于技术改造，但在当时的形势下由于缺乏创新意识，能维持生产就不错了，对这样一笔计划外资金成药加工部不知派何用场，最后竟然完璧归赵又上交了。

成药加工部生产的“参苓白术散”，是已经问世千年之久的中华名药。

1968年，内蒙古海勃湾有一对老夫妻，孙子患痢疾当地几家医院治不好，奄奄一息之际，有人告诉他们宁夏的中药能救命。他们通过打听，便来到宁夏医学院附属医院治疗。门诊医生建议他们买宁夏生产的中药“参苓白术散”。

当时，社会上已经买不上了，成药加工部也只剩下三盒样品。这对老夫妻找到这里后，成药加工部就给了他们一盒。

老夫妻把“参苓白术散”拿在手里端详，心里怎么也不相信，这么一盒毫不起眼的小药丸，能救人于生死吗？

他们拆开一袋，用水给孩子灌进去，就那样半信半疑、目不转睛地盯着孩子的反应。奇迹真的降临到他们的头上了，小孩吃了“参苓白术散”，几个小时以后病情就有了起色。第二天，老夫妻领着孙子一进成药加工部办公室的门就给加工部里的人跪下了，说他们是永远都不能忘记的“救命恩人”。

成药加工部生产的传统中成药经过老百姓口口相传，在市场上的名声越来越响。五粒回春丹、七珍丹、脐风散、婴儿素、调经丸等供不应求，加工部的生产规模远远不能满足群众的需要，于是，成立银川中成药厂的事被提上议事日程。

1971年，经自治区商业厅批准，银川中成药厂终于成立，厂长是杨华兴。1980年，银川中成药厂划归自治区医药管理局领导。由于设备落后，产品老化，效率低下，加之地处西北，交通不便，信息不通，企业负重运作，已经有些疲惫不堪，步履蹒跚。再加上制作技艺因袭相传，产品质量无统一标准，生产只能原地踏步，没有发展。尽管此时党的十一届三中全会关于建立社会主义市场经济的战略已经提出，但具体到不同地方不同企业还需要“摸着石头过河”，一时效果难以显现。

1981年，时任厂长的郭明福带领银川中成药厂迈上了改革发展的快车道，第二年就结束了产值在100余万元徘徊十年的局面，利润也翻了番。三年后，银川中成药厂更名为“宁夏中药厂”。

五年后，年轻的女干部张东琴担任宁夏中药厂厂长。1990年，宁夏中药厂晋升为自治区一级企业。

2000年6月，自治区医药管理局委任时任宁夏制药厂厂长胡吉东兼任宁夏中药厂厂长。随后，宁夏制药厂与宁夏中药厂拟改制重组，成立宁夏启元药业有限公司。同年12月，自治区人民政府批准了这个方案。

▲宁夏启元药业有限公司远景

经过漫长的坎坷历程，宁夏中药厂与宁夏制药厂强强联合，共筑宁夏制药产业航母，开始迈向新的征途。

新世纪的大幕刚刚开启，一轮朝阳喷薄而出。由宁夏制药厂与宁夏中药厂改制合并重组的宁夏启元药业有限公司，正式在位于银川市永宁县的望远工业园亮相，这是宁夏生物制药行业的一艘新“航母”。

## 15. 破解成功密码——“市场”连接“现场”

西部大开发战略实施后，宁夏回族自治区制定的城市化、工业化、产业化战略，为区内的企业提供了发展新机遇。生物制药就像一座快速浮出经济海面的岛屿，在新世纪的曙光下发出耀眼的光芒。宁夏气候干燥凉爽，不易染菌，极利于发展抗生素产业，且有电力、农业方面的区域优势资源。这块亟待开发的热土，同样呼唤着生物制药的种子。

生物制药产业对推动宁夏区域经济发展和农业产业化的意义非同小可。以2000吨红霉素系列产品项目为例，每年可消耗玉米15万吨，耗电2亿度，耗煤30万吨，对带动宁夏农副产品产业化和促进煤炭工业、电力工业的发展都有积极作用。

胡吉东看准了生物制药的前景，抓住改革创新不放，带领企业以大气魄、大手笔，书写了恢宏的历史篇章。

启元药业瞄准世界级技术目标强力攻关，引进先进设备和专家，与全国知名重点院校进行合作科研。与上海理工大学合作，建立了抗生素发酵实验室，采用新工艺、新技术，创国际同品种厂家之冠，微生物发酵水平跃居全球前沿；与北京理工大学、华东理工大学、宁夏大学、四川抗生素工业研究所等科研院所建立了长期的科技合作关系，形成了“产、学、研”相结合的企业技术创新网络。同时，建立三级质量检测网络和质量监督网络，使产品从原料采购、投料到成品产出的各个环节都处于严格的科学监控之下，实现了“零缺陷”

的目标。

自从胡吉东掌舵以来，启元药业以“康健华夏，筑誉世界”的雄心一路拼搏，跻身国家重点高新技术企业、全国百家重点出口企业的行列，成为宁夏医药行业的龙头，并从中国西部走向世界。他一年有近三分之一的时间出差在外，通过自己看、听、问、感觉，进行分析和判断，再参考下属的汇报，准确地把握信息，对全国抗生素市场了如指掌，对国内、国际相关生产厂家、客户和生产基地了然于胸。

八年来，启元药业相继投资 17 亿元，持续进行了一系列深度技术改造，演绎了从一条小船到一艘航母的恢宏嬗变。

一个企业是有灵魂的，它的灵魂最核心的部分跟一个优秀的团队分不开，也跟这个团队的领头羊分不开，且一脉相承。尤其是一个从宁夏这块贫瘠的土地上努力成长起来的药企，它不单单只是为了创造利润，必定还带着泥土的清香，带着甘为百姓解千愁的初心使命，也就是描述传统中华医药行业的那副经典对联说的——

> 桔井香流散作回春甘雨，
> 鼎炉火暖烧成济世金丹。

这，或许就是启元药业有别于其他制造型企业的地方。

只要身在企业，生产现场总是胡吉东频频光顾的地方。许多外地的客户与合作的技术人员，在车间和建设工地常常能看见一个衣着朴素的人，那就是胡吉东。

胡吉东一直保持着普通劳动者的情怀。每年大年初一，正是万家团圆和走亲访友拜年的时间，他却带领公司管理人员下到每个车间，慰问在岗工人，看批报，解决问题，整整忙一上午。公司党委书记李萍说，平时节假日他也总是要到一线，他是“没列入值班表的值班员”。

作为启元药业的董事长，按宁夏人的说法，如果是个“烧包货”，还不知怎么显摆呢！可是胡吉东一家人喜欢平平淡淡过日子。现在，他们一家还住在工厂宿舍区四楼一套90多平方米的单元房里，屋里的摆设极其普通，甚至有些落伍。彩电还是老式29寸的，常出毛病，坏了好几次，修理后还在看。茶几和桌子、窗台上有几尊醒目的石头艺术品，透着胡吉东的真性情。

几十年来，他没离开过企业。当工人，扎扎实实；当工程师，兢兢业业；当厂长，敢为人先；当董事长，殚精竭虑。

2005年12月，时任自治区党委书记陈建国在启元药业视察工作时说：“宁夏需要这样有魄力的企业领导，把宁夏的企业做大做强；需要这样有远见的领导，立足于实际行动，敢为人先，做别人不敢做没做过的事。南美一个小国家还能打入世界杯足球赛16强呢！我们应该有这个魄力，小省区也敢做某一产品或产业在世界上最大的企业。”

启元药业就是一个跑进全球盐酸四环素生产赛道的运动员，一路披荆斩棘、克服困难，跑出了这个领域的“冠军”成绩，而领跑者就是胡吉东。在一次专访中有记者问他：“听说你每年有三分之一的时间在出差，作为总裁，不影响管理工作吗？”

胡吉东举了一个有关麦当劳的真实故事。麦当劳之父克洛克发现，他聘请的职能部门经理习惯整天待在办公室，躺在舒适的椅子上指手画脚，于是便下了一道命令，把所有经理的椅子背都锯掉，并要求他们常到生产间和市场上走走看看。

层层汇报上来的市场信息，往往有遗漏、偏差和虚假成分，这就是所谓的报喜不报忧，而这些“忧”的信息对于领导准确把握市场的真实情况又是非常重要的。“不报忧”等于是堵住了信息反馈的渠道，带来的后果往往是致命的。

这种“锯椅背”的管理方式后来被学者总结为“走动式管理”。企业管理者跑市场是现代企业“走动式管理”的一种重要形式。它不仅对企业营销意义重大，对企业战略、管理沟通，甚至人才队伍建设都有着至关重要的作用。胡吉东不仅率先做“走动式管理者”，也要求启元药业的高层、中层干部，成为企业内部不同层次的“走动式管理者”。

2001 年，启元药业投资 7400 万元在银川高新技术开发区新建了 2.7 万平方米的现代化的制剂药品生产、营销基地，成为入驻开发区的最大现代药企。这是启元通过自己的技改、业绩和实力为自己购买到了进入银川高新技术开发区的“门票”。同时，银川高新技术开发区的招商引资政策，也开始为启元的“肌体”注入新的活力。

启元药业崛起之前，生物制药这个行业在宁夏微不足道，是启元药业带动了宁夏的生物发酵产业。启元之后，伊品、多维、万盛、大地等一批企业都开始走生物发酵产业这条路，最终形成产业集群规模，使宁夏成为中国西部新兴的生物制药基地。而自治区党委政策研究室的有关人士也开始把“启元现象”作为一个研究题目进行深入研究。

## 16. 一头“牛”跑出了火箭速度

以前，在西北地区以“穷”为基调的地方，一个馒头、一个鸡蛋，就是一顿不错的早餐，吃饱就等于吃好的早餐概念已经植入人们的观念很久。直到有一天，银川的人们发现自己的早餐习惯了一个馒头、一杯牛奶的模式。早餐习惯的转变背后，是乳业这个新事物，成为银川人普遍接受的东西。早上起来，全家人一人一袋牛奶；孩子放学回来，习惯性地抓起一袋牛奶，撕开包装就喝；女人们把喝牛奶当成美容的一部分，男人们喝完酒后则开始惦记一杯能解酒的牛奶。

然而很多银川人并不知道，每天大量进入超市，被摆上餐桌的牛奶究竟是从哪里来的。一些细心的市民发现，他们喝的牛奶大多是“蒙牛乳业”生产的。很多市民注意到，一楼的楼道口，常常会增添牛奶箱；报纸订阅期到来时，报纸的随赠品中少不了牛奶；超市、饭馆搞促销活动时，奖品也少不了牛奶。这种现象与一头来自内蒙古的“牛”进入银川经开区有关。

大健康产业兴起的时候，“蒙牛”以雷霆万钧之势占领中国乳业市场，靠的当然不是一两个催人奋进的励志故事，而是心系万千百姓健康的情怀，还有“蒙牛”人一门心思创业的执着精神。

“蒙牛”这个名字，“蒙”当然指的是内蒙古自治区，而“牛”的含义则趋于宽泛，既指代奶牛或者牛奶，也暗含一个特殊的姓“牛”的人。更重要的是在蒙牛不断壮大，走出国门走向世界的今天，它还体现着“牛气”一类词语传达出的褒扬与溢美之意。

在内蒙古呼和浩特市的一些地方，流传着这样一段民谣：“一家一户一头牛，老婆孩子热炕头；一家一户两头牛，生活吃穿不用愁；一家一户三头牛，三年五年盖洋楼；一家一户一群牛，比‘蒙牛’的老牛还要牛。”这段民谣说的是养奶牛的农户一定会过上好日子，而其中提到的“蒙牛”的“老牛”，指的就是内蒙古蒙牛集团的创始人、董事长牛根生。

提起“蒙牛”，可能大多数人都知道它是一家做牛奶的公司，但对它的前世今生了解得却不是很多。通过这样几句话可以大概看出蒙牛公司的“牛”速度、“牛”经历：用短短 8 年时间创立蒙牛，使蒙牛成为全球液态奶冠军、中国乳业总冠军；蒙牛集团被全世界视作中国企业顽强崛起的标杆，“蒙牛现象”成为经济界最热门的专有名词之一；蒙牛的产业链上联系着百万奶农、千万股民、数亿消费者，被誉为西部大开发以来“中国最大的造饭碗企业”；2006 年，《财富》杂志首次发布“最受赞赏的中国公司”，“蒙牛”在前四名占有一席之地；2007 年，在“新浪网络盛典年度评选”中，“蒙牛”被评为“中国最具影响力的两大品牌”之一。

而创造出“蒙牛”奇迹的牛根生的一生，同样是个奇迹。牛根生的童年是在苦水里泡大的，他至今仍不知生父生母是谁，更不知自己究竟姓什么，唯一知道的是自己出生于内蒙古呼和浩特，因为家里条件艰苦，为生活所迫，父母无奈将其送给一对养牛的夫妻。

养父的职业是养牛，这让牛根生的一生与牛结下了不解之缘，前半生跟奶牛打交道，后半生跟牛奶打交道。1983 年，牛根生进入了一家奶制品工厂上班，成为一名工人。这家工厂就是著名企业“伊利”的前身，后来蒙牛乳业的成型与壮大，都跟这里息息相关。

刚创业的“蒙牛”只能在夹缝中求生存。牛根生知道，要想扩大“蒙牛”的知名度，依靠常规的营销手段，难以实现重大突破，只能以奇招制胜。于是，“蒙牛”提出了“创内蒙古乳业第二品牌”的创意。

“蒙牛”的人都知道这样一句人生格言：“小胜凭智，大胜靠德。”“蒙牛”虽然名不见经传，但是，通过把第一品牌定为自己奋斗的标杆，使消费者渐渐知道了“蒙牛”，而且留下一个印象——“蒙牛”似乎也很大。

1999 年 4 月 1 日，呼和浩特市的老百姓一觉醒来，市区主要街道旁边的 300 块广告牌全是“蒙牛”的广告：为民族工业争气，争创内蒙古乳业第二品牌！一石就能激起千层浪，这 300 块广告牌同时入市，自然掀起了市场巨浪。“蒙牛”成了内蒙古老百姓热衷谈论的一个话题，人们记住了“蒙牛”，也记住了“蒙牛”是内蒙古乳业的第二品牌。

5 月 1 日，就在老百姓讨论“蒙牛”的余热还未散之时，48 块“蒙牛”的广告牌一夜之间被砸得面目全非。聪明人善于把坏事变为好事，把危机转化为机遇，蒙牛人利用广告牌被砸事件让社会关注“蒙牛”的热情再度升高，“蒙牛”开始变得“愈神秘，愈美丽”。

广告牌可以被砸，但是把广告印在产品包装纸上的策略堪称高明，表面上似乎为别人免费做了广告，但实际上是为自己做宣传。默默无闻的“蒙牛”正好借别人的“势”，出了自己的“名”。“蒙牛”的品牌硬是在重重围剿之中杀出了一条血路。

有这样一个励志的故事。在非洲大草原上，生活着狮子和羚羊。清晨，羚羊从睡梦中醒来，它知道新的比赛就要开始，对手仍然是跑得最快的狮子，要想活命，就必须在赛跑中获胜。同时醒来的还有狮子，它看到羚羊在拼命奔跑，知道是为了躲开自己的追捕，如果跑不过羚羊，自己就只能饿着等死。

这是多么奇妙的事情！狮子之强，羚羊之弱，差别不可谓不大。然而在物竞天择的广阔天地里，二者面临的源自求生欲望的压力却是同等的。在动物世界里，动物的对手说到底就是它自己，要逃避死亡的追逐，首先就要战胜自己。它必须越跑越快，因为稍一松懈，便会成为他人的战利品，绝无重赛的机会。

在现代社会，对企业来说何尝不是如此？要么做得更好，要么被淘汰。这是“蒙牛”创业经历的真实写照，更是“蒙牛”企业文化的精髓所在。

蒙牛乳业凭借着团队的过人智慧，实现了高速发展。2002 年，“蒙牛”赢得了“中国驰名商标”和“中国名牌产品”称号。打造“中国驰名商标”最短需要 3 年时间，而“蒙牛”恰恰只用了 3 年。这正是“蒙牛”追求快速成长，短时间内成为强势品牌的目标。

城市多喝一杯奶，农村致富一家人。2005 年之后，“蒙牛”的销售额和市场占有率成为全国第一。经历过无数挫败与成功，“财聚人散，财散人聚”的经营哲学在“蒙牛”得到具体体现。“蒙牛”完美地把“中国牛”演绎出“世界牛”的风采，玩了一把魔幻漂亮的“乾坤圈”战术。

像一个长大的牛犊一样，发展壮大的“蒙牛”不满足成长时期的小牛圈，开始突破藩篱、向外扩张。当它和极力想引进现代企业的银川经开区相遇时，注定会上演一次“英雄会”。2010年，蒙牛乳业与银川经开区达成落户协议，决定建厂投产。

银川周边地区地处北纬38度附近，几乎与西方奶业大国同纬度，平均海拔1100米，年平均日照3000小时，年平均降水量200毫米，年平均气温8.5摄氏度，冬无严寒，夏无酷暑，奶牛既无冷应激，又无热应激。这里日照充足，气候干爽，空气纯净，气候适宜，水源充足，牧草生长得鲜嫩多汁，是中国的黄金奶源带。说得通俗点，因为先天禀赋，这里的奶牛不容易生病，单产量自然就高了。

在这里，奶牛们最喜欢的紫花苜蓿和燕麦草等优质牧草，也是黄金奶源带的原生植物，不需要工作人员悉心呵护就能长得肥美茂盛，这是银川周边地区拥有的、不可比拟的天然优势。“蒙牛”选择进入银川经开区“安营扎寨”，既能给银川及周边城市的市民送去健康，吸纳当地劳动力，又能推动当地经济发展，还能给蒙牛乳业的优质奶源供给带来看得见的优势。

YINSE
GUANGHUI

# 第六章
# 小人物书写大传奇

## 17. 一棵桑树，跟“小巨人”一起长大

每天从公司的院子里走过，马红毅有意无意地都要扭头看看旁边的那棵树。

那是一棵桑树。似乎经历了漫长的岁月，它枝丫舒展，像一个在自由、奔放的空间里成长起来的农村少年，迎风歌唱，率性生长，全然没有其他应景树那样的矫情和刻意。

这么一棵低调而平凡的树，没有高大的身躯，也没有修剪得多么吸引人眼球的造型，就像这家企业的一名员工似的，看着人来人往、云卷云舒。公

司里很多员工都像马红毅一样，清晨踏着朝霞上班也好，中午看着太阳照出的身影出去就餐也好，晚上带着一天忙碌工作后的疲惫锁好办公室大门要回家时也好，都会有意无意地朝那棵树瞥去一眼，仿佛它就在那里值班。这棵长在公司院子里的树，和这里的员工们有怎样的故事呢?

这棵桑树的“前世”，马红毅也是止于听说。他来公司上班的时候，桑树就已经像一位提前到岗的哨兵，在空落落的院子里迎风站立，边上也没有其他树木陪着，就那样孤零零地顾影自怜。他曾经也抚摸过桑树的枝干，绕着它转圈，替它孤独过、凄凉过，也常常以它为傲。

背地里，马红毅一直在心里把桑树悄悄地称作“元老”。确实，公司里再没有比它能见证企业发展历史的“前辈”了。

▲小巨人机床有限公司院子里的桑树

1998年，银川高新区经管委会决定，成立“小巨人”项目协调小组，统一协调“小巨人”项目进区事宜。

小巨人是日本MAZAK机床厂在中国的独资公司，行政中心在上海，有两个生产工厂，一个在宁夏银川，另一个在辽宁大连。它的前身是宁夏长城机器制造厂，主要生产铸件，一直给日本的MAZAK公司供货。两家公司彼此熟悉后，宁夏就萌生了让MAZAK公司来中国合作投资建厂的打算。

为了振兴宁夏机床工业，1997年11月，受宁夏回族自治区人民政府代主席马启智的委托，主席助理于革胜率团考察日本的OKUMA、MAZAK、MAKINO、NAKAMURATOME等四家机床公司。随团考察的还有体改委主任、重工业厅厅长、财政厅副厅长、长城机床厂厂长、大河机床厂厂长、长城机器制造厂厂长等。

通过考察，考察团选中了日本山崎的MAZAK公司，并正式向该公司提出合作建议。MAZAK公司第二副社长山崎恒彦答应翌年春到宁夏考察。考察结束后，日本方面也对在宁夏银川投资建厂有了兴趣，随即派人前来银川继续考察。

1998年3月，自治区主席助理于革胜在自治区重工业厅召开会议，讨论由长城机器制造厂兼并长城机床厂和大河机床厂，成立宁夏机床集团公司有关事宜。长城机器制造厂提出了两个条件——必须有外资介入，必须股票上市。会议决定成立筹备小组。当天下午，在长城机器制造厂三厂召开联席会议，成立“振兴宁夏机床可行性领导小组”。

4月，MAZAK公司第二副社长山崎恒彦率团来宁考察了长城机床厂、大河机床厂和长城机器制造厂，表示愿意与长城机器制造厂合作，并转让产品和技术。7月13—17日，自治区主席助理于革胜赴日签订项目达成意向书和技术转让备忘录。

8月，应MAZAK公司要求，长城机器集团董事长孙文靖到北京与

MAZAK 公司代表柳泽会谈。MAZAK 方面明确表示，不同意长城机器制造厂兼并其他机床厂，不同意股票上市。经请示自治区党委和政府，长城机器制造厂决定不兼并、不上市，以做成小巨人项目。至此，双方基本达成一致。

3 个月后，时任自治区党委书记、人大常委会主任毛如柏率团访问 MAZAK 公司，并主持双方合资合同书、技术转让合同书和合资公司章程的签字仪式。同行的还有自治区党委政策研究室主任、自治区外办主任、自治区重工业厅厅长和几位处长等。

1999 年 2 月，为小巨人机床项目招收的 41 名大学本科毕业生正式报到，同时开始进行为期 3 个月的日语和其他内容的培训。5 月 28 日，“小巨人”在银川市金凤区奠基。

“小巨人”是在很多人的质疑声中动工、奠基的。当时，有很多老同事持着怀疑的态度问孙文靖：“老孙，干这个事儿能不能行？”孙文靖的回答是：“我个人没问题。”而时任机械电子部副部长陆燕荪的一番话，让孙文靖更加坚定了把小巨人做好的决心。

陆副部长以斩钉截铁的态度对孙文靖说：“老孙，这件事情你无论如何都要干。山崎 MAZAK 是世界级的企业，这件事儿你要是不干，就太遗憾了。你干好了，就给中国制造业做了个样板。你要知道，某市四大班子的领导到山崎 MAZAK 请他们去投资，什么条件都给，他们不去；机械工业部某领导带着人到 MAZAK 说，你到中国来投资、建机床厂，什么条件都答应，他们不来。我不知道他们为什么会到你这儿来，但这件事对于国家来讲、对于行业来讲，都是很难得的机会。”

孙文靖郑重地点点头，将这副重担挑在肩头。虽然之前有过管理长城机器制造厂的经验，但要管理一个外资企业，他心里还是有点隐隐的不安和焦虑，毕竟，在宁夏银川，这样的事情没有先例。

征地完成后，MAZAK 公司将要正式投资建厂。之前，这里还是一片农民

▲小巨人机床有限公司全景

住宅区。各式各样的民房错落有致地分布在一排排大树的掩映之下，房前屋后有良田、菜园，时闻鸡鸣犬吠之声。傍晚时分，随处可见人们在夕阳的光照里惬意地散步，拉着家常。他们想不到，因为工业文明的延伸，他们要永远地搬离故土，开始新的生活。在几代人甚至更长岁月的变迁中，他们对这块不是十分富足的土地，产生了一种深深的无法摆脱的情结，突然说要搬走，心里的无奈和不情愿是显而易见的。但他们更愿意看到，这个城市的市民甚至更多一部分人，因为他们的搬离而受益。这不仅仅是一笔经济账，也是一笔良心账。在大是大非面前，他们的淳朴和善良总是能给出令人满意的答案。

包括几名派驻的日本员工，当时“小巨人”共招聘到的员工有100多人。因为工期紧，他们不仅帮着离开此地的农民拆迁、装车、搬家，还要参与到厂子的建设当中。那时候，“小巨人”的所在地还是比较偏远的郊区，农户搬走以后，那里就显得特别荒凉。然而即便是在深冬，气温降到零下20多摄氏度，建设工程也没有停下来。厂子里临时睡觉的地方用火炉取暖，晚上西北风呼呼地刮着，大家看着炉子里的火苗明明灭灭地闪着，谁的心里也没有生出多余的苍凉感，而是满怀信心地憧憬着未来的美好生活。

马红毅就是在厂子奠基不久后加入了小巨人公司，并于2000年6月，作为小巨人第三批研修生赴日本MAZAK公司研修。

当时的员工写了这样几句诗，算是对那段日子的纪念。

那一年，我们身披洒满朝阳的羽翼
为寻找青春的光芒背起行囊
我们踏上前往东瀛的求学之路
誓为中国机床行业树立榜样
蓝的房顶　白的厂房　绿色地面
大西北昔日的农田中

## 悄然挺立起一座现代化的智能工厂

马红毅虽然不是最早进入小巨人公司的员工，但奠基时就已经来了，也算是跟着“小巨人”一起成长起来的老员工了。据他回忆，在一个拆迁户的院子里，长着一棵桑树，看起来并不十分惹眼。桑树分了几个树杈向四周伸展，既没有松柏的紧凑与端正，也没有垂柳的妩媚与妖娆，而是有些松松垮垮地在院子里生长着。

虽是一棵普通的桑树，但在主人那里，可能是基于某些渊源，倒是有点舍不下的意思，准备将它挖出来挪走。经过跟桑树的主人商量，公司花钱将它买下，使它成了公司中的特殊一员，在公司的院子里安静地生长了二十几年，与公司来来往往的人相依为伴。

从农户搬走后的荒地到“小巨人”的办公区域，这里发生了巨大的变化，唯独这棵桑树，牢牢地守护着根部的大地，从容地走过春的温暖、夏的炎热、秋的凉爽、冬的严寒，一年又一年。马红毅知道，截至今天，这是那片拆迁地唯一一个留下来的“古老”物件，并且成为“小巨人”从无到有、从小到大发展历程中最为特殊的追随者，也是这片土地历史变迁的最忠实的见证者。

建厂工程开始后，公司员工分批去日本 MAZAK 总部进行入职前的系统培训，马红毅是最后一批。

刚刚进入日本，眼前的情形令他有些怅然若失。虽然听人说日本是个工业发达的国家，但那仅仅是听说，跟亲眼所见不一样。马红毅出生在宁夏，也是在宁夏长大，因为是公司组织的专项培训和研修，所以他的活动范围只是局限在 MAZAK 公司及其周边地区。培训期间，虽然没能去日本的大城市转转，但充实而紧张的培训生活带给他很多在宁夏学不到的东西。

培训结束回国，马红毅进入公司产品质量管理、检测部门工作至今。21

年前，只在西北这座落后城市待过的他，深刻体验到了发达国家与发展中国家、工业城市与非工业城市、田园经济与工业文明之间巨大的差别。同时，他也深深懂得了工业兴起对于城市乃至国家的极端重要性。

在“小巨人”办公楼一楼刚一进门最显眼的地方，陈列着一件堪称古老的物件，那是长城机器制造厂最原始的机床加工设备。简陋、粗糙、陈旧，在一个现代人的眼里，它甚至根本算不上一台像样的设备，很大程度上倒像是一个精心制作的、可以供人游戏的玩具。简单的骨架，简单的连接，简单的操作方法，它代表着中国机床制造业最古老的文明。闭上眼，那些艰难求索的人们的身影就会在记忆的长河里愈加清晰。

每天进出办公楼的门经过这台设备时，马红毅都会认真地看一眼这台静静伫立的机床加工设备，心里就不由自主地荡起一阵美好的涟漪。

这台设备问世的时候，马红毅不知道自己多大，说不定还没有出生，它跟他没有太密切的关系。但是现在这种浓浓的亲切感每天都在不经意的照面中油然而生，让他对这台古老的机床制造设备越来越产生出一种深深的敬意。

如今小巨人机床有限公司以最先进的生产设备和软件管理系统，建立起智能网络化的生产环境，被誉为“中国第一座智能网络化机床制造工厂”，开创了我国智能网络化工厂的先河。

从研发到生产，马红毅和同事们见证了这些工序的进步，而后者的每一次进步都旨在保证产品的超高品质。

生产工序中的“MAZAK 全球生产方式”，让所有产品都由受过高等教育和培训的生产工程师使用最先进的设备加工零件，并进行组装，通过世界同一基准的品质检查后，发售给客户。

着眼全球，锐意创新。“小巨人”把握时代脉搏，立足中国机械行业发展新态势，以MAZAK中国公司为中心的“一体两翼”战略布局有序展开，传承、创新、超越，共创智造新未来。

▲小巨人机床有限公司现代化的生产车间

机床工业是国民经济的基础行业，担负着为所有加工制造业提供工作母机的重任，机床行业发展水平的高低决定着一个国家或地区的工业发展水平和综合竞争力。

“小巨人”突破了中国机床业的传统制造模式，引进总公司——日本山崎 MAZAK 全新的机床制造理念、经营模式、产品和技术，结合中国本土的市场环境，为中国机床制造业创建了一座看得见的样板工厂；以“传承、创新、超越”为主线，走出了一条极具自身特色的发展之路，在生产改善、技术创新、市场开拓等方面取得了巨大成功，为行业的发展和社会的进步作出了应有的贡献。

22 年间，马红毅和同事们一起创造了“小巨人成就大未来”的传奇。

那棵挺立在院子里的桑树如果有记忆，那台独卧在一楼门厅里的原始机床加工设备如果有记忆，它们一定会记得“小巨人”的成长轨迹与这里发生的创业故事。

## 18. “不务正业”的物理老师

“曝光”这个词，现在很是流行，但使用的是它的引申义，即把未见天日的神秘事件通过发达的媒体公开在世人面前。原本，它的词义是指使照相底片或感光纸感光。

每个人都想把自己最光彩的一面或者瞬间留下来做个纪念，这就用到了照相技术。而要拿到照片，必须经历一个最关键的环节，就是把相机里面的胶卷取出来，通过显影和定影两个步骤，照片才能成型。可是这个环节有一个很高的要求，即洗照片的整个过程不能见光，必须在一个很暗的环境里面完成，然后通过适量的光透进来在感光材料上进行“曝光”成像。

这种简单的操作方式，其实并没有多少技术含量，随着科技的发展，新型照相机已经成为一体机，高端又方便，照片效果还特别好。

从最初的暗房洗片，到现在的全自动化，王小牛经历了一段漫长而又刻骨铭心的煎熬。

2007 年，银川经济技术开发区搬进来了一朵土生土长的“奇葩”。之所以这样说它，一是因为它的成长经历带有传奇性，并且是由一个普通的物理老师全程演绎；二是因为这个带有“奇葩”属性的企业，一直都是奔着“自动化”这个目标往前走的。而“自动化”在当时那个年代，很长时间都戴着神秘的面纱。

世界光伏看中国，中国光伏看江浙。这些年，中国江浙一带光伏产业的发展，一直引领着全世界的发展。而宁夏小牛自动化设备有限公司（以下简称小牛公司）现在所研发的所有产品，都是依赖光伏行业这个领域的发展。

其实最早的时候，小牛公司是要造民用行业的彩扩机，用于传统相机拍摄完成后洗照片的工作。王小牛小时候就很调皮，他思维敏捷，喜欢鼓弄一些小零件，对物理很感兴趣，上学以后很喜欢摄影、洗照片这样的活儿。后来他“心想事成”，成为银川师范专科学校的一名物理老师。

因为是学物理的，所以他对光学自然很熟悉，对冲洗照片、镜头成像的原理也懂得多，做起照片冲洗之类的事情，基本上也是水到渠成。时间久了，王小牛的专业就派上了用场。当老师后，他一边教书，一边利用业余时间自己租了地方，在暗房里给人冲洗照片，有时候还帮别人去做。那时候冲洗照片全是暗房冲洗，在一个不见光的黑屋子里操作。

由于对这一领域产生了特别浓厚的兴趣，以至于不能自拔，无形中就影响到了正常的教育教学工作。为了静下心来从事自己喜欢的工作，王小牛忍痛砸掉了自己的铁饭碗，从一个受人尊重的人类灵魂的工程师摇身一变，成了一个鼓捣影像设备的“不务正业”的人。

王小牛凑钱开了一家照片冲洗店，专门为别人冲洗黑白照片。那时，银川市没有第二家这样的门店，这给王小牛带来了较为可观的收入，比起当物理老师，强出了一大截。最重要的是每天干着自己喜欢的事，每天都朝着理想的方向迈进，这让王小牛满心欢喜。

过了两年，挣了一些钱后，王小牛不再安心于继续用手工为别人冲洗照片，他开始想着购进外国的全自动设备。那时候中国还没有能力生产这样的设备，全靠进口。比较出名的有上海八一电影制片厂的一家冲洗胶卷的店，进口了索菲亚，其他地方还有日本的富士、柯达。那时候设备很贵，每一台都几十万元。

王小牛倾其所有，该借的人也都借了，基本上“殃及”了所有的亲戚朋友。那时候做这种投资，对于一个举债的人，要有很大的勇气。

进口设备洗出来的照片的质量，比原来手工冲洗的质量要好很多，而且效率高。当时有一个很形象的比喻，机器下面有个脚踩的快门离合踏板，用来操作照片的冲洗，踩一下出一张照片，每一张照片都会产生效益，所以有人把那种设备叫作“印钞机”。

新设备使冲洗照片的效率陡然提升，业务量也在源源不断地增加，王小牛创业的信心也成倍增长。再加上自己借的外债不少，王小牛每天都要干十几个小时的活，有时候甚至不分白天黑夜，干累了就在设备房里迷糊一阵儿，醒来后继续工作。

## 19. 仿制，只是为远大理想奠基

经过一段时间的积累，王小牛终于还清了欠别人的钱，而且还有了积蓄，于是就继续购进新的设备。1994 年，意大利出了一个很完美的机器，叫迷式彩色机，不仅冲洗出来的照片是彩色的，而且还可以放大，像婚纱照一类的，完全可以达到那个水平。

机器很大，长四五米，宽一米多，当时售价 140 多万元。毫不夸张地说，在 20 世纪 90 年代的银川城，一出手就能拿出 100 多万元的人真是寥寥无几，这个数额基本上可以开一家房地产公司了。

先进的设备给王小牛带来了源源不断的收入，同时也改变了他的想法。创业之前搞暗房冲洗的时候，他的父亲是养蜜蜂的，因为平时要做蜂箱，所以懂一点木工手艺，就帮着他做了一个暗箱放大机，用来冲洗照片。这段经历对王小牛产生了比较大的影响：别人能做出来这么高级的设备，我为什么就不能呢？而且他是物理老师，懂这方面的原理。再者，进口设备虽然稳定性较高，但有时候也会发生故障。当时也没有专业的工程师进行维修，只能是自己一点点摸索着找出问题、解决问题。这就为后来王小牛萌生制造设备的想法提供了技术和思想支撑。

王小牛从大河机床厂聘请了几个工程师，打算仿照从意大利进口的这台设备，重新造一台。白天，工程师都在原单位上班，到了晚上就到他那儿，把进口设备拆解开，然后进行测绘。

历时两个多月，终于把这台机器从头至尾拆了一遍。手工测绘结束，图纸也画好了。王小牛在良田镇工业园区租了个厂房，开始尝试设备加工。因为当时没有零件制造设备，他只能把图纸发给其他机床厂生产。零件出来了，他们就开始进行组装。硬件有图纸，制造起来相对容易些，难的是软件控制系统，这是一台设备的核心部件。

当时，宁夏大学的一位动力学专家也受邀参与了集成电路和控制系统的研究与调试，可惜进展不大。后来大家集思广益，通过不断地修改、测试、改进，第一台国产彩色冲印机终于问世。这台机器洗出来的照片跟意大利机器洗出来的品质完全一样，在业界引起巨大轰动。

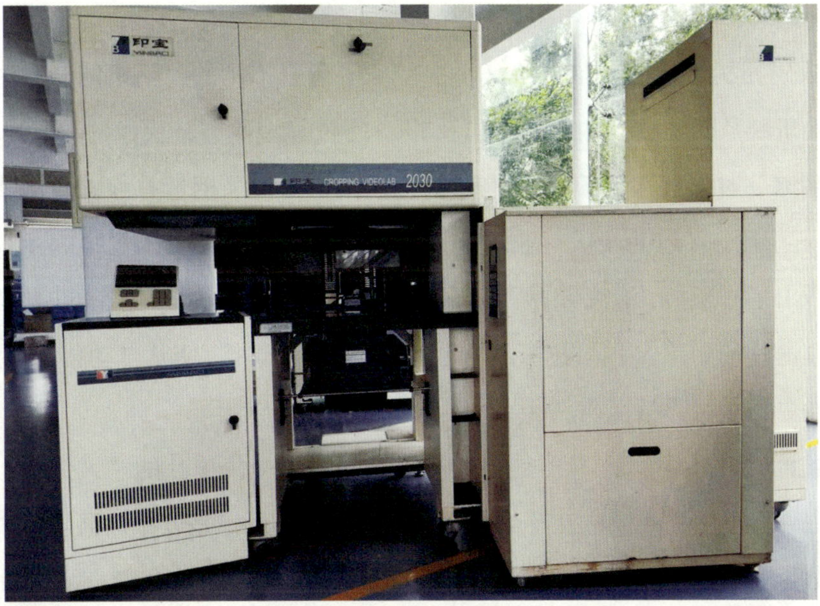


▲小牛公司仿制的第一台国产彩色冲印机

1999年，王小牛又从大河机床厂花钱购进了一台零件加工机，自己做零件，自己组装设备，不断改进，不断测试。2002年，他们带着自己生产的设备去北京参展。因为只有一台设备，也没有足够的资金租展柜，只能借一位朋友的展柜的一角亮相。

展会上，有人问王小牛："机器是哪里生产的？"

他说，银川。

"银川？"说出这样一个城市的名字，前来咨询的人都会仰头或者蹙眉思考一阵，"是上海的银川吗？"

他只能无奈地笑笑："是宁夏的银川。"

他们中间，有的人听过宁夏，有的人甚至连宁夏都没有听过，还以为宁夏是其他省市的某个地方，就更别说银川了。

不管听没听过银川，这台能冲洗大型彩色照片的国产机器，让他们大吃一惊。而小牛公司，也在民用彩扩放大机设备制造方面抢占了先机，先后生产出明室彩扩机、数码彩扩机、激光彩扩机。

数码相机时代的来临，给王小牛带来了意想不到的财富机缘。小牛公司又开始研制数码彩色冲印设备，以及LED等依靠液晶屏幕成像的数字产品。

后来，冲印行业逐渐达到饱和状态，小牛公司又把带有前瞻性的战略眼光投入到刚刚兴起的光伏行业。从开始研发太阳能电池片串焊机起步，紧接着生产出了排版机、汇流带、焊接机等，用于光伏组件流水线前端的制造环节；完成电池片的划片、串焊、排版、汇流带及旁路引线焊接，使其自动化程度更高、兼容性更强、可靠性更高。

此时，"小牛"已不再是小牛，而是变成了一头茁壮的"大牛"。除了银川之外，小牛公司还在江苏的盐城和常熟设厂，目标是以银川研发为中心，以江苏生产为基地，辐射全国及全球。

小牛公司有一个美好的理想：让企业永远有价值地存在。

小牛公司每一次都跑在本行业的前面，包括数字时代到来之时。

后来设备多了，产品丰富了，原来的地方就不够用了，小牛公司又花钱买了一些厂房。那时候的厂房都是前面带院子的那种，随着公司的发展，前面的院子也盖起了二层车间，看起来满满当当，进门看到的都是厂房。

公司发展迅猛，场地需要不断扩容。为了把小牛公司前面空出来的厂房租下来，王小牛找到良田镇管委会进行协商，希望能得到帮助。巧的是，此时正逢银川国家级经济技术开发区刚刚批准成立，并且建好了厂房。虽然小牛公司是本土成长起来的企业，但在当时已经有了一定的知名度，于是，银川经开区就派人到小牛公司进行招商引资洽谈。2007 年，小牛公司正式落户银川经开区并建成投产。

YINSE
GUANGHUI

# 第七章
# “希望”之光穿透迷雾

## 20. 蹬着三轮车“下了海”

软件是啥？或许只有会操作计算机的人才能回答上来。

打个不太贴切的比喻，计算机里面的软件，就跟一个人身上的思想、灵魂、觉悟、感知等一样，是它让硬件有了存在的意义。

有了计算机以后，软件这个词也渐渐为人们所熟知。软件的定义是与计算机系统操作有关的计算机程序、规程、规则，以及可能有的文件、文档及数据。后来还有其他引申定义：运行时，能够提供所要求功能和性能的指令或计算机程序集合、程序能够满意地处理信息的数据结构、描述程序功能需求以及程序如何操作和使用所要求的文档。

如果以开发语言作为描述语言，可以用一个简单的文字等式概括软件的定义：软件 = 程序 + 数据 + 文档。

软件与硬件是相对而言的，就像一个国家的软实力一样，它是无形的，没有物理形态。软件包含着大量的脑力劳动，包括人的逻辑思维、智能活动和技术水平，说穿了，是高水平的智慧结晶。

到了现在人手一部手机的时代，对于软件，大家都很熟悉；但是 20 多年前，在西北地区，软件还是一个陌生的词语。

曾经有权威人士断言："宁夏是软件产业发展的盐碱地，在这里发展软件产业无异于在沙漠中培植玫瑰。"玫瑰是何其高贵的花种，在沙漠中让它开花当然是不可能的事。这一说法的根据是，软件产业的发展需要人才、资金以及一个地区的市场需求，而在宁夏，既无人才，也无资金，更无市场，所以根本不可能发展软件行业。

这种思维定式成为宁夏软件行业的一个"魔咒"。一时间这个在全国蓬勃发展的新兴产业在宁夏却显得冷冷清清，一些尝试软件研发的企业纷纷倒闭或者仓皇离开了宁夏市场。

1992 年 1 月 18 日至 2 月 21 日，88 岁高龄的邓小平先后赴武昌、深圳、珠海和上海视察，沿途发表了一系列重要谈话，史称"邓小平南方谈话"。

邓小平南方谈话明确回答了长期困扰和束缚人们思想的许多重大认识问题，重申了深化改革、加快发展的必要性和重要性，并从中国的实际出发，站在时代的高度，科学总结了党的十一届三中全会以来的实践探索和基本经验，是把改革开放和现代化建设推向新阶段的又一部解放思想、实事求是的"宣言书"。

后来的事实证明，邓小平南方谈话确实是一份中国的顶层设计书，为当时中国的发展指明了方向，也给普通大众的生活带来了深刻变化。潘志军就是这种深刻变化中的一位。

1977年恢复高考，潘志军有幸上了电校，毕业以后在石嘴山工作了几年。40多年后，在石嘴山电厂工作的那段经历，还深深地刻在潘志军的记忆里。用他自己的话说，那几年里，他干了世界上最苦的一个工作，就是用磨煤机磨煤粉。早晨到了上班的时候，潘志军就穿上他的工作服，戴上口罩，启动磨煤机，开始一整天轰隆轰隆的时光。

潘志军对磨煤机的工作原理烂熟于心，闭着眼睛似乎都能看到每一块煤的宿命。原煤从磨煤机中央的落煤管落到磨环上，旋转磨环借助离心力将原煤运动至碾磨滚道上，通过磨碗进行碾磨。三个磨辊沿圆周方向均布于磨盘滚道上，碾磨力则由弹簧加载系统产生。

原煤的碾磨和干燥同时进行，一次风通过喷嘴环均匀进入磨环周围，将经过碾磨从磨环上切向甩出的煤粉混合物烘干并输送至磨煤机上部的分离器，在分离器中进行分离。粗粉被分离出来返回磨碗重磨，合格的细粉被一次风带出分离器，难以粉碎且一次风吹不起的较重石子煤等通过喷嘴环到一次风室由刮板刮出排渣箱，最后由人工定期清理。

这单调、枯燥且累人的活一旦有点间隙，潘志军就站在那儿怔怔地看着磨煤机不停地工作。跟煤打交道，整个人成天都是黑的，这个被黑色煤尘笼罩的世界，就是他工作的地方。下班后，再怎么洗，皮肤的纹路里都有煤末残留的痕迹，吐出来的痰也是一块一块的黑疙瘩。

磨煤机把送进落煤管的煤块碾成粉末，也把他的信念碾压得特别瓷实。在电厂那几年，他经受住了恶劣的工作环境和粗粝的生活本质的双重考验，从此无论干什么事，都充满激情和活力。

1983年调到电子计算站经济信息研究所后，潘志军的人生第一次接触到了电脑。几年后，潘志军又被调到银川市计划委员会经济信息部门工作。1992年国家出台了一个政策，挂靠一个事业单位或者国家机关单位，让单位出具一份文件，委托你去办一个公司，你就可以自己行动了。这在当时是一个热词：下海。

在潘志军被调到电子计算站经济信息研究所的前一年，当时就有“下海”的说法，是指借着十一届三中全会释放的信息，有一部分没有正经工作的社会闲散人员、有一定商业头脑的工人和农民去经商，搞个体户。

调到电子计算站经济信息研究所时，潘志军以为自己一辈子可能就和电脑打交道了。他没想到，十年后受邓小平南方谈话的推动，第二次全民下海的浪潮也被推到了银川这个远离改革开放中心的边远城市，甚至“波及”国家机关单位工作人员。原来的工作还在，工作性质属于暂时性的停薪留职，只要依托一家单位，就可以自己“独闯江湖”下海经商了。

潘志军自然也安分不下来，整天琢磨着怎么能做点买卖，办个公司什么的。现在回忆起来，当时也不知道是想发财、想自由，还是想干一番大事业。到底想干什么怕是连他自己也不能确定。实际上也可能什么都没有想，即使想过，可能也没有想清楚。就这样，凭着这个模模糊糊的想法，潘志军闭着眼睛跳进“商海”，由此开始创业。

潘志军是挂靠在发改委的一个咨询公司名下，拿着咨询公司出具的文件跟几个合作伙伴兴冲冲地就去了工商局。

那个年代老百姓注册公司程序相对要简单点。第一次去，他们对办理工商执照的程序和需要的资料都不清楚，听工商部门的人说清楚了，就回去准备材料。当时没有手机，咨询事情不像现在这么简单，他们连续跑了好几回，才把所要的材料准备齐全。

办理工商执照的是一个广东的老干部，为人特别好，操着一口正宗的广东腔告诉他们：“你们几个年轻人啊，合伙办公司，将来一定是很有前途的啦。”

工商干部的一句鼓励，像一个熨斗，一下子熨平了潘志军心里的忐忑。当他们说出准备注册的公司的名字后，老人皱了皱眉头，说他们起的名字不够响亮。

广东是中国最早兴起个体企业的地方，因而广东人对一个公司起什么名字自然有着高人一等的水平和敏感度。老人拿出一个牌子说：“我这里有个名字你们看行不行啦，就叫‘银川希望电脑服务中心’吧。这是1986年有人注册的公司，后来倒闭了，他们把执照退回来了。你们要是觉得这个名字可以，就用它好啦。”

潘志军一听，这名字不错啊，跟同伴一商议，就用“银川希望电脑服务中心”这个名字注册了公司。后来就为这个名字，潘志军他们差点惹上官司。有一次潘志军去北京一家电脑信息服务中心买书的时候，那里的老板一听，问他的公司是不是他们公司的分公司，还准备追究他的责任。

那时候没有互联网，工商部门的注册信息会出现公司重名的现象。潘志军问那个老板公司的注册时间，老板说是1989年。而银川希望电脑服务中心的注册时间是1986年，因此不存在侵权问题。

潘志军他们注册电脑服务中心之前，银川城里已经有一家电脑服务中心。当时，电脑的作用大多都是进行数据统计、打工资条等。

据说电脑最早进入中国的时候，还是因为人口普查。第一、第二次人口普查是用算盘合计总数，误差也就可想而知了。联合国教科文组织为了让中国把人口普查的数据统计清楚，就用日元贷款给中国投放了一些电脑。

潘志军在电子计算站工作的时候，给单位买过电脑，知道销售电脑的利润特别高，一台差不多能挣一万多元钱。20世纪90年代初期，能用上电脑的都是有钱的单位。对电脑信息市场有着敏锐洞察力的潘志军，坚定了一个志向，准备在这个崭新的领域干一番事业。

潘志军“拿”爱人积攒的8000元钱注册了公司，在兴庆区玉皇阁附近租了间楼上的十几平方米的小房子，又招了几个人。银川希望电脑服务中心在市民的观望中冷冷清清地开了张。

▲银川希望电脑服务中心创业初期的办公地点

潘志军跟另外两人是同一个单位的，关系好得没法说，用潘志军的话形容，他们三个穿一条裤子都显得太肥了。三人满怀激情，亲密无间，不分你我。没有股份确认，没有责任划分，没有什么核心竞争力，也没有经营理念，三人立下誓言，不管世事如何变幻，一定要干出一番大事业。

除了潘志军，另外两个人，一位是曾到日本学习IBM操作系统归来的软件工程师，另一位是当时宁夏唯一的高级程序员。三人有明确的分工，一个当经理，一个当副经理，剩下潘志军，每天在外面跑销售，找活干。

潘志军蹬着三轮车到旧货市场买了一组旧沙发、一张桌子,还有几把椅子。摆好后，又找来几根木头、几块玻璃做了隔断，弄了个里外间，里间做财务用。这就算成了一个门面，简单得不能再简单。然后去电脑公司租了两台电脑，放在门面房外间的桌子上，来人了就热情地给他们普及电脑的各部分构造、强大的功能、广泛的用途等知识，目的就是能将电脑卖出去。

当时，电脑价格昂贵，大多数人的收入有限，能买起电脑的无非就是大款或者是有钱的单位。仅是租一台电脑每个月就得300元钱，结果是来店里看热闹咨询的不少，买电脑的寥寥。

除了卖电脑，公司还依靠销售电脑配件、给人做系统维护等最低级的电脑业务在市场中求生存。那时候，潘志军和同事每天骑着自行车穿梭于大街小巷。特别是在冬天，手脚都冻麻木了，连车把都抓不稳。当时他们还真为放弃机关单位的工作而选择遭这份罪后悔过，但到最后还是挺过来了。

楼下有一个开小卖部的年轻人，他每天都能看到一个中等个子的青年蹬着一辆淘来的破旧的三轮车风里来雨里去。车上有时候还装着一些带塑料包装的电脑配件，出门的时候装到车上，回来的时候又从车上卸下来拿到楼上租的房子里。

他们虽然每天都能见面，但不是很熟，没有说过多余的话，顶多见了面打个招呼，或者简单地点头示意一下。看门头，知道他们是搞电脑服务的，每天来咨询的人倒是有不少，可是做成生意的似乎没有几个，绝大多数人只不过想来看看究竟，凑凑热闹，开个眼界，哪有什么闲钱买这样一个“怪物”？

小伙子听人说过，蹬三轮车的之前是一个有正经好工作的干部。潘志军每天的“不务正业”让他心生疑惑：是什么魔力，让他每天这样无怨无悔地穿行在大街上？放着好好的国家干部不当，跑到这个破房子里面鼓捣无人染指的奇奇怪怪的电脑零件，非愚即蠢！小伙子心里这样想着，嘴里自然是不敢说的，于是就怀着既好奇又讥讽的心理，每天看着这个中等个子的青年到底会鼓捣出个什么名堂。

到了1993年，虽然靠卖电脑没有挣多少钱，但是电脑病毒这个名词开始流行起来。潘志军忽然发现了一个不错的商机，那就是兜售防病毒卡。当时虽说电脑是独立的，没有联网，但电脑里面的信息要进行传播，必须要在两台电脑之间通过连接、拷贝完成，这就给病毒提供了可乘之机。为了防止电脑中病毒，防病毒卡就有了市场。

潘志军到广州进了一些“华兴”防病毒卡，一张卡进价220元，回来卖420元，净赚200元，利润不菲。“华兴”防病毒卡是深圳的杨清华博士研发出来的，当时杨清华还请他吃了一顿当地有名的小吃。于是潘志军就成了这个品牌在银川的总代理，回来后就带着“华兴”防病毒卡到处去卖。

虽然利润跟成本差不多，很是诱人，可是要把防病毒卡卖给有电脑的人也不大容易。找到电脑用户，潘志军说明来意后就开始围绕病毒卡讲原理、讲作用、讲价值。

有些领导愿意听他讲，但是等普及完了这些基本知识，就委婉地说一些托词，不买；有些公司的领导就没有那么好说话了，不买，不听，甚至觉得潘志军的话是一种威胁，因而态度也就变得十分恶劣，像打发叫花子一般让他走。有时候见不上领导，为了讨好下属，潘志军他们还得送一些小礼品，那些人才会在领导面前替你说好话，极力撮合这个买卖。

有时候，即便是有人动了购买的心思，也要跑好几趟才能真正说服人家。安装防病毒卡也很费劲，一个卡大约需要好几个小时。需要把电脑主机拆开，防病毒卡安上后，再原原本本地把主机恢复原样，之后再进行防病毒程序的操作和演示，直到人家完全掌握了有关病毒的理论知识和技术流程，潘志军的任务才算完成。

## 21. “IT 硬汉”的希望之路

谁也不曾想到，1993 年底，一场席卷全国的电脑病毒攻击，让银川希望电脑服务中心通过销售防病毒卡挣了一些钱。几个人还没来得及仔细品味成功的喜悦，人生路上的第一盆冷水就当头泼下。潘志军也没有想到，失败，竟然来得这样猝不及防。

与潘志军一起创业的两位“经理”都是志向远大的高人，根本看不上卖病毒卡这样的小单子，整日坐在公司高谈阔论，讲技术、论管理、谈未来，就那样不屑地看着潘志军带着两个徒弟进进出出，忙得不可开交，为艰难创业做着点点滴滴的前期积累。

半年后，经石嘴山电信局李局长推荐，有一家单位将一个软件开发项目交给了潘志军。李局长是潘志军在石嘴山工作时的老领导，对他很信任。经过商量，由副经理带人去石嘴山开发软件。为完成这个项目，公司投资十多万元买了当时配置最好的 compaq486 电脑，还招聘了三名程序员由其带队进驻开发单位。

噩梦来了。副经理是软件工程师，玩游戏自然也是高手，为项目配置的高档电脑刚好能运行当时的一款热门游戏，于是开发软件倒成了次要的事。他夜里玩游戏，白天睡大觉，把项目交给助手去做。结果可想而知，软件开发无疾而终。项目任务失败，不仅砸了公司刚刚树立起的招牌，还因此欠了不少债务。

面对老领导，潘志军自责到无地自容，泪如雨下。然而老领导没有责怪他，只送了他两句话，既是警示也是鞭策：记住这个教训，希望不能寄托在别人身上；在困难面前，只要你能奋力坚持，就没有过不去的坎儿。这两句话成了潘志军有生以来听到的最深刻、最富有哲理的人生箴言，并在以后的岁月中常常以此自勉。

副经理激情熄灭，慨叹希望渺茫，丢下一个烂摊子拂袖离去。

屋漏偏逢连夜雨。几天以后，公司的经理，也就是那位高级程序员又卷走公司所有积蓄，消失了。好得穿一条裤子都嫌大的三个创业人，就这样人仰马翻，各奔前程。这个以“私人关系建立起来的原始组织”，最终分崩离析。

那个晚上，潘志军的创业梦被突如其来的人生变故撕成了碎片，他甚至连回家的勇气都没有了。夜深了，街灯照在冷清的大街上，潘志军迈着蹒跚的步子，一步步向家里挪去。创业第一天开始，他从家里走向公司的早晨，心里怀着巨大的希望，朝阳在他的眼前闪耀着黄金般的光。现在，公司面临倒闭，希望破碎，归家的路变得异常漫长。回到家时，几近凌晨，家人都睡了，这个世界连一个听他解释的听众都没有，他只好一个人用被子包着头，在被窝里低声哭泣。

好在那时候还有停薪留职的政策兜底，不至于流落街头，以讨饭为生。潘志军坐在希望电脑服务中心的椅子上，思绪万千，感慨万千。钱没了，创业的人走了，只剩下他一个人孤零零地守着自己的“根据地”。

在人生的关键时刻，到底该何去何从？

还好，他的信念和梦想依然在。尽管有人在他最需要安慰的时候指着他的鼻子说人家走了公司就完了，但他还是在空洞的前方看到了希望。

离开谁，这个地球都会不慌不忙地转动。潘志军不信这个邪，他组织了几个人又一次踏上了创业的新历程。可是谁能知道，刚刚起步的希望公司又遭遇了第二次突如其来的打击，差点倒闭。

当时有宁夏本地的客户委托希望公司购买一批 20 多万元的新款打印设备，但由于经验不足，公司和西安一家复印机销售商草草签了订单后就把货款打给了对方。当设备寄来时，公司的人一下傻眼了，对方发来的全部是过时的破烂货。现在想起来他还觉得后怕，20 多万元，当时把公司卖了也不值。

面对十几名员工无助而哀怨的眼神，潘志军才意识到什么是公司。公司就是随时可能倒闭的企业，但公司也是对员工的工资甚至未来负责任的团体。没有关门，也没有对簿公堂，虽然在有关部门的帮助下，公司追回了损失，但是这次的教训却让希望公司在现实的商业贸易中成熟了起来。

初创时期的希望公司遇到过太多的磨难，每到这个时候，潘志军都会想到放弃，想到重回单位，坐在办公桌前继续过那惬意的生活。但是，开弓没有回头箭，既然选择了继续坚持，就只有一往无前。

1996 年，国家开始法人治理，他被召回原单位委以信息主任的职务，成了单位里面最年轻的处级干部。对于一个普通的、小富即安的人来说，这样的安排已经是前程远大、不可限量了。可是对于潘志军这样一个心中只有梦想的人而言，职位反倒成了一种无言的束缚。

1997 年，他正式向单位提出辞职，由一个公职人员变成了一个自由的创业者。当时，他的举动引起了很多人的嘲讽，觉得他就是一个不折不扣的“二杆子”，放着好好的“铁饭碗”不端，偏要自己出去闯荡。商场如战场，说不准哪天就赔得一塌糊涂了。也有人说，自己选择的路，就是跪着走也不能回头。于是潘志军咬紧牙关，义无反顾地走上了软件开发的“希望”之路。

在软件行业崭露头角、具备一定发展潜力的希望公司落户经开区时，昭示着它辉煌历程的新起点出现了。

2003 年是希望公司最引以为豪的一年。希望公司在与国内东软、联想、交大等软件巨鳄角逐“宁煤集团信息化管理应用系统软件项目”时，以高于第二名 63 分的绝对优势中标，这无疑在当时的宁夏 IT 界投下了一个重磅炸弹。由区内外知名专家组成的评估小组对希望公司的投标书给予了很高的评价。专家组认为，无论是从技术水平、项目理解能力，还是本地化的服务，希望公司都远胜于其他竞争企业。那次希望公司可真是露足了脸，当时很多大公司都是抱着志在必得的心态在竞争，对于宁夏本土企业中标都很惊讶。为了拿到这份订单，潘志军和公司员工多次到宁煤调研，凭着一股子不怕失败的韧劲硬是在最短时间拿出了为宁煤量身打造的方案。

在潘志军这样一个实干家的带领下，根据不同单位的需求，为计算机量身定做软件，从而使计算机的“头脑”发育更加完整，使用效率成倍提高。靠着艰苦拼搏，他带领希望公司走出了一条以市场为导向，依靠技术创新、制度创新、市场创新推动发展的创业成长道路，树立了区内同行业第一品牌。他的宁夏“IT硬汉”形象成为宁夏信息化行业发展的一张名片，为宁夏软件产业的发展作出了积极贡献。

“事常成于坚持，败于懈怠。”“为山九仞，功亏一篑。”“行百里者半九十。”“急功难于成其功。”这是潘志军常挂在嘴边的几句话。其实坚持就是成功的秘诀，世界上很多事情没能成功，原因就在于没有坚持到底，许多事情离成功往往只差一步。

多往前走一步，多坚持一下，多尝试几分，说不定，就能看到希望的曙光。

# 第三篇

## 服务——搭彩虹的桥，达梦想的岸

银 川 经 济 技 术 开 发 区 二 十 年 发 展 纪 事

## 22. 召唤“七碟碟，八碗碗”的服务

银川素有“塞上江南”“金川银川，米粮川”的美称，是宁夏历史文化交流的中心地带，是带动宁夏经济发展的龙头地区，也是黄河上游地区发展条件最好的区域之一。近年来，银川坚持速度与质量、开放与开发、招商与招财、发展与民生、环境与效能、工业富市与金融强市并重，实现了全面发展。

银川除了湖泊随处可见，道路也四通八达。更具特色的则是银川人曾经的“慢”生活。早上8点去买个东西，店铺清一色地拉着卷帘门，让人好不着急。店家却揉着蒙眬睡眼漫不经心地说“这么早就来买东西啊”，仿佛不是自己起得晚而是顾客起得太早了。

以前，在南方过惯了快节奏生活的人，来到银川或许会被急出毛病来。然而过上一两年，你渐渐会发现竟然神不知鬼不觉地喜欢上了这种慢悠悠的生活方式。

冬天，外面的北风夹杂着雪碴子，你待在热乎乎的暖气房里，幸福感莫名地上升，心里那个舒坦、得劲，瞬间感觉人生都被点亮了！

你上公交车因为口罩没戴好，司机会用银川话冲着你吼一句“口罩戴好”。那声音有点大，不留情面，但蕴含着对你的关切。

你若想去人民广场不知道怎么走，被问路的市民会不断叮嘱你如何乘坐公交，“看到宁夏图书馆和宁夏博物馆就差不多到了”，话里透着浓浓的善意。

银川的秋天像一幅色彩艳丽的油画，用色大胆而浓重。你去中山公园看看，杨柳开始由绿变黄，像一条条金丝线从半空中垂下来，垂钓水底蓝天，这就是中国的“银川蓝”。天空清澈，湖面碧绿，如果刚好下一点毛毛雨，那就更令人心旷神怡。

遍布城市的几十座小微公园，让银川拥有着“公园城市”的美誉。公园是一个城市的休闲标志，也是市民们休闲生活的晴雨表。在这样的城市生活，休闲与经济之间的平衡，构成了市民生活的两种色调。

20 世纪八九十年代，中国大地上涌起的经济大潮，对银川人的休闲生活

▼俯瞰银川，城市交通便利，湖泊随处可见

开始产生冲击，人们的心也开始不安起来。

宁夏固原古埠商道上的三营小镇的中学教师马小虎和几个毛头小伙子，受那时的经商潮影响，背着家里人集体辞掉了稳定的教师工作，连夜爬上拉煤的绿皮火车南下，去了他们向往的“大深圳”。那几年，银川之外的宁夏很多小县城的青年们，辞掉了他们“体面”的工作。他们就像马尔克斯在《百年孤独》中描写的小镇上每家每户里藏着的铁器，被银川这块大磁铁吸引而来。造就这块大磁铁的，是银川经济发展史上的一件大事：银川经济技术开发区诞生！它的出现为这片现代工业的“盐碱地”带来了前所未有的生机和希冀，成为宁夏高新技术发展的摇篮，银川的现代工业经济之梦正在它历史的长河中迎来属于自己的那道曙光。

基建、招商、引资……一切都在摸着石头过河，一切都在忙碌有序中进行。对银川而言，不仅是周边大量的劳力涌入，全国各地的新企业也开始洽谈入驻。热情的银川作为经开区的“主家”，开始准备好自己的“七碟碟，八碗碗”，力争把服务做到位，把服务做扎实，让人心“稳”下来，让人觉得来得有道理，来了还想再来，来了不想走。

“不管是创业还是生活，我们都要努力为人才提供最周到细致的服务。”这是银川经开区内部一直延续的一个传统。

供职于“蒙牛”的内蒙古乌海市的小王，没想到来银川后，和其他员工能入住到经开区投资1.1亿元为他们建造的3.9万平方米的高技能“人才公寓”。这是经开区管委会想尽一切办法留住人才的一个重要举措。同时，为了稳定入驻企业的“蓝领”群体，经开区还投资兴建了360套18290平方米的职工公寓，解决了20多家企业1500名骨干职工的住宿问题。此外，经开区还协调相关房地产企业，为企业职工提供了7.1万平方米的限价商品住房，并且加快完善区域内各项服务措施，把“替企业着想”落到实处，从生活服务、交通、娱乐、教育等配套服务设施的建设入手，确保企业职工引得进、留得住、生活得好。

让不少入驻的科技型中小企业感到贴心的是经开区在贴息贷款和信贷风险补偿资金等金融政策方面的支持力度不断加大，并且连续多年举办“人才服务”活动，为企业觅人才、为项目寻找东家，搭建政产学研联系合作平台。

银川经开区不断加大招商引资力度，发挥好项目的载体作用，并积极与周边省区市就业部门和大中专院校合作，为企业引智、引才提供服务，与企业签订人才招聘引进及培养服务协议。此外，经开区还组建了企业人才服务“QQ群”，启动了企业员工薪资数据库和高技术人才数据库建设项目，不定期举办企业人力资源工作座谈会和培训班，开展业务交流，提升工作水平，力促企业人力资源管理工作取得新突破。

## 23. 以大力士的心态来做“绣娘”的事

对于企业而言，最大的节约是安全。企业要想获得良好的经济效益，如果没有良好的安全生产保障，一切就是空谈。任何一个进驻银川经开区的企业，都把安全的希望寄托在这里，这是对经开区最大的认可和支持。为了给企业营商提供更好的平安服务、上门服务，优化简化办事审批程序，经开区的领导成了企业的“家长”，不仅要为它们的衣、食、住、行操心，还要将安全生产时刻挂在心上，不容马虎。

入秋了，银川市金凤区黄河路两旁，高高的白杨树显得更加英俊、挺拔，它脱去了所有生活中的细枝末节，俨然成了这个秋天的主人。脚下的树叶犹如一只只蝴蝶在群风中飞舞着，徘徊着。银川经开区组织召开的第三方安全技术服务工作推进会就在这迷人的秋色中悄悄进行着。

老领导们早早都来到了会场，提着各自在家泡好的热茶，和熟人一边打着招呼，一边喝上一小口。在场的每个人的心情，在这样的环境中都显得更加平和、爽朗。商量、讨论、磨合、争论，最后握手言和，这样的场面对经开区的领导来说已经见怪不怪了。

这次会议除了经开区的领导和工作人员，还出现了两个特殊的身影，那就是宁夏智信管理咨询有限公司和宁夏源泰咨询服务有限公司的人。

宁夏智信管理咨询有限公司是宁夏第一家专门从事安全技术服务的机构，它们的主要工作是安全评价、消防设施检测与评估等综合性安全技术服务。宁夏源泰咨询服务有限公司是集安全评价、安全生产标准化、职业卫生评价及检测、环境监测、安全设施及防雷检测于一体的综合性技术服务公司。两家公司的出现给企业的安全工作吃了颗定心丸。

银川经开区为了给企业提供安全放心的生产、生活条件，着手开展安全设施检验检测、职业病危害因素检测、职业病危害评价工作。这两家公司在安全生产方面也有自己的拿手好戏。

与会领导听取了宁夏智信管理咨询有限公司关于年度安全技术抽检和安全技术帮扶工作，以及宁夏源泰咨询服务有限公司关于上季度安全生产监督检查服务工作开展情况的汇报，都还比较满意，但也指出了不足之处。

既然在挑这个大梁，那么就要实实在在做事，不能光喊号子不出力。银川市应急管理局也对两家机构提出了新的要求。

两家机构也深知自己身上担子的分量，既然领导能把这个重任交付给自己，那么自己绝不能丢脸让企业安全问题掉链子。安全路上无小事，安全重于泰山，安全大于天。

两家机构丝毫不敢怠慢，围绕国家最新的有关安全生产和应急管理方面的政策积极开展工作。它们结合全国安全生产专项整治三年行动和安全生产标准化建设具体要求排查隐患，指导企业落实各项工作。此刻，经开区所有企业的安全服务工作已完全掌握在他们的心中。

除了委托专业公司对企业的安全生活、生产方面进行管理指导外，银川经开区管委会这个“家长”也丝毫未曾放松、大意过。经开区管委会的历届领导都非常注重发挥好“为企业安全生产问诊把脉”和“传帮带”的作用，帮助解决企业安全生产“无人管、不会管、管不好”的难题，处处为企业做好安全技术服务工作，推动企业落实安全生产主体责任，为提高经开区每一家企业的安全生产管理专业化、规范化水平负责到位。

人有三急，水火无情。

百分之百的安全，才算是安全。入冬的银川，树叶已经厚厚地铺满大地，树干兀自干巴巴指向天空。田野里是一片赭黄色，连黄土都显得尤为乏味。这个季节天气干燥，是火灾容易频发的季节。

一大早，银川经开区管委会的李主任带领安监局、消防救援大队等多部门对辖区重点企业开展冬春火灾防控检查工作。每走进一家企业，他们都认真观看，仔细摸排，看哪里有不合适的地方就及时提出。

检查组先后来到共享铸钢有限公司、宁夏汇川服装有限公司等生产加工企业，重点对各企业安全出口是否锁闭，疏散通道是否畅通，冬季用火、用电、用气是否符合规范要求，消防设施是否完好等情况进行检查。

“这个阀门松了，赶快维修。”“那个消防通道堵了，赶快派人清理。”这些看似是轻松活，其实得花大气力。

一天的检查下来，李主任的腿又疼又重，而这其实只是她工作中的一个小环节。其实自己不下去检查也是可以的，但她不放心，万一有个闪失，谁也负担不起。只有亲力亲为，她才能放心，企业才能安心。每一步脚踏实地都是对责任的落实，每一个披星戴月的夜晚都是为了让企业安心。

屋外寒风凛冽，屋内热气腾腾，在企业的会议室里员工们正在认真观看电子屏幕，各种火灾突发事故现场让人唏嘘不已。

李主任为大家认真分析研判冬春火灾防控期间严峻的消防安全形势，让大家吸取火灾事故教训，坚决克服麻痹松懈思想，做好企业消防安全管理工作。而她的几个同事则在写有“安全重于泰山”的横幅前，给企业员工发放安全教育宣传册，并认真进行讲解。

组织企业内部从业人员开展消防安全培训教育，这样贴心周到的服务场景随时可见。这不仅是一份工作，更是一份责任与担当。把工作做到位，防患于未然，就是银川经开区这位“家长”最日常的“家”事。

▲银川经开区组织园区企业进行安全生产培训

从古代的水利、建筑、冶炼铸造，到医疗、出版、纺织，再到形成铸造、高科技、大健康、动漫等新兴产业，银川经开区是这些产业的重要载体。走过整整 20 个年头，银川经开区成为见证银川经济发展的一扇窗口。2021 年前 7 个月，银川经开区实现工业总产值 277.5 亿元，同比增长 55%；规模以上工业增加值同比增长 47.4%；完成固定资产投资 31.5 亿元。在“十四五”开局之年，这三项数据显示出银川经开区的强劲发展势头。回顾 20 年来走过的路，很少有人知道背后隐藏了多少艰辛与不易。当熬过了那些人生的至暗时刻，经开区人发现所有历经的苦和遭过的难都已经练就成一身铠甲，这也成为经开区发展道路上披荆斩棘的不二法宝。

## 24. 从“毛驴村”走出来的“银川人”

同样是赶毛驴车，宋建武赶出了由 8 架毛驴车组成的“毛驴车队”。王栓柱受雇于“毛驴车队”，从赶毛驴车到买拖拉机、汽车，20 年间，他的工地一直在银川经开区，见证了经开区的建设和发展。

20 多年前，王栓柱和大哥以及两个姑舅背着铺盖卷从陕北定边的山沟沟里来到宁夏银川。当被问及为什么当初不去沿海一线城市时，他的回答很简单：“穷嘛！那时候家里穷，没有盘缠，离银川近，就来了银川。”

王栓柱兄弟俩第一次进城，感觉特别新鲜，看到北京路附近有一个歌舞厅，一到晚上灯火通明，还有不少外国人来来往往。而那灯火辉煌的世界，离他却很遥远。

回想起老家的“黑窑洞”，王栓柱心里就莫名地有些恓惶了。都活到二十几岁了，到了银川才觉得见上了世面。辉煌是别人的，摸摸口袋，王栓柱和大哥的钱凑起来，才有 1.5 元。两个姑舅把口袋翻遍了只有 3 元钱，几个人凑合着买了两份凉皮。多少年后，王栓柱回忆起刚到银川时的印象，唯有那份凉皮最深刻。他觉得那是他吃过最香的东西：纯手工制作，透亮透亮的，油辣子噗噜噜地飘在上面，再撒点葱花，简直是绝配。那位漂亮的卖凉皮姑娘也令他印象深刻。通过简短的闲聊，王栓柱知道对方叫淑香，是从固原农村来的，自己做凉皮、自己卖。淑香虽然衣服穿得不是特别时髦，但长得挺好看，一双大眼睛毛茸茸的，让王栓柱觉得像是两颗黑葡萄镶嵌在眉毛下。

淑香和他聊天时，偶尔还会羞涩地一笑，或伴之以不经意地吐一下舌头的动作。

银川城里的女子真美，连卖凉皮的都长这么漂亮。离开凉皮摊时，王栓柱暗暗下定决心：一定要在银川混出个样子，找一个像淑香一样对象回去。

转眼入秋，同来的两个姑舅在熟人的介绍下，去了附近的一个工地上做小工，王栓柱和哥哥则一直没找到合适的工作。最后托了几层关系，两人终于有了在银川城里的第一份工作，那就是在正兴建的经开区工地上帮别人赶毛驴车拉砖头和石子。雇主宋建武来自河南，以赶毛驴车起家，当时在银川已经是有 8 架毛驴车的“车主”了。那时，经开区周围全是水沟和稻田，王栓柱和哥哥天刚麻麻亮就得起床，赶着毛驴车去拉石头、砖头、水泥、钢筋等，而毛驴车陷进烂泥里也是常有的事。最多的时候他们每人每天挣三元钱，除去吃饭花的，最后也所剩无几。幸好老板提供了住的地方，那就是被银川人称为“毛驴村”的平房区。毛驴村地处郊区，有几个毛驴车队。赶毛驴车的人住的房子是用土块砌成的，一到下雨天，雨就会从土块缝里渗进来。

从一砖一瓦到一草一树，王栓柱一步一个脚印地见证着经开区的建设发展。从起地基到挖沟再到建成，从拉毛驴车到用四轮拖拉机再到换上大卡车，交通工具的改变也体现着经开区建设步伐的加快。王栓柱的工种一直都没变过，他就像一个记录员，用自己的工作、汗水和青春见证了经开区的发展崛起。后来，王栓柱在西桥巷买了一套 80 多平方米的楼房，完成了娶妻、成家、生子的“三部曲”，变成了一个真正的银川人。他的妻子是一名小学语文教师，虽然不会做凉皮，工作却比卖凉皮更文雅，把孩子培养得很好。两个姑舅靠自己的努力打拼，不仅落户银川，还趁着银川城市发展建设的大潮买了几辆大车，并成立了自己的塔吊公司。

## 25. 贺兰山东麓的紫色名片

2008 年，是银川经开区项目投资建设新高潮的分水岭，从那一年开始，经开区的基础建设迈上了快车道。如果说那时的建设新高潮像是一朵巨大而壮丽的花朵，那么工业、道路、绿化、基础建设、现代服务等 76 个具体项目，就是它耀眼而美丽的花瓣。总投资 39 亿元让这 76 个花瓣绽放出华丽、散发出芬芳，让银川经开区这朵花在由全国各个经济开发区组成的大花园中显得独特而瑰丽。如果沿着这 76 个花瓣再作详细的辨析，银川经开区管委会的领导一定会如数家珍般地说出更为具体的数据与指标——35 个工业项目中，投资亿元以上的项目有 13 个，10 亿元以上的项目有 3 个，投资总额 29 亿元；另有道路、绿化、现代服务等项目，投资总额 10 亿元。

2008 年 9 月 25 日，张裕（宁夏）葡萄酿酒有限公司在银川经开区开工建设。和贺兰山东麓的任何一家葡萄酒酿造企业一样，张裕（宁夏）葡萄酿酒有限公司也是从征地、栽苗、培育开始的。几年后，葡萄藤长大，展藤是葡萄生长中不可缺少的一个环节。

秋冬压埋，春季像一件件出土的文物一样开始展藤，这是贺兰山东麓葡萄独有的特色。2014 年以来，宁夏回族自治区政府挖掘贺兰山东麓独特的自然条件，连续 8 年举办葡萄展藤活动，旨在传承、弘扬中国的葡萄文化，吸引了全球越来越多的葡萄酒专家，也引起不少媒体的关注。经过连续 8 年举办宁夏贺兰山东麓葡萄春耕展藤节与其他相关活动，贺兰山东麓葡萄酒产区已经成为世界关注的焦点。尤其是 2022 年的第八届展藤节，正值“人间四月天，黄河拍岸绝，戈壁风劲舞，青藤展希望”的时节举办。这届展藤节开始融合“葡萄酒 + 文旅”的视角，向外展示了贺兰山东麓的风土和葡萄酒文旅迈向种、酿、游三产融合的创新发展之路；展示了宁夏的特色产业中，葡萄酒文旅如何实现千亿产值，葡萄酒乡村品质游如何助力乡村振兴；从贺兰山东麓的葡萄展藤到葡萄酒传播之路上的文化细节、宁夏历史文化中的葡萄酒要素等人文视角，解读中国葡萄酒文化的传播和文化自信以及“唇齿间的诗意荡漾”；展示了葡萄酒文旅企业如何打造沉浸式体验产品与场景，如何从文旅市场端发力，引领双循环新发展格局下的消费升级；展示了葡萄酒三产融合数据库建设的成果，为葡萄酒旅游目的地建设和高质量发展提供内容输血；展示了综试区生态治理和生态文明建设成果；体现了葡萄酒企业在葡萄酒文旅小镇、国家级度假区创立过程中的示范引领作用。

往年，贺兰山下的秋是萧瑟清凉的；今年，天气还有些燥热。张裕摩塞尔十五世酒庄的绿化工人老梁像一位仔细阅读试卷的老师，认真地检查着已经采摘过的葡萄枝。他发现了一串隐藏在枝叶间的葡萄，伸出手摘了下来，挑选出一颗葡萄丢进嘴里，然后，将眼前的葡萄藤慢慢盘起来。身旁的姚桂芝拢了拢凌乱的头发，把手叉在腰间，向远处的贺兰山望了一会儿，继续低头用手把葡萄枝盘好，然后用土给它盖上厚厚的被子，等春天一到再展开。

老梁和姚桂芝，是每年秋天贺兰山东麓葡萄园中众多的埋藤者中的两位。从春天的展藤到秋天的采摘、埋藤，这片土地犹如一张画布，这些忙碌的身影就是一支支移动在其中的画笔，勾勒出一幅葡萄园的美好画卷。

老梁身后不远处，是一座拜占庭风格的古堡，给很多初来这里的人留下了神秘、浪漫的印象。大门口醒目的招牌，提醒到这里来参观、洽谈的人已经进入张裕摩塞尔十五世酒庄了。柔和、安静、有文化底色、历史厚重感十足，是这座酒庄的第一定义。

未走进张裕摩塞尔十五世酒庄之前，想象中它的建筑尤其是门窗、梁柱应该是酒红色。然而出乎意料的是，酒庄的砖瓦都是蓝灰色调的，呈现出的是拜占庭的建筑风格，让人以为是误入了中世纪欧洲的某个庄园。从一楼的罐装车间到酒窖入口，沿着石阶一路而下，壁灯透着暖黄的光晕，城市里的喧嚣瞬间暗淡下去，静谧和葡萄酒的芳香笼罩着整个地下展厅。穿过大厅是

▲从空中俯瞰张裕摩塞尔十五世酒庄

长长的走廊，在走廊的一角陈列着不同的橡木桶。摆台的桌子也是欧美风格，白色的桌布映衬着各色酒品，仿佛有意摆放的一组静物构图，正待哪位艺术大师来描绘。

张裕摩塞尔十五世酒庄包含着葡萄酒罐装生产线、葡萄种植博物馆、张裕历史文化博物馆、酒窖等。在酒庄年轻美丽的负责人于燕的引领下，我们不仅走进了张裕摩塞尔十五世酒庄，而且走进了这座酒庄的历史。

1841 年，在广东大埔一张姓人家，一男婴呱呱坠地。家人为了让他将来有出息能成大事，就给他起名张弼士，字振勋。17 岁那年，张弼士背上简单的行囊，一步一回头告别家乡，远赴南洋创业。跟同时代千千万万迫于生计下南洋谋生的穷孩子一样，张弼士先后做过杂工、学徒、经纪人、管账，历经种种艰辛，逐渐成为南洋华侨垦殖业的主要经营者，业务遍及垦殖、航运、商业、矿业等，后来更是成为“南洋华人首富”。

张弼士是在南洋最先肯斥巨资办学校的人，他不遗余力地倡导教育，弘扬民族文化。经过 30 多年的努力经营，张弼士成为南洋侨商中首屈一指的实业家，他也因此在当地政府和华人圈子里树立起了威信，被推举为一代华侨领袖，深受当时清朝政府的赏识。

受客家人爱国、爱家传统思想的影响，张弼士回国后便开始承办商务、兴修水利、扶持农工。1892年，张弼士以清廷御赐的一品顶戴身份，斥资白银300万两，在山东烟台创办张裕酿酒公司，继续着实业兴邦的使命。

创办张裕酿酒公司八年后，华北地区发生灾荒，黄河决口泛滥成灾，张弼士为黄河赈灾奔走呼吁。1905年，清廷恩赐给张弼士御书“声教南暨”匾额一方和一套《古今图书集成》，旨在奖励他将中华文化传播到海外。

在任清政府驻槟榔屿领事期间，张弼士能接触到很多外国人，有一次在参加酒会时听到一个法国人说“中国的新疆很适合葡萄种植，适合酿酒”。回国之后，张弼士就抱着试试看的态度，在国内创办了多家企业，至今已经发展到14家，其中就有张裕摩塞尔十五世酒庄。

贺兰山东麓的葡萄酒始于20世纪80年代末，但一直受各种条件限制，未能形成规模。银川经开区成立后，将葡萄酒酿制作为招商引资的重点工作，一直盯着国内的龙头企业，努力争取将他们引进到贺兰山东麓。彼时的张裕集团也在积极寻找更佳的葡萄种植基地。2006年，张裕集团的相关负责人应邀来到贺兰山下，不禁称赞这里的自然环境为“葡萄氧吧”。

当时宁夏的葡萄酒企业并不多，不过已经有玉泉营农场生产的“西夏王”在国际上获得过大奖，用事实说明贺兰山东麓的这片土地日照充足，每年有超过3000小时的光照，是中国名副其实的日光之地，和法国的波尔多相比更具优势。欧洲的葡萄园基本生长在海拔200米到500米的地方，但这里海拔有1100米高，且拥有透气性强的沙质土壤，与世界其他出色产区相比，这里光照更足、海拔更高、土壤更优良，尤其适合高质量酿酒葡萄的种植与生长。这片土地不仅能种植出酿酒葡萄，还能酿制出国际一流的葡萄酒，对于“七分原料，三分工艺”的葡萄酒产业来说，这里是一处真正的宝地。

西部大开发的浩荡东风吹皱了宁夏的经济之湖，掀起的阵阵涟漪散发着改革发展的气息。银川经开区伸出的紫色“葡萄枝”具有橄榄枝一样的功效，“新技术、新材料、新理念”跨越式发展的路径探索，为张裕摩塞尔十五世酒庄书写一部新时代的“西游记”提供了素材。

距离张弼士斥资白银300万两，在烟台创办张裕酿酒公司整整120年后，投资8亿元的张裕摩塞尔十五世酒庄在银川亮相。如果能够穿越时光，如果去世百年的张弼士地下有知，多年之后，他在中国寻找适合葡萄酒种植之地的另一个梦想实现了——从烟台到银川，从东部沿海之滨到西部黄河之侧，一东一西，两座酒庄就像两颗中国葡萄种植和葡萄酒酿制的明珠，绽放出令全球葡萄酒业惊诧、羡慕的光芒。

张裕摩塞尔十五世酒庄融合了农业、工业和服务业三个产业，真正实现了三产融合，为宁夏葡萄酒产业的发展、壮大、成规模和葡萄酒文化旅游的发展开创了新思路。除了有独特的地理条件和自然环境之外，独具匠心的酿酒师也是不可或缺的。酒庄聘请了出自欧洲酿酒世家的罗斯·摩塞尔(Lenz Moser)先生担任酒庄首席酿酒师。罗斯·摩塞尔出身于欧洲酿酒世家，其祖父的著作《葡萄种植》被誉为“葡萄栽培的《圣经》”。从小跟随祖父在葡萄园长大的摩塞尔先生，根据贺兰山东麓的风土特征研究发现，在距离地面60厘米到80厘米的高度上，葡萄成长所需要的阳光、通风和湿度条件都恰到好处，并且每株葡萄树仅留不超过10串葡萄，可以使葡萄得到更充足的养分，长出更完美的果实。

贺兰山下的张裕摩塞尔十五世酒庄，不只是一处简单的酿酒基地，它还扮演着国家4A级旅游景区和自治区级研学基地、科普基地等角色。同时，酒庄还是融葡萄种植、高端酒庄酒酿造、葡萄酒文化旅游以及葡萄酒主题餐饮于一体的综合性葡萄酒城堡庄园。经过多年的努力，张裕摩塞尔十五世酒庄利用贺兰山下良好的自然条件，在这里建成了1000亩酒庄示范基地和5000亩专属葡萄园，一座加工能力为2万吨的发酵中心和年设计产能5000吨的流水线，以及一处同时能接待300位宾客用餐的品鉴中心。

从技术与理念层面为酿造高品质葡萄酒提供保障，这是酒庄的基础课；通过国际比赛屡屡获奖，这是酒庄的基本功；通过文旅融合，以独特的旅游项目为游客提供多元化的休闲选择，这是酒庄的新功能。

▲酒庄举办的产学研活动——庄园小画师

一个好的酒庄，就是一处博物馆。张裕摩塞尔十五世酒庄还专门建有一座博物馆，里面的文字资料详细介绍了不同品种红酒的区别。酒庄还开放了生产线作为游览景点，向游客介绍现代化的生产方式。当夜色降临之后，游客还可以选择留在酒庄参加一场小型音乐会，端起一杯红酒，听优美的音乐在空气中流动、回旋。此时，白天的炎热将被微凉的夜风一扫而光，留下的只有轻松愉悦的心情。

## 26. 把宁夏红宝送往海外

“自然物候，天工造化，华夏文明薪火；西羌禹族，枸杞图腾，草泽圣果传世。迢迢丝路，红宝飘香，荡荡黄河，金波微澜。泉眼山下，清水南来，卫宁平畴，沃野辐辏。”

这是沃福百瑞企业文化墙上的《枸杞赋》里的内容，它详细描述了枸杞从外形到种植、收获、功效、产地等方面的情况。从这里我们也可以看出枸杞在宁夏这片土地上悠久的耕种历史，以及宁夏人民种植枸杞的勤劳态度。

黄土遮不住你妩媚的光泽
《本草纲目》住着姓氏

你是大地馈赠的珠宝
你闪烁着盈盈的光芒

轻轻搂着你的名字
你是映在我心尖上的红唇

这是我曾应邀写给一个枸杞种植基地庄园的歌词，在我看来，枸杞是一个充满诱惑的女子，无论是穿着打扮，还是它的长相、用途，都是清新丽人、可亲可爱的。小时候，我们上学路过的地方全是枸杞，春夏之交，一望无际的绿平展展地铺在蓝天白云下，甚是壮观。到了农历六月的麦黄季节，枸杞开始成熟，红红的小果子挂满枝头，仿佛一个个小小的红灯笼，等待大家来采摘。

枸杞园是孩子们夏天的乐园，天正热时，他们到园里摘枸杞，手脚麻利的孩子暑假一个月基本就可以挣够学费和生活费，磨叽的也能挣个好看的新书包。那时成群结队的孩子随父母从远处坐蹦蹦车来到枸杞种植基地摘枸杞挣钱，好不惹眼。

南方人对宁夏的认识是源于枸杞的，在他们的想象中宁夏人在日常生活中是离不开枸杞的。早上煲粥放枸杞、葡萄干，中午煲汤放枸杞、桂圆、红枣，晚上煲鸡肉放枸杞、山药。枸杞似乎成了宁夏人生活中不可缺少的东西，这自然让外地人对种植枸杞的土地上的人和事充满好奇，甚至羡慕宁夏人天天有免费枸杞吃。枸杞在南方卖得很贵，而且不一定能买到质量上佳的好枸杞。他们在超市买的枸杞其实大多数都是秋枸杞，一般头茬枸杞是很难买到的。对宁夏来说，这么好的产物怎样才能让它不断发展壮大，继而变为宁夏的一

▼沃福百瑞枸杞生产基地

张响亮的名片，让它成为经济发展的“支柱产业”之一，这是摆在银川经开区领导面前的一大难题。

食品安全是时下老百姓最关心的问题之一，国家对农药和化学制品的使用量是有严格要求的，作为老百姓餐桌上的一员，好的枸杞是要完全符合国家“农残留”标准的。作为一家生产销售枸杞的企业，沃富百瑞把自己的品牌声誉视为珍宝。生产出让老百姓放心食用的枸杞是宁夏沃富百瑞枸杞产业股份有限公司的经营理念，也是其终身追求的目标。

走进沃富百瑞，来自青海、宁夏、甘肃等国内枸杞主产区的枸杞在工人的细心呵护下，经过三重清洗、三重杀菌、14 道现代化工艺的洗礼正待包装销往国内外。通过沃富百瑞负责人的讲述，我们逐渐了解到什么是“好枸杞”“安全枸杞”和“放心枸杞”。

“山河形胜，物华天宝，圣果枸杞，奇珍极品。风尘漠漠，含蓄山野灵异；清流澹澹，吮吸厚土精华；博物慷慨，借力和风细雨；黎庶垦殖，凭藉勤勉辛劳；日精月华，蓄地利于本体；吐故纳新，育茨果在边塞。”

▲现代化的沃福百瑞枸杞生产加工车间

每一株枸杞树从育苗、栽培、挂果到采摘，始终包含着杞农的汗水。从挂果到收获时的检测，从田间地头到走进加工车间后的加工，每一颗枸杞都要接受沃富百瑞这样的专业公司的监督。从对整个展馆的参观和工作人员专业的讲解中，我们了解到沃福百瑞的枸杞产品涉及食品、保健食品、食品添加剂、饮料、糖果等。

17 年的风雨兼程，沃福百瑞从一个襁褓中的婴儿成长为青春少年，在枸杞和枸杞深加工产品的研发、生产和销售中拥有自己的一席之地，美国、德国、法国、荷兰、澳大利亚、英国、日本等 20 多个国家和地区都有它的身影。

沃福百瑞以枸杞具有的“药食同源”属性为切入点，凭借长期积累的人才和技术优势，坚持产学研结合之路，深度挖掘枸杞的功效成分，注重枸杞深加工产品开发的精细化和多元化，是国内枸杞深加工行业的领先企业。近年来，为了提高枸杞干果的市场竞争力，公司不断提高有机枸杞的采购规模，生产销售的有机枸杞通过了国际权威机构德国 BCS 的认证，获得了北美、欧盟、日本的有机证书，产品涵盖枸杞干果、枸杞原汁、枸杞浓缩汁、枸杞果汁饮料、枸杞籽油、枸杞粉、枸杞多糖等枸杞和枸杞深加工产品，出口到 20 多个国家和地区。

“科技小巨人”“绿色工厂”等这些编织在沃福百瑞成长道路上的荣誉桂冠熠熠生辉，与银川经开区这位“好保姆”“好家长”的耐心指引和悉心鼓励分不开。

YINSE
GUANGHUI

# 第九章
# “一带一路”上的中国故事

## 27. 一趟驶向阿拉伯国家的“文化专列”

2021 年 11 月 2 日，第四批国家级文化和科技融合示范基地公布，智慧宫文化产业集团有限公司（以下简称智慧宫）被评为国家级文化和科技融合示范基地。据悉，这是宁夏乃至西北地区唯一入选的“文科融合”企业。

近年来，银川经开区一直注重聚焦文化大数据、公共服务、数字出版、文化装备制造、媒体融合和文旅综合服务等领域，大力构建文化和科技融合发展的新格局，尤其支持企业联合高校开展国际融媒矩阵研究与开发应用，打造集新媒体、著作翻译、文库、影视、书城、智慧教育等一台多端、全网融合一体的“互联网 + 文化”平台，通过区块链、互联网、云计算等技术集成应用，为数字文化产业信息的交流和传播提供线上综合服务。

智慧宫被评为国家级文化和科技融合示范基地，对传播好中国文化、讲好中国故事意义深远。银川经开区也加大力度持续推进科技资源在文化产业领域的集成应用，推动文化和科技深度融合，促进文化产业和文化事业不断发展，使该基地成为文化和科技深度融合的示范点。

2021 年 5 月的一个下午，阳光温暖着宁夏这片土地，智慧宫在阳光的抚摸下显得格外迷人。踩着暖暖的余晖，我走进了智慧宫创始人之一张时荣的办公室。他的办公室并不算大，只有 20 多平方米，里面的设施也极为简单，除了办公桌就是一台饮水机和两张皮质沙发。我们进门时恰逢客人来拜访，张时荣和我们打了招呼后便继续和客人交谈。我坐在靠近门口的沙发上，喝着他递过来的矿泉水，虽然和张时荣是初次见面，但并不感觉陌生。他个子不算太高，但人非常有亲和力，留着平头，一副方框近视眼镜端坐在鼻梁上，完全是一副腼腆书生的模样。等待的间隙，我翻看着他的履历：工商管理硕士研究生学历、职业经理人，还有银川市文联副主席、宁夏网上丝绸之路合作交流中心理事长、宁夏文化产业发展协会副会长等社会身份。

截至目前，智慧宫已连续 5 年被中共中央宣传部、商务部、财政部、文化和旅游部、国家广播电视总局授予“国家文化出口重点企业”称号。

智慧宫成立于 2011 年，一共有 6 家分公司，由文旅、“互联网 +”、国际中文教育、国际投资四大核心业务板块组成，主营业务是面向共建“一带一路”国家，形成“一带一路”阿拉伯国家文化交流平台、图书出版数字平台、动漫影视制作平台、国际中文教育平台、智能互译平台、数据库平台、信息交流平台和智能旅游平台为主的八大核心平台的搭建。

张时荣从小生活在红色革命家庭中，在家庭环境的熏陶和影响下，18 岁那年光荣地加入了中国共产党。从在党旗下庄严宣誓的那一刻起，他暗自许诺：今后一定要做一个对社会和国家有用的人。大学毕业后一个偶然的机会，让他找到了实现当初诺言的机会。他不顾家人反对，毅然放弃了大学教师的舒适岗位，由宁夏大学的一名专职教师转变为一名私企公司老板，也就是智慧宫的主人。

这种转变让家里人一时半会儿无法接受，特别是妻子极力反对，在劝说无果的情况下，直接把老岳父搬了出来。然而那时的张时荣已经下定了决心要创办企业。

智慧宫的发展犹如小船行进在波浪滔天的海面上，巅峰还未到来却屡屡跌入低谷，甚至有到了第二天给员工发工资时，账上空空如也，只能连夜找熟人、朋友借钱这种辛酸的经历。这些情况在智慧宫早期的创业过程中并不少见。

智慧宫，很多人一听这个名字，很容易联想到金碧辉煌的宫殿式建筑和成群结队出入其中的人，甚至可能是“往来无白丁”。然而，智慧宫最初却像一只在寒风中寻找可栖居的枝头的小鸟，先后借租西夏区文广局的教室开展培训，后来又在金凤区紫金花公寓、新昌东路育成广告文化产业园办公，条件都比较简陋。

2016 年春天，这只小鸟迎来了可栖居的花香四溢的枝头。自治区领导带人到智慧宫视察，张时荣向领导详细介绍了智慧宫的发展历程、业务开展情况和公司发展的战略目标。原计划 15 分钟的调研，结果用了 40 多分钟才结束。智慧宫这样一个规模不大并不起眼的小企业，却做着政府部门和国家该承担的事情，这引起了自治区领导的重视。当时正值银川经开区高速发展阶段，园区需要像智慧宫一样的优秀企业进驻，企业也急需园区各方面政策的支持。当经开区管委会得知智慧宫的创业经历和承担的任务后，及时对智慧宫抛出了橄榄枝。2016 年 5 月 1 日，智慧宫搬进了经开区，成为园区众多企业中的一员。然而资金对智慧宫来说就是身体里循环的“血液”，没有资金一切都将陷入瘫痪状态。经开区管委会和园区得知智慧宫资金缺乏后，在政策允许范围内给予智慧宫免租金 10 年的优惠政策，这对于当时的智慧宫来说无疑是雪中送炭。从此智慧宫一步步走上了发展壮大的道路，而经开区也全力以赴扶持智慧宫做大、做强。

在经济发展的大潮中，智慧宫是遨游在大海中的一叶小舟，而银川经开区则像海面在用力推它前进，同时，也是它在风浪和困境中停靠的港湾。知恩图报、回馈社会是智慧宫人的原则。智慧宫成立 10 多年来，不忘初心使命，不忘暗夜里的诸多关心关怀，始终围绕"解译好中国主张、中国智慧、中国方案"这一使命任务，讲好中国故事、传播中国文化，在"加强和改进国际传播工作，推动共建'一带一路'高质量发展"方面做了大量工作。

智慧宫在银川、在宁夏、在西部、在"一带一路"大背景下，找到了自身的独特优势，自觉承担起企业的政治责任和社会责任，体现了智慧宫的文化理念。

马媛是智慧宫的一名普通职员。未见面时，她姓名中的那个"媛"字就引起了我的各种想象。《说文解字》中有言："媛，美女也。"所以她在我的想象中是个高个身材，穿着黑呢子大衣，化着浓妆，有些高冷的美女。

电话里约好的时间到了，像一朵紫红色云彩缓缓飘来，身穿一袭紫红大衣、齐耳短发的马媛，从室外的凛冽寒风中推门而进，准时到达。这完全是一种标准的女教师的形象，红衣和短发又隐约透出职场女性的干练与激情。

马媛家里只有她和妹妹两个女孩，这在那个年代的宁夏同心县是很少见的。巧合的是她和妹妹是同一天出嫁的，妈妈说，当她们两人出嫁以后，家里安静得出奇，院子里干净得就像狗舔了一样。由此可见马媛的父母有着开明的思想，这从后来他们对马媛的培养和教育中可以略见一二。

从吉林财经大学毕业后，马媛选择去广州从事外贸和国际物流行业方面的工作，工作的主要内容是和阿拉伯商人打交道。从东北到东南的地域跨越，让她在思想领域有了大幅度的拓展，这也为后来她回到宁夏进入智慧宫打下了坚实的基础。在和阿拉伯商人长期打交道的过程中，马媛逐步开始了解他们的一些日常习俗。8 年的广州生活，就像挂在她生命枝头的一道云影，被紧张而忙碌的工作如风吹去，给她留下美好而深刻的印记。父母日益年迈，在广州期间，她常常想起母亲的那句“她和妹妹出嫁的第二天院子里干净得就像狗舔了一样”，每想一次心里就疼一下。在事业和亲情之间，她选择回来照顾老人。2019 年春天，她毅然辞别绿草如茵、鲜花盛开的广州，辞掉了收入颇丰的工作，在领导和同事的恋恋不舍和声声祝福中坐上了飞往银川的飞机。

马媛在智慧宫主要负责图书版权工作，上班第五天她就被派往国外出差，那是她第一次一个人单独去国外。飞机上，她认识了一位阿拉伯商人，两人一路上用阿拉伯语交谈得非常愉快。

在国外出差期间她拜访了跟智慧宫合作多年的汉学家和译者，他们不仅是合作者，更是传播中国文化的最佳窗口。这些汉学家和译者面对着广大的青年学生群体和知识分子群体，能够在合作翻译的过程中不断积累对中国文化、现状和发展趋势的了解，能够如实地向国外高知群体讲述中国故事。

与这些汉学家和译者的交谈让马媛感觉到，作为一个中国人，她不仅仅代表自己，也代表着智慧宫，甚至代表着中国对外进行文化宣传的意愿和努力，自己的一言一行都关乎中国人在外国人心目中的形象。

在开罗出差时，她走遍了这座城市的 20 多家书店，发现有关中国的书籍寥寥无几，偶尔发现几本也是关于中文学习或者中医方面的。这让她大为感慨，原来自己的努力和智慧宫孜孜不倦的工作是多么的有意义啊，这更坚定了她对自己从事的工作的信心。

时隔两年后，马媛赴阿联酋出差，先后去了 1998 年被联合国教科文组织授予“阿拉伯世界文化之都”称号的沙迦、阿布扎比和迪拜。

相对于开罗来说，迪拜更让她感到心旷神怡。其中心地带建筑都比较现代化，非中心地带则房屋低矮、分布稀疏，但建筑风格均非常雅致。有意思的是，因为没有城市排水系统，到迪拜的第二天下雨了，所以全民放假。在迪拜哈利法塔下她还偶遇山东大妈旅游团，在异国他乡能遇见这些大妈，可见祖国的开放程度与国人富裕起来后的出境旅游热。

马媛去了迪拜购物中心的纪伊国屋书店（一家日本全球连锁的书店），发现有一些有关中国的书籍摆在那里，这让她的心少许有些宽慰。

2020 年 1 月，她赴卡塔尔首都多哈参加多哈国际书展。那里美丽神秘、低调安静，有中东最漂亮的滨海路，有贝聿铭先生设计的多哈伊斯兰艺术博物馆。

这是智慧宫连续三年派员工参加多哈国际书展。书展期间，当地政府会给所有的学生发购物券并包车把学校师生送到书展上，学校的教师在每个展位上筛选、登记、采购图书。看着智慧宫出品的中阿对照版的童书全部被买走，“美丽中国”和“魅力新疆”系列图书备受欢迎，马媛的心里感到特别欣慰，觉得同事们的努力在这里有着另一种回报。看着《成龙：还没长大就老了》的阿文版海报引起各个年龄段朋友们的驻足、询问和期待，马媛的眼里当时就湿润了。当时有日本展商在展位上写很简单的毛笔字，有些孩子们拿着毛笔字满场转，有的孩子就找到智慧宫的展位上来。于是，马媛就买来毛笔和墨汁，教孩子们用中文写他们的阿文名字，深受孩子们欢迎。那一刻，马媛为自己是一名中国人、会写毛笔字而感到自豪。

汗水和劳动总会在时间的长河里结出丰硕的果实，通过众多像马媛这样的智慧宫人的努力，智慧宫在开罗顺利注册了埃及东方文化出版社，辐射北非的阿拉伯国家市场；在沙迦出版城注册了阿联酋指南针出版社，辐射西亚的阿拉伯国家市场。智慧宫一步步发展，从与海外出版社合作出版到在海外成立出版社，积极布局海外业务发展的渠道。

虽然智慧宫在传播中国文化的道路上刚起步不久，但因为有银川经开区各项优惠政策的大力支持和国家做强有力的后盾，它在“一带一路”上作为中国文化传播的使者勇敢向前，不断书写着新篇章。

▲智慧宫在海外翻译出版的旨在“讲好中国故事”的重要图书

目前，智慧宫已翻译出版《习近平谈治国理政（阿拉伯语）》（第一卷、第二卷）、《习近平用典（阿拉伯语）》（第一辑、第二辑）和《习近平——复兴之路》等36种主题类图书。其中，智慧宫与中国外文局合作，将《习近平谈治国理政（阿拉伯语）》（第一卷、第二卷）在阿拉伯国家进行推广和销售。2018年7月，习近平总书记访问阿联酋期间，智慧宫协办了中宣部主办的“《习近平谈治国理政（阿拉伯语）》读书分享会”。与此同时，在阿拉伯国家宣传中国文化的窗口也在陆续打开。阿联酋、沙特、埃及已向全球发布决定，将中文教育纳入所在国国民教育体系，成为第二外语必修课，从小学一年级至高中三年级，完成K12教育。这不仅是巨大的市场，更是传播中国文化最好的载体。

智慧宫在董事长张时荣的带领下于2018年提出“一国一纲一体系”战略，即一个国家、一本教学大纲、一套教材体系。一是研发教材体系。目前已研发3国纸质教材、数字化课件、游戏课堂设计，制定所在国汉语教学的标准，教育部中外语言交流合作中心正式将《智慧学中文》作为阿拉伯国家指定教材。二是积极开展国际中文教育师资派遣。教育部中外语言交流合作中心授权智慧宫积极与其共同开展线上对外师资培训。目前，智慧宫已与北京语言大学、黑龙江大学、西北师范大学、宁夏大学、北方民族大学等12所国内高校开展订单式培养对外汉语教师，向阿拉伯国家中文教育提供一站式服务。三是信息化校园建设。与广州视源电子科技股份有限公司联合开发教育智能终端等软硬件设备，提升所在国智慧校园建设和教师、学生体验。四是积极推广线上教育。智慧宫开发的“智慧学中文”APP，不仅可以提供线上学中文服务，还可以提供本地化所有课程的线上教育，同时完成录播课程和样板课堂建设。“智慧学中文”将成为阿拉伯国家国际中文教育的标准，并被打造成阿拉伯国家中文教育第一品牌，最终实现在国内主板上市的目标。

为了服务于国家“一带一路”建设，有效整合多年来形成的面向共建“一带一路”国家的渠道优势，智慧宫承办了中宣部“埃及中国文化周”活动和国新办、原国家新闻出版广电总局的27项活动，将习近平总书记访问中东的意义从文化、媒体、舆论等领域推到了新的高度。智慧宫与中国出版集团有限公司、人民出版社、人民日报出版社、外文出版社、五洲传媒出版社5家央企有着紧密的合作，同时还与全国31个省、自治区、直辖市属的46家大型出版传媒集团合作，搭建了一个中国图书“走出去”的宁夏通道。此外，智慧宫还成功主办2019年迪拜中国电影周作为新中国成立70周年的阿方庆祝活动。

讲好中国故事，传播中国文化，让中华文化走进共建“一带一路”国家寻常百姓家，让共建“一带一路”国家认识中国、认知中国、认同中国。在构建人类命运共同体的路上，智慧宫正如海燕在波涛汹涌的大海上无畏地向前，向前。

## 28. 开启一趟属于宁夏的中欧班列

习近平主席强调，中国始终坚持和平发展、坚持互利共赢。我们愿同合作伙伴一道，把“一带一路”打造成团结应对挑战的合作之路、维护人民健康安全的健康之路、促进经济社会恢复的复苏之路、释放发展潜力的增长之路。通过高质量共建“一带一路”，携手推动构建人类命运共同体。余正财就是共建“一带一路”中的一员。

100多年前一个漆黑寒冷的夜晚，当宁夏中部干旱带上的人们进入梦乡时，一场灾难悄悄降临，震惊世界的“海原大地震”发生了。震级达里氏8.5级，震中位于海原的甘盐池至西安乡一带，震源深度17公里，震中烈度为12度，震级之高、烈度与波及范围之广，世界罕见。

在这场近乎毁灭性的灾难中，有一棵正在生长的柳树被地震撕裂一分为二。这棵柳树至今还活着，成为海原地震断裂带上珍贵的“活标本”。这棵震柳既记载了大地的伤痕，也见证了海原人祖祖辈辈顽强地生息繁衍的精神，这就是被海原人赞誉的“震柳精神”。

余正财出生于海原县李旺镇的一个小山村，12岁之前，他是在父母双双呵护下的一块宝。13岁那年父母相继病逝，无疑是这个普通而贫寒的家庭的一场不小的“地震”。余正财就像100多年前海原大地震后顽强生存下来的那棵柳树，挑起了家庭的重担，把几个弟弟妹妹抚养成人，帮他们成家、立业，把一个在风雨中飘摇不定的家修补得圆满而温暖。

余正财的家乡地处六盘山北部余脉的大山里，常年干旱少雨，被联合国认定为“最不适宜人类生存”的地方。生活在这里的人们，基本上是靠天吃饭，雨水是庄稼的保证，是人们的希望。人们只有走出大山，才有活路，才有希望。

20 世纪 80 年代，余正财贷款买了他人生中的第一辆大货车，把目光和脚步都延伸到了大山之外。一开始，他只是把家乡的土豆等特产运往外地；不久以后，逐渐联系到了全国各地的大宗货物运输；再后来，从成立海兴物流公司发展到宁夏李旺实业发展有限公司。余正财的经营半径逐步变大，最终，赶上了中欧班列的快车。

▲宁夏李旺实业发展有限公司办公大楼

2011 年福银高速竣工，这条承东启西、贯穿南北的运输大动脉，让海原在丝绸之路经济带上的位置优势更加显著。为了满足现代物流业发展的需要，海原县海兴物流中心开始建设，建成后这里将成为宁夏工业的物流枢纽。余正财看准了家乡的发展前景，也放远眼光，以宁夏为原点，把货物从全国各地运往新疆的霍尔果斯口岸。霍尔果斯口岸是我国西北地区唯一的一个集公路、铁路、管道、航空、光缆和邮件“六位一体”的交通枢纽和综合性多功能口岸，而且是综合运量最大的国家一类口岸，目前已经成为国家进行“一带一路”建设的重要节点。

海原是古丝绸之路上的重要节点，霍尔果斯是“一带一路”建设中的重要节点。目前，余正财的生意已辐射到全球200多个国家和地区，他以“丝绸之路上的搬运工”的身份，将现代物流作为纽带，把横跨万里、穿越千年的两个节点连在一起。同时，他在银川南站兴建的物流园即将成为银川经开区的一员，从而让自己带领的李旺实业发展有限公司在规模化、信息化的发展道路上，走得更快、更稳、更好。

一条路越走越宽，不是一个人的功劳；一件事越干越大，也非一个人的力量。余正财现在富裕了，但仍不忘家乡。下一步他将对接经开区一些大企业一起搭乘“中欧班列”走向全世界。

车轮滚滚，在时代的潮流中永不停歇，这是使命也是梦想。

YINSE
GUANGHUI

# 第十章
# 你若盛开，蝴蝶自来

## 29. 在弯道超车中异军突起

一地麦子，总有个高矮胖瘦才能有产量上的突破。

与传统产业相比，银川经开区的产业发展与不少地区都处于同一起跑线。后来，自治区提出“弯道超车”的发展理念，于是经开区抓住重点率先突破，通过进一步解放思想变“跟跑”为“领跑”，在新产业的定位和新业态的培育上，赢得了主动，赢得了优势。新经济需要新产业按市场的供给侧需求定产能，为此，经开区管委会的领导多次带队奔赴西安，用亲商的真情和发展的实意使西安隆基硅材料股份有限公司在开发区实施单晶硅棒切片项目。为准确把握行业发展脉搏，在单晶硅市场普遍低迷的态势下，经开区大力支持隆基公司捕捉机遇，迅速占领市场，奠定了隆基公司单晶硅棒在国际、国内单晶硅行业的龙头地位。

2015 年，银川经开区打造了一批优势产业，涌现了一批优势企业，积累了一批领先技术，勾勒出不同寻常的发展轨迹。经过几年的培育，经开区已经聚集了银川隆基、天通银夏、银和新能源、晶明高纯氧化铝等企业，已经成为全球最大的单晶硅生产基地和最大的单晶硅切片基地，以及中国最大的

▼银川隆基硅材料有限公司生产车间

工业蓝宝石生产基地。很显然，此时的经开区已经成为国内不可或缺的战略新兴材料生产基地。

2019年10月的一个上午，银川经开区管委会副主任、主任助理陪同银川市副市长、银川市公安局局长深入园区企业进行知识产权保护工作方面的调研。

副市长先后深入银川隆基硅材料有限公司、宁夏汉尧石墨烯储能材料科技有限公司、共享集团创新中心及宁夏广天夏电子科技有限公司进行观摩调研，详细询问企业创新发展和自主知识产权情况，并就企业对银川市经济社会发展的推动和提升所做的贡献，给予了高度评价和肯定。

随后的座谈会上，参会的企业家代表踊跃发言、建言献策，对银川经开区管委会、银川市公安局知侦支队、经开区公安分局在经济政策扶持、资金支持、知识产权保护、净化投资环境等方面给予的大力支持和帮助，表示了诚挚的感谢。同时，就进一步优化营商环境、推进经济社会发展、加大知识产权保护等方面提出了强化知识产权法律法规的宣传、教育、培训，推广知识产权保护工作站的经验做法，扩大知识产权保护范围，加强治安防控等意见建议。

在银川经开区，政府部门与企业的互动是很见成效的。这也为经开区企业在“弯道超车”中异军突起打下了坚实的基础。

## 30. 做好自己的品牌，树好自己的目标

一个企业只有有自己的根和魂，才能有所依靠、有做大做强的理由。

很多时候，我们从一个企业的员工嘴里听到的不是对企业的埋怨，就是对老板各种“抠门”的数落。听到有人在背后夸自己的企业，在我看来真的

屈指可数。银川隆基硅材料有限公司的李主任就是这样一个“少数派”，他对自己的企业和企业创始人赞不绝口，这让我非常好奇。

“江隆基是一个伟大的教育家！”李主任的话表达出对江隆基的无限敬佩。

1952 年，江隆基任北京大学副校长，协助马寅初校长主持北大工作。1959 年，江隆基被任命为兰州大学校长。在兰州大学执教的 7 年时间里，他没有忘记科技强国的梦想，把自己的家国情怀和伟大的科技强国梦融入教育中。

1986 年，李振国、钟宝申等青年学子入学兰大，一同在江隆基校长的塑像前参加入学教育仪式。江隆基校长的事迹感染了在场的每一位同学，在他们心中种下了科技强国的种子。

毕业后，李振国于 2000 年成立隆基公司——一家致力于打造全球领先的太阳能科技的公司。隆基品牌的创建，是源于对先贤的敬仰、对先贤文化的传承，同时也是对教育推动科技进步的认可。隆基公司的成立实现了老校长江隆基的心愿。

多年来，隆基公司始终聚焦绿色能源，不断推动光伏产业技术变革，逐步成长为全球最大的集研发、生产、销售和服务于一体的单晶光伏产品制造企业。

我的手头有隆基公司 2020 年与 2021 年第一季度的报告：2020 年，隆基股份实现营业收入 545.83 亿元，同比增长 65.92%；净利润 85.52 亿元，同比增长 61.99%。2021 年第一季度，隆基股份实现营业收入 158.54 亿元，净利润 25.02 亿元。

2020 年，隆基公司实现单晶硅片出货量 58.15 吉瓦，其中对外销售 31.84 吉瓦，同比增长 25.65%，自用 26.31 吉瓦；实现单晶组件出货量 24.53 吉瓦，其中对外销售 23.96 吉瓦，同比增长 223.98%，自用 0.57 吉瓦。2020 年，隆基公司单晶硅片和组件出货量双双位列全球第一，组件产品在全球的市场占有率约为 19%，较 2019 年大幅提升 11 个百分点。

值得关注的是，2020 年，隆基公司研发投入总额达 25.92 亿元，占营收的 4.75%，非硅成本进一步降低，其中拉晶环节平均单位非硅成本同比下降 9.98%，切片环节平均单位非硅成本同比下降 10.82%。

多年来，隆基公司密切跟踪光伏行业的技术趋势和市场需求，以客户价值为导向，积极开展研发创新、专利布局和工艺改进，推动产品品质优化和成本持续下降，加大开发新型高效产品技术储备的力度，持续保持技术的领先性。

光伏行业虽然增长迅猛，但其本质仍在于技术快速更迭驱动行业竞争力不断提升。从创始至今，隆基公司在战略制定、产品技术路线选择和进行日常运营管理时，高度统一地遵循两个原则：一是“一切从事物的本质出发的第一性”，二是“立足当前并着眼长远”。在对待每一件事情时，隆基公司的决策层都要按以上原则执行，从而拒绝短期行为，立志做行业的长跑者。

从 2020 年至今，隆基公司的一系列资本运作已从不断夯实光伏全产业链龙头地位向“光伏 +”的全新应用场景拓展。收购宁波宜则，扩大海外产销规模；入股森特股份，发挥其在建筑屋顶设计、维护上的强项；同时结合隆基公司在 BIPV（光伏建筑一体化）产品制造上的优势，共同开拓大型公共建筑市场的业务；与朱雀投资联合成立合资公司进入制氢领域，并联手中国石化抢先布局“碳中和”目标下能源转型的万亿级市场。

此外，隆基公司还先后与中国华电、华能集团、中国大唐、中广核、中国石化等签署战略合作协议，计划在组件供应、电站开发、电站数字化、可再生能源制氢及产业链协同等方面，共同实现“技术 + 资本 + 品牌”的强强联合。

高研发投入带来迅速产业化的回报，自 2013 年至 2020 年，隆基公司归属母公司净利润年复合增长率达到98%。

在研发资源建设和储备方面，隆基公司组建了800多人的专业研发团队，建立了硅材料研发中心、电池研发中心和组件研发中心，拥有1个国家级企业技术中心和5个省级企业技术中心，与新南威尔士大学、西安交通大学、兰州大学、浙江大学等建立了战略合作关系，加强产学研合作和技术交流，构建了具备全球竞争力的研发体系。

目前，光伏材料产业已成为宁夏新材料产业高质量发展的又一新优势，并带动光伏发电、储能电池、电解水制氢等多个清洁能源项目布局宁夏，推动光伏材料全产业链条向“链主”高端化、“链路”智能化、“链条”绿色化、“链企”融合化稳步发展。

## 31. 沙子在阳光下产生奇迹

隆基公司2021年计划单晶硅片年产能达到105吉瓦，单晶电池年产能达到38吉瓦，单晶组件产能达到65吉瓦。

“2021年，在全球碳中和的高度共识下，光伏产业将迎来历史上最好的发展机遇。‘光伏+多种应用场景’、综合能源清洁高效发展的局面正在形成，‘绿电+绿氢’将成为应对气候变化的有力武器。同时，全球光伏产业链生态也在重塑。隆基公司将继续专注于技术，保持产品技术始终在主航道上，稳健运营，通过持续的技术创新迎接新的挑战。”王英歌表示。

也许光伏对一般人来说是一种很高大上的东西，然而在隆基公司创始人的口中却是极其简单的一道公式：沙子+太阳光=光伏。这个公式简单到让一个普通老百姓都能完全理解。在沙子里面提取硅，让人总有几分冲动，想试着抓一把沙子，在太阳光下照一照，看能否提取出亮晶晶的硅。这当然是个玩笑，但又有谁知道——这么简单的一个公式后面有多少不为人知的故事。

隆基公司从一开始到现在一直在做单晶硅，在全国各地甚至全世界有几十家工厂。银川隆基公司最早也是在做单晶硅，后来则是以清洁能源为主，68% 都是清洁能源。清洁能源制造是隆基公司的最终目标，同时也提出了一个能源转换的最佳方案，那就是光伏储能。

几年前，在固原市的下青石村卫生所一直存在这样的画面：当月亮还挂在树梢上，下青石村卫生所的姚医生已经翻过两座大山来到了卫生所。他从衣袋里摸索了半天，终于找到一串钥匙。他一个又一个试着，终于打开了门。

柜台上被煤烟熏得发黄的药盒散发着一氧化碳的味道。姚医生走到药柜后面翻开纸箱拿出一把柴，回头又从挂在门后的卫生服里拿出打火机点燃，然后走向床边的铁炉。火苗在炉子里缓慢燃烧，烟笼罩着整个屋子，老姚不停地咳嗽着。

每年冬天，姚医生都要早早起床，生好炉子，然后等第一波病人到来。尽管自己也是一个患有支气管炎的老病号，一到冬天受凉就会犯病，再加上这烟熏火燎，更是难受。但因为来看病的基本都是老年人，为了让病人能有一个温暖的就医环境，老姚这一坚持就是 30 多年，风雨无阻。

让扶贫落到实处，让贫困群众得到好处，这是隆基公司最初的想法。于是一件在别人看来不起眼的“大事”在隆基公司内部开始启动——为固原市的 544 个村卫生所安上光伏取暖。

如今，下青石村的卫生所是这样的画面：早晨，当第一缕阳光照射在固原这片土地上，姚医生打开医疗室的门，干净而整洁的玻璃橱柜摆满了各种药物，光伏发电的温暖正在整个卫生所铺开。姚医生穿上干净的白大褂，等待患者们的到来。下青石村卫生所的这幅温暖画面，是固原市的 544 个村卫生所的一个缩影，是隆基公司为这里带来了这样的变化。

近年来，随着《关于促进国家级经济技术开发区转型升级创新发展的若干意见》的全面实施，地处内陆、经济总量不大的银川经开区在调整与转型方面面临前所未有的挑战。提高经济运行质量必须转型升级，而新时期的转型升级不可能一蹴而就，必须是系统的、立体的，这是经开区管委会的一贯认识。为此，他们绘就了自己独特的转型升级路线图：做“强”优势企业，做“大”战略性新兴产业，做“出”新型业态，做“成”后发展空间，引导节能降耗升级。

产业，决定着一个区域的未来，是区域崛起的希望所在。银川经开区通过新的产业集聚搭建新的发展平台，积极破解内陆经济开发区发展难题。早在 2016 年，银川经开区就抢抓“中国制造 2025”战略机遇，瞄准国际前沿，狠抓新产业培育，加快传统产业转型升级，建设国内不可或缺的战略性新材料基地，打造百亿晶体材料产业园，占领晶体材料制高点。

如今宁夏的硅产业在全国都是有名的，然而当时为了把硅产业引进银川经开区可是费了好大的劲，提出了各种优惠政策。天津中环半导体股份有限公司（以下简称中环股份）建设的 50 吉瓦（G12）太阳能级单晶硅材料智慧化工厂及相关配套产业项目在经开区的落地资金是 150 亿元，是经开区最大的企业。中环股份布局宁夏，是因为将光伏产业布局西北是有地理优势的，此外银川经开区的政策优势也非常突出，给了企业不少优惠政策。中环股份的进驻将带动整个经开区相关产业的发展，带动更多配套企业陆续进驻。

2021 年，德国慕尼黑国际太阳能光伏展在德国慕尼黑新国际展览中心盛大开幕。作为全球领先的太阳能科技公司，隆基公司携 Hi-MON 系列多款组件产品盛装亮相，在欧洲掀起一股“隆基潮”。

慕尼黑国际太阳能光伏展是全球迄今为止规模最大、影响最深的太阳能专业展览交易会，聚集了国际上所有业内知名企业。受新冠疫情影响，2020 年的慕尼黑国际太阳能光伏展取消举办。2021 年，慕尼黑国际太阳能光伏展终于重启，迎来了 800 余家太阳能专业参展商参展。

展会现场，隆基公司展出了包括 Hi-MON 在内的全线组件产品，这也是 Hi-MON 在国际顶级展会上的首次亮相。该产品保持了 182-72c 最优组件尺寸，量产转换效率达 22.3%，量产功率达 570 瓦，是一款可为大型地面电站带来超高价值及更低度电成本，有望引领行业在组价效率和发电量上突破进化的旗舰之作。

除了新品 Hi-MON 外，隆基公司还带来了数月前刚在 Intersolar AWARD 中拔得头筹的明星产品——Hi-MO5。作为欧洲最权威的太阳能光伏奖项，Intersolar AWARD 每年都会从光伏产业链的各环节中遴选出最杰出的创新产品。

2021 年 7 月，隆基公司凭借 Hi-MO5 在 Intersolar AWARD 中荣膺最佳组件奖。从传统单晶、PERC 单晶、P 型双面技术到如今在行业树立的 M6、M10 硅片新标准，在过去的 20 多年里，隆基公司始终致力于推动能源转型进程，让人类彻底摆脱气候与环境问题的困扰。隆基公司发展的每一个里程碑，都成为推动行业向前发展的关键力量。未来，隆基公司将坚持高强度技术创新和研发投入，为全球客户提供高效、可靠的产品及服务，为打造“负碳地球”提供源源不断的绿色能量。

## 32. 一块蛋糕换来的“蓝宝石”

那一颗晶莹透亮的“蓝宝石”落在银川经开区时，其实是源自一块蛋糕。那年，潘建清正带领他的团队在银川经开区考察工作，第二天恰好是他的生日。对于一个远在他乡的中年男人来说，这无疑是个任凭思乡之愁绪慢慢爬上心头的日子。第二天上午的会谈中，经开区负责招商工作的领导将一个精致的大蛋糕盒捧到他的面前。看着蛋糕盒上“生日快乐”的字样和旁边备好的蜡烛、餐具，潘建清的心里涌起了感动和温暖。有什么可犹豫的呢？在这样的经济开发区投资、入驻，还有什么不放心的呢？

就这样，银川经开区管委会的领导以一颗诚挚之心，留住了一颗在业界璀璨的“蓝宝石”。后来的事实也证明，经开区和潘建清旗下的天通蓝宝石长晶基地，互相选择了对方，也互相成就了对方。

近年来，新材料产业发展迅猛，用蓝宝石材料生产的产品不经意间走进了我们的生活当中。银川经开区也紧抓机遇，引进蓝宝石产业，致力于打造全国领先的“蔚蓝产业”。

每当提到“蓝宝石”人们的眼里都会放光，我在某部电影中看到有一个财迷为了得到“蓝宝石”不惜一切代价，最后落了个妻离子散也未得偿所愿的故事。从那个时候开始，“蓝宝石”在我心中就是昂贵的、不能轻易得到的东西。然而当我真正走近“蓝宝石”，看到的似乎是和白糖块差不多的原料。在天通银厦新材料有限公司（简称天通银厦）工作人员的详细介绍下我才了解到，天然蓝宝石和工业蓝宝石最大的区别就是天然蓝宝石纯度低。

蓝宝石主要是用于LED灯的基础材料部分，它的主要成分是氧化铝，主要作用是发光不发热，还有一部分是用于手机和手表配件，以及智能家具触摸面板和对灵敏度与感应度要求比较高的其他方面。蓝宝石的强度仅次于金刚石，具有耐高温、耐腐蚀、化学性能稳定、介电特性好等优点，被广泛应用于工业、医疗、半导体、LED照明、国防、军工、航天航空以及智能手机终端等方面。

天通银厦是银川市政府的重点招商企业，当地各级政府特别是经开区管委会非常重视天通蓝宝石长晶基地项目在经开区的落地，在招商引资政策和厂房建设方面给予了很大的支持。

当“蓝宝石”进驻经开区的时候厂房已经建好了，但当时周围的厂房大多都是空的，还比较荒凉，经常有一些拾荒的人过来在这里捡东西，也有一些流浪狗时不时出现在这里寻找食物。但那块生日蛋糕和周到的服务与营商环境，总让“蓝宝石”人觉得这里是一片温暖之地。

“蓝宝石”落户银川不到一年就实现顺利投产，为天通银厦争取到宝贵的市场时机，也更加坚定了天通银厦的战略布局和部署。天通银厦将按照规划加大对银川蓝宝石长晶基地的投入。

▲天通银夏生产的蓝宝石晶体

“蓝宝石”自落地银川以后就建立了自己专业的研发团队和研发平台，2014 年率先成功研发 150 公斤级 KY 法蓝宝石晶体。自治区政府和银川市政府对于产品的研发给予了一定的科技创新补助资金，经开区在政策扶持方面的力度也很大。在营商环境方面，以前银川的办事工作流程比较麻烦，这几年改善了很多。比如，以前变更一个营业执照最少得一周，现在只要资料齐全、审核通过、审批合格，一天就能办下来。办理其他证件也是，以前要 15 个工作日，最少 7 个工作日，现在复杂一点的也只要 3—5 个工作日。此外，天通银厦在税收方面也享受到了西部大开发的优惠政策。随后，“蓝宝石”再次研发出 200 公斤级蓝宝石晶体，这是目前国内已公布的最大重量的 KY 法蓝宝石晶体。此次研发出的200公斤级蓝宝石晶体，性能达到了国际先进水平，摇摆曲线半高宽15弧秒以下，晶体质量好，气泡缺陷少，材料利用率高，最大可制作15英寸（超大尺寸）晶棒与窗口材料，以及掏取衬底晶棒和智能终端面板晶棒，可以大幅提高材料利用率。

此外，“蓝宝石”还成功生产出4英寸的蓝宝石衬底并稳定量产供货，打破了国内一线外延企业对国外大尺寸蓝宝石衬底的依赖，帮助外延企业逐渐实现原材料的国产化采购，降低了成本，加快了交期，提升了企业的竞争力，实现了互利互惠的双赢合作。

YINSE
GUANGHUI

# 第十一章
# 启迪腾飞梦想，善用科技力量

## 33. 从“藏身”贺兰山到行业“巨人”

作为宁夏改革开放的先行区，银川经开区以其优惠的政策和完善的配套服务，吸引了众多资产的投入和产业的聚集。“西轴”是我国最大的轴承生产企业之一，公司的发展受到了国家和银川经开区的重视和大力支持。“西轴”主营各类滚动轴承的生产和销售，能够按照国际标准和国家最新技术标准生产外径 40 毫米至 2250 毫米的 3000 多种不同规格的各种类型轴承，并能按用户要求生产各种非标准轴承。这些产品符合国民经济发展战略和国家产业政策，广泛用于铁路、石油、冶金、矿山、化工、建筑、汽车、电机、农机、工程机械等行业的主机配套，畅销国内30个省、自治区、直辖市，并远销美、英、法、俄、德、意等50多个国家和地区。

早在1994年，“西轴”就被国务院列为全国百家建立现代企业制度试点单位。从隐身于贺兰山中的军工企业到成为行业“巨人”，“西轴”的每一步成长，离不开每一个“西轴”人艰苦奋斗的付出，也离不开政府各项支持政策的帮扶。

“西轴”，在银川人的眼里是有很重的分量的。

谈及西北轴承厂，不仅老银川人有说不完的段子，就连那些下面市县的人也不例外。当年，谁家女子嫁给“西轴”的职工，那是很有面子的一件事。因为当时在“西轴”上班待遇好，有统一的厂服，厂里还有图书室、阅览室、电影院和活动室。

这个老字号的企业，在助力宁夏经济发展的同时，也见证了宁夏一代又一代人的发展和付出，自身也经历着银川经开区日新月异的变化。

说起“西轴”的发展，原西北轴承股份有限公司党群工作部副部长祁国平的感受最为深刻。回忆半生经历，祁国平无不感慨“西轴”对他的影响和栽培。

从20多岁的车间技术工到30岁的厂机关干部，再到后来的党群工作部副部长，祁国平一路见证了“西轴”的发展和银川经开区的发展，也实现了他的人生价值。在“西轴”的人生经历成为他不同时期为写作汲取养分的一块自留地。

很多年前，不满20岁时，祁国平就被父亲送往“西轴”的技工学校上学。那时的“西轴”，由于国家保密需要，厂址在贺兰山脉中部位于平罗县境内的大水沟，历经几番波折，边搬迁，边生产，边搞基建。那里四面环山，比较隐蔽，但对祁国平这样的学生来说，也意味着要忍受孤独和寂寞。

第一次走进学校时，眼前的景象让祁国平十分失望。原本以为国有企业办的技校要比自己彭阳老家的山沟沟里强，没想到眼前除了延绵不断的贺兰

▲20世纪80年代“西轴”大水沟厂区全貌

山，就只有一所破旧不堪的学校。这让他有一种从糠箩兜跳到麸子箩兜的感觉。但为了学得一技之长，他只能选择接受。经过一年的理论学习和两年的实习，祁国平终于盼来了工作机会，这意味着他可以凭借在这里学的一技之长给家里挣钱了。

自1958年宁夏回族自治区成立至今，“西轴”在宁夏本土工业的发展历史上有着足够多的亮点。

2011年初，一部由李幼斌、李乃文、朱亚文等实力派演员主演的电视连续剧《爱在苍莽大地》热播。该剧的拍摄地就是原来“西轴”厂的所在地，这让人们时隔几十年后又重新记忆起这个地方。

骄阳照在贺兰山坚硬的石头上，泛着青白色的光芒。除了东南方向的大水沟作为出口，其他几面都是突兀的山。山上怪石嶙峋，山体经年累月被风霜雨雪和岁月的刀刃雕刻出沟壑纵横的面目。

▲西北轴承厂老厂区

从 1964 年开始，国家大力建设三线地区。三线地区包括基本属于内地的四川、贵州、云南、陕西、甘肃、宁夏、青海 7 个省区及山西、河北、河南、湖南、湖北、广西等省区靠内地的一部分，共涉及 13 个省区。西南、西北地区的川、贵、云和陕、甘、宁、青俗称“大三线”，各省区自己靠近内地的腹地俗称“小三线”。

1965 年 9 月 4 日，中国第一机械工业部按照国家三线建设的战略部署，决定将辽宁瓦房店轴承厂搬迁至宁夏，建设代号为“102”的军工企业——西北轴承总厂。前期勘探人员将厂址分别定在银川市的新城区和永宁河银川南门外。第一批筹建人员于 1965 年 10 月 8 日赶到银川开始工作。1966 年 2 月，西北三线建设会议决定将“102”总厂的厂址改在青铜峡大坝地区，筹建人员又开赴青铜峡开始施工。经过两个多月的努力，建成了临时的水、电、路及部分平房等设施。同年5月13日，第一机械工业部副部长周建南来到宁夏考察“102”的建设情况，经过几天的调查，认为青铜峡风沙大、未能靠山隐蔽。经过一个月的再次勘察，1966年6月25日，“102”的厂址正式选定在贺兰山的大水沟。

1969年9月16日，第一机械工业部下文，将西北轴承厂由一级部属企业改为自治区属企业。20世纪70年代，迁入贺兰山深处的“西轴”使那片寂静的地方成了热闹非凡的现代小社会，工厂、学校、医院、影剧院、商店等一应俱全。最鼎盛时期，近3万名职工和家属在那里过着一种保密性极强的军工企业生活。那些生活情景因为保密，是不见于报端的，他们和外界通信使用的地址也只是“宁夏银川102信箱”。20世纪80年代，在市场经济的大潮下，西北轴承厂开始向银川西郊搬迁。1992年，终于完成厂址的整体搬迁，对外也逐渐亮出了一个企业的名称——西北轴承厂，“102”逐渐消失在人们的记忆中。

▲ 1992年搬迁后西北轴承厂旧址

“西轴”在没有伸手向国家要一分钱、没有停产一天、生产生活条件十分艰苦的情况下，连续10年坚持边基建、边搬迁、边生产，职工平均3天就能安好一个家，一个分厂平均10天就能搬完并开工生产。靠着在调整搬迁过程中职工焕发出的高昂工作精神，“西轴”创造了搬迁史上的奇迹。

10年间，“西轴”不仅没有因为厂址调整、技术改造而影响生产，相反却激发出巨大的生产力。资源合理配置带来的经济效益使西轴的生产规模以年均20%的速度递增，劳动生产率、人均利税等主要经济指标均名列同行业大中型企业之首，在激烈的市场竞争中终于以一个具有全国一流水平的现代化大型一档轴承企业的身份脱颖而出。“西轴”以它的成功证明了“下山入市、企业再造”战略目标的正确，书写了企业发展的第二个光辉时期。

“西轴”成立40周年之际，有一位员工写过一首诗，记录了企业创建初期的艰难。该诗部分内容如下：

那是1965年的春天
蓝天上一轮暖洋洋的太阳
贺兰山睁开惺忪的睡眼
大水沟露出亘古未变的模样
小杏园开满鲜红的山桃花
山桃下几只呱呱鸡在快乐地吟唱
清凉的溪水哗哗流淌
溪水旁徜徉着褐色的青羊
就在这寂静中，就在这杏园旁
忽然开进一支队伍
惊得那呱呱鸡扑打翅膀
青羊诧异地张望

…………

这是一个值得书向蓝天的日子
这是一个值得刻在大地的日子
因为，从这一天起
中国机械的历史上
出现了“西北轴承”四个金光闪闪的大字
因为，从这一刻起
将诞生一个祖国西部最大的轴承厂

…………

这一时期也是“西轴”实施改革措施最多、发展步伐最快的时期。其间，“西轴”将工作重点放在改革、技术改造和科学管理上，在实际工作中将三者紧密结合起来，即在积极推进企业改革、改制的同时，继续实施技术改造工作，重点建设企业科学管理体系。“西轴”的改制工作为科学管理提供了条件，取得的技术改造成果不断支持着企业改制工作的顺利开展和科学管理体制的建立完善。

“西轴”的改制工作大部分集中于1995年。在这一年，“西轴”被列为全国百家现代企业制度试点企业。国家经贸委、自治区经委、自治区体改委通过了“西轴”的改革试点方案。按照方案，“西轴”完成了企业改组和资产重组，成立以产权为纽带的控股公司和参股子公司，完成了从工厂制向公司制的转变。

2020年12月，宁夏国有资本运营集团有限责任公司成为西北轴承新的实际控制人，确立了以做强轴承产业为主线，瞄准战略性新兴产业和重大装备制造业，抢占科技和市场制高点，将西北轴承建设成高端轴承生产基地和一流品牌企业的宏伟目标。

▲ 20 世纪 90 年代的西北轴承股份有限公司

“西轴”走过了 50 多年的发展历程，及时顺应“互联网 +”的发展趋势，以信息化与工业化深度融合为主线，有序推进高端轴承产业基地建设。一个崭新的数字化、智能化、信息化、绿色、节能、环保的现代企业已初具规模，公司将重点发展新一代信息技术、先进轨道交通轴承，推进智能制造、绿色制造、环保制造，提升制造业层次和核心竞争力，打造我国轨道交通制造业的升级版。

一路走来，“西轴”为促进国家和宁夏的经济发展立下了汗马功劳，在中国的轴承发展史上写下了辉煌的一笔，在管理、决策等方面也为后来的企业提供了宝贵的经验。

## 34. 由“傻大黑”到“洁富智”的打印强国梦

当人类处在第二次工业革命和石油世纪的最后阶段，人类将面临的是迅速过渡到一个全新的能源体制和工业模式。

银川的新能源、新材料、先进装备制造及再制造均有一定的产业优势。对于身处内陆偏远地区的银川经开区来说，转型升级有一定的压力和挑战，但也存在一定的机会，淘汰产能落后、污染严重的生产模式，建立高效环保的生产模式是摆在眼前的一道难题。

2000 年，即便是在沿海地区，看到的也是车间里摆满大型机器，上百人的大型车间里各种金属器具在机器的轰鸣声中进行抛光，工人戴着耳塞在震耳欲聋的车间走来走去。粉尘、污染、噪声笼罩着整个车间，虽然工人们不是机器，但却形同于机器，这是东南沿海抛光车间的普遍现象。虽然那时车间工人的工资高，但污染和噪声也让很多人望而却步。其实在最初的共享装备公司的制造车间，我们看到的也是昏暗的灯光下制造工人在用力地打磨模具，脸上、手上、身上无一例外沾满了黑灰，就跟一句戏谑的话说的一样，“丢到炭窝里就找不出来了”。

2016 年，李克强总理来到位于银川经开区的宁夏共享装备有限公司视察，呈现在他眼前的是：光线昏暗的红砖瓦房里，工人们戴着黄色的安全帽，脸上的口罩已经分辨不出颜色，满手污垢地在用心打磨着手中的模具。而就在一路相隔的新厂房，工人们坐在干净的房间里，在电脑后操作着 3D 打印机。

时隔五年后的一个下午，当我和摄影艺术家们一起走进共享集团的车间看到的也是同样的情景：干净整洁的地面，一台台大型机器有序地转动着，操作工人淡定地站在机器旁边，仿佛在等待一件心仪的作品。

模具机开始动起来，它像一个神奇的魔术师，把圆形的配件、方形的模具、各类机械的配件和医疗器件，一件件变出来，让人感到不可思议。

从探索转型到旧设备、旧技术的淘汰，共享集团一步步实验、探索、完善，在经开区的支持和鼓励下走出了一条属于自己的康庄大道。

▲共享集团生产制造车间今昔对比

共享装备股份有限公司原为一家典型的铸造业“老国企”，但随着时代的发展，当时世界经济多变、国际经济下行的压力、环保的新要求以及产能过剩带来的恶性竞争等问题，种种现实告诉共享，“变”是唯一的制胜法宝。

2015年初，当很多重型装备制造企业开始走“下坡”路时，共享集团已经在另辟蹊径。为摆脱国外技术垄断，共享集团决定自主研发砂型3D打印机铸造智能工厂，走上了转型升级之路。其实早在几年前，共享集团就提出了“数字化引领、创新驱动、绿色制造、效率倍增”的转型升级的发展战略，并果断启动转型升级的按钮。“倍增计划”的实施，使共享集团在建立铸造行业数字化智能工厂的研究及应用方面走在全国前列，公司的创新技术水平也达到了世界一流。共享集团的智能制造项目依托共享集团四十余载的铸造经验，在系统梳理现有相关标准、明确铸造行业智能制造标准化需求和铸钢、铸铁重点领域的基础上，以铸造行业智能工厂和数字化车间为载体，共同构建了智能制造标准体系框架，引领铸造行业智能制造健康有序发展。

共享集团进行3D打印的改造升级。在研发初期，由于国内无前车之鉴，且团队成员经验不足，每个方案设计需要经过多次讨论评审才可定稿，经常在凌晨一两点还有团队成员在热火朝天地讨论方案。经过几个月的精心设计策划及零件制作后，首台砂型3D打印样机正式进入总装、调试阶段。为了保密的同时不影响项目进度，团队成员自发取消了周末及节假日的休息时间，并搬入了一个四面没窗户的实验室进行安装调试工作。经过半年多的不懈努力，首台样机开发成功。

2018年初，共享集团3D打印研发团队在完成大尺寸产业化机型的研发后，开始瞄准面向中小企业及科研院所使用的中型高端精密机型，周志军被委以重任带领团队进行攻关。在周志军的眼里，3D打印就像他的孩子，每一个零件、每一个部位他都很熟悉。

周志军认为："3D打印有别于大尺寸产业化机型，对中型高端精密机型的研发提出了更高的要求和挑战。"为保证将设备打印的砂型全尺寸精度控制在 ±0.3毫米范围内，他带领团队从每个零件的选型和设计入手，每个环节都要经过严谨的计算及分析。在首台设备进入安装调试阶段时，国内一所高校提出需要紧急订购一台。首台研发设备要在短时间内完成安装调试并高质量交付客户，这无疑又对项目组提出了更高的挑战。

为避免安装调试过程中任何一丝疏忽带来的返工及质量问题，周志军驻扎现场全程参与，晚上就在现场席地而睡。在研究任务集中的时间段，他三天时间仅休息了6个小时，终于带领项目组成员在项目开发周期内完成了首台样机的研发，并在客户要求的交付时限前完成了高质量交付。2019年初，日本一家制造型企业的负责人主动来访，初步参观考察及洽谈后，当场签订合同采购了一台中型高端精密砂型3D打印机。

"德国、日本等国一直被认为是代表着高端汽车、机床等装备制造领域的最高水平，日本企业主动上门采购中国制造的砂型3D打印机，间接证明了中国在该领域的领先优势。"周志军说。

继2018年荣登中央电视台大型纪录片《大国重器》后，中央电视台再次将镜头对准共享集团。在后来播出的大型工业纪录片《强国基石》第五集《逐梦》中，共享集团惊艳亮相，重点展现了其铸造3D打印产业化应用的创新突破和颠覆传统铸造行业、实现绿色智能转型的逐梦之路。

这是全球首个万吨级铸造砂型3D打印生产基地，14台3D打印机只需要三个人管理。经过打印机24小时自主不停歇作业，衣帽整洁的工作人员一大早就可以取出打印完成的铸造砂型。

▲共享集团3D打印生产车间

“我们必须要去找寻一种生产方式或者一种颠覆性的技术去改变，我也是在这样一种梦想的驱使下，在不断地探索该怎么办。”在脏乱差的铸造厂干了30多年，共享集团董事长彭凡立志要做铸造产业的颠覆者。

在彭凡的带领下，公司科研团队自行研制出树脂墨水材料和喷墨控制软件，保证了砂型的尺寸精度和强度，且极大地降低了打印成本。

改变，是为了更好地飞跃。银川经开区对企业的要求和期待从未改变，招商中“绿色”“环保”是对企业最基本的要求，这也是一路鞭策着共享集团不断改进的动力。和很多人一样，彭凡在之前脏乱差的环境中干了几十年，他也和集团的干部讨论过将来孩子们会不会“子承父业”。然而答案是否定的，所以要想让这个行业持续下去，唯一的办法就是改变生产方式。

共享集团最早从德国引进设备。相对于手工制作，3D 打印更为专业，制造出来的沙模是一层沙一层墨水，这样做起来比手工制作轻松多了。使用 3D 打印后精度和质量都比原先用手工制作提高了好多倍，而且工人的生产环境也比以前好多了，还可以完成以前很难完成的一些砂轮模型，而围绕多重材料的模具制造也实现了模具寿命和质量提高的美好愿景。

共享集团的 3D 打印工坊具备设计、三维扫描、逆向建模、拓扑优化、CAE 分析等能力，拥有各类先进的 3D 打印设备，面向模具、汽车、文创、建筑、航空航天、医疗等领域提供 3D 打印产品及服务。

如今发展迅速的 3D 打印技术，已在各行各业被广泛使用。在建筑装饰、雕塑及艺术领域，3D 打印技术以其高精度、高柔性、无须模具、无库存、工艺流程短等优势备受设计师、艺术家的青睐。

目前 3D 打印雕塑多采用光固化技术打印，光敏树脂材料制作的产品表面光滑且精度高，但存在材料强度低、韧性差、易断裂、耐候性不佳等局限性，导致室外无法使用。

共享集团利用黏结剂喷射 3D 打印技术（3DP），采用石英砂、陶粒砂等材料，通过表面处理技术可达到户外使用的要求，然后通过不同的后处理方式展现不同的效果。

共享集团自 2012 年开始组建自己的团队，先后攻克了在文创、建筑、雕塑、工业等领域的应用难题，申请专利 300 余项，授权专利 100 余项。同时公司通过设计创新、后处理技术创新，使 3DP 技术在雕塑等领域取得了突破性进展。历经4年，共享集团在世界屋脊西藏拉萨羊八井制作大型装饰构件，验证了3D打印产品首次在高寒、高海拔、极端恶劣环境下的良好使用情况。目前，在新疆、宁夏、陕西、海南等地均有3D打印大型建筑装饰和雕塑产品落地。

在接受宁夏卫视采访时，共享集团董事长彭凡谈转型、话颠覆、诉初心，将共享集团铸造3D打印产业化应用世界领跑等一系列成就娓娓道来。“这是当前世界上效率最高的设备。”自动化的AGV，自动化的打印机，自动化的整个车间……在这里，传统铸造业被彻底颠覆！

▲共享集团的智能设备“工厂”

宁夏电子信息产业的发展，为共享集团从传统到现代的产业转型创造了新的价值与机遇。

在共享集团设备发展和转型升级的道路上，银川经开区就是那个扶它上马，再陪着走一程的角色。面对刚开始装备制造企业订单少、铸造企业竞相压价的困境，银川经开区围绕全国乃至全球有影响力的产品，确定了以发展单晶硅材料、智能装备制造等为主的战略，为企业的后续发展鼓足了劲。如今，以打造西北地区智能装备制造为目标，银川经开区已经形成产业配套能力较强的先进智能设备制造集群。

过去“傻大黑”的传统铸造场景已经一去不复返，现在所见到的是“洁富智”的华丽蜕变。

# 第四篇

## 『快车道』四部曲

## 35. 一片热土，“两宜”城市

历史的车轮滚滚向前，奋斗的脚步永不停歇。

回首往昔，记忆中的老银川在凤城的岁月变迁中已渐行渐远。

经过百年的风雨兼程和沧桑巨变，今天展现在世人面前的是一个活力四射、魅力无穷的新银川。

回顾银川经济社会发展的历史脉络，新中国成立70多年来，特别是改革开放和党的十八大以来，在习近平新时代中国特色社会主义思想的指引下，宁夏在交通、水利、电力、教育、医疗、文化、农业、工业方面均取得了辉煌成就。

今日银川，守望黄河两岸，岿然屹立的贺兰山支撑起这方天地的骨架，奔涌不息的黄河张开博大的胸怀，让这座被誉为“塞上江南”的湖城，山水相映，湖泊相连，绿廊穿绕，鸟鸣鱼跃。古老的七十二连湖在湖泊治理改造中再现昨日风韵，水系连通、湿地恢复，“塞上湖城”再现旖旎风光。绵延悠长的水渠、广袤无垠的稻田、波光潋滟的湖泊、星罗棋布的水系，构成了“塞上江南”的绮丽画卷，灵动静谧的湖水让“天蓝、地绿、水清”的银川，释放出这方水土的温情与豁达。

走进银川，牵手绿色。这就是印象中的银川。

经过多年的发展建设，生态文明建设的突出成就，是这座塞上湖城带给我们的喜悦与感动。生活在这样的城市，让我们感觉越来越幸福和自豪。

进入新世纪，银川市抓住国家实施西部大开发战略和对银川市行政区划进行重大调整的有利时机，城市建设步入快车道，道路交通、城市供排水、供热等基础设施得到大力改善。在党的领导下，银川走出了一条独具特色的发展之路，人民生活发生了翻天覆地的变化，经济社会走上了跨越式发展、可持续发展、高质量发展的康庄大道。取得这样巨大的历史发展成就，离不开一个叫“经开区”的地方。

银川经济技术开发区，人们习惯称为“经开区”或“开发区”，是2001年经国务院批准设立的国家级经济技术开发区。

银川经开区是和新世纪的银川市共同成长起来的一片热土。之所以称为“热土”，是因为这里承载了银川人的梦想，是企业家创新实干的乐园，是产业发展的希望之地。这里曾是银川人茶余饭后经常提及的地方。银川经开区规划建设面积72平方公里。2016年，已建成面积34平方公里，形成东区、南区、西区等三个区块。经开区党工委、管委会分别为银川市委、市政府的派出机构，履行辖区规划范围内的省级经济管理权限。经开区虽然面积不大，但行政建制却比较健全。开发区内设“两办”（即党政办、法制办）、“两委”（机关工委、纪工委）和“六局”（经合、经发、财政、规土、建设、安监）开展日常工作。经开区服务经济发展的领导机制越来越健全，功能越来越强大，经济社会发展的成就也越来越凸显。

银川经开区是新世纪以来银川市进入快速发展轨道的重要见证。

党的十八大胜利召开，拉开了中国特色社会主义新时代的大幕，确定了我国社会主义“五位一体”的总体布局。经开区按照自治区和银川市的决策部署要求，加快工业转型升级，深入实施创新驱动发展战略，加快发展信息技术、数字经济等新业态、新模式，大力发展新材料、制造业和健康产业，社会各项事业取得了巨大成就，人民的获得感、幸福感、安全感大幅提升，城市综合实力显著增强。

2016 年，经开区不知不觉已走过了 15 个春秋，“十三五”规划开局之后，经开区结合实际情况，确定了“三调、两转、一示范”的发展战略（“三调”即调高、调新、调轻；“两转”即转变引进培育企业的方式，转变经济增长模式；“一示范”即建设开放、活力、创新、发展的示范开发区），大力推进产业结构调整，狠抓转型升级，经济发展实现了质的变化。

这些年，一条条城市道路景观生态林带，一片片沟通城乡的绿色通道，宝湖、典农河、阅海等水系林立，成为改善城市生态环境的绿色“氧吧”，为银川市实现建设“两宜”城市的目标增添了新的光彩，银川的城市建设展现出生机盎然的时代气息。

我们的城市越来越美，民生保障不断完善，这是广大市民的最大福祉。实现这一切必须具备一定的经济基础，银川经开区的发展为其提供了强劲势能。在这片创新驱动的土地上，我们看得见青山，望得见绿水，对生活充满向往。

我们记得住乡愁，也能预见未来。

如果在某一特定时刻，现实和未来可以“遇见”，你会发现两者之间一定会有误差。经过这么多年的努力，我们一步步把梦想变为现实，而梦想也在不断向前发展。

令人感慨的是，今天的银川，今天的经开区，现实比过去的“未来”更加美好。

这种美好的“遇见”离不开中国共产党的初心和使命，离不开创业者的智慧和信念，也离不开百万民众奋斗的足迹。在城市和乡间，到处是他们勤奋奔波的身影……

## 36. 育成中心，银川经开区的新引擎

元旦过后，塞上湖城依旧是隆冬时节。

春的脚步临近，大街上车水马龙，行人步履匆匆，灰白相间的楼宇间，时而闪过一丛丛苍翠的松柏，还有点缀在其间的“中国红”。新年新气象，银川的年味渐浓，经开区的发展又一次迎来新的机遇。

2016 年 1 月 19 日，银川经济技术开发区和广州经济技术开发区与沙特石油公司签订了共同推进国际产能合作备忘录，而见证这场世纪盛会的正是中国国家主席习近平和沙特国王萨勒曼。这一重大决策标志着中沙国际产能合作共建产业园区事宜进入了正式谈判阶段，也开启了宁夏与沙特进行产能合作的序幕。这样高规格的国际合作，对于银川来说无疑是历史性的。中阿合作为宁夏的发展带来了新的机遇，进一步拉近了银川与世界的距离，为银川进一步迈入国际市场插上了腾飞的翅膀。

同日，国家发改委、外交部、商务部、海关总署、质检总局、银监会、民航局和铁路总公司 8 个单位组成的调研组，在自治区和银川市发改委部门领导的陪同下对银川 iBi 育成中心进行调研。调研组一行听取了银川 iBi 育成中心发展现状与商业运行发展环境情况的汇报，并实地调研了宁夏纵横宝盈软件服务股份有限公司、宁夏网虫信息技术股份有限公司及宁夏西北明天科技股份有限公司。

几天前，工信部确定了第一批 95 家国家小型微型企业创业示范基地，银川 iBi 育成中心榜上有名。而就在一周前的 1 月 8 日，银川 iBi 育成中心智慧物联科技基地正式开园，这标志着银川互联网和信息技术产业的发展迎来了一个快速增长的时期。

那么，什么是 iBi 育成中心呢?

iBi 是信息产业、生物技术、知识产权三个英文单词的首字母。其实，早

在2013年，银川市就成立了iBi育成中心。银川iBi育成中心是在全球经济结构调整、转变发展方式的时代背景下应运而生的。在接受《经济日报》记者采访时，时任经开区管委会主任王久彬说："新一轮的工业革命已经来临，它根本上就是信息产业和传统工业的深度融合和创新引领，代表了一种全新的经济发展方式。""iBi"是三种业态的有机联合和高度融合。

作为宁夏建成最早的开发区，也是发展规模最大的国家级经济技术开发区，银川经开区一直面临着一个问题，那就是互联网时代，如何找到新的发展引擎、新的经济增长点，而不只是产业集群发展的问题。过去那种通过招商引资、土地供给、提供产业配套和政策扶持的办法，已经越来越不适应时代的发展。土地资源越来越少，土地价格激增，老办法已经渐渐失去优势，经济发展动能不足的问题日益凸显。银川iBi育成中心作为新业态、新经济的集聚区，对于促进银川经开区向高、新、轻三个方向调整转型，重点发展虚拟经济与实体经济有机融合具有重要意义，这是一种介于二产和三产之间的经济新业态。

一个地区经济发展的制高点是知识产权。

大数据时代，银川iBi育成中心从落成的那一刻起，就已经和世界相互联通，走在了时代前沿。2014年，在第十二届中国软件和信息服务大会上，银川iBi育成中心成为国内首家一举囊括"最具推动力服务平台奖""全国十大领军人物奖"等6项大奖的专业园区，引起国内同行高度关注。银川经开区发挥产业聚集优势，加快银川iBi育成中心新兴产业、技术服务"走出去"步伐，主动融入"一带一路"建设。为了打造"中阿同发展、与世界共进步"的国际信息化平台，构建起中阿网上丝绸之路，银川市建设了13万平方米的中阿信息港，通过实施卫星应用服务技术输出、跨境电子商务平台、对阿技术转移输出、中阿互联网金融平台以及设立境外园区等措施，与共建"一带一路"国家在传统工农业向现代工业转型升级、智慧城市、云计算、大数据、物联网等方面开展对接合作，加速实现宁夏现代服务业走向中国西部、阿拉伯国家和地区以及共建“一带一路”国家和地区的目标。

银川 iBi 育成中心的发展方式和路径把握了时代经济与创新的脉搏。它的根本思维就是运用互联网将前沿主导产业的最活跃要素融合在一起，探索新常态下新经济的发展活力及培育最具创新力的新经济产业模式。在 iBi 主要业态的指导下，发展互联网 + 服务业、互联网 + 农业、互联网 + 交通物流、互联网 + 平台电商、互联网 + 教育、互联网 + 物联网、互联网 + 工业化等十几个业态。这就相当于在西北内陆地区以超前的理念打造了一个中国西部的硅谷。

▲银川 iBi 育成中心全景

银川奥特信息技术股份有限公司是一家专门从事奶牛养殖技术服务的专业公司。在奶牛养殖行业，配种和饲料营养配比决定奶牛养殖的效益，依靠传统养殖技术，难以精准解决这些问题。奥特公司运用大数据、物联网技术，使奶牛养殖中的配种、发情期监测、饲料营养配比、奶品质量检测等难题完全数字化、可视化，能大幅度提高奶牛养殖的效益。奥特公司虽然不从事奶牛养殖，但却是所有奶牛养殖企业的"大脑"和"中枢神经"，它解决的是农业发展中"智慧"的部分。此项技术目前已在全国应用且走出国门，充分体现了 iBi 企业在提升和改造传统农牧业中的作用与地位。

宁夏纵横宝盈软件服务有限公司是一家以移动互联网为车辆用户提供车辆违法查询处理服务的软件技术企业。该公司自主研发的"交通秘书"违法处理平台，通过移动终端就可以实现违法照片查看、驾驶证扣分及缴纳交通违法罚款等服务，代替了以往传统的车辆违法处理模式，节约了社会成本，便利了群众生活，企业在服务中也实现了财富增值。

2021 年 7 月，我们采访了银川 iBi 育成中心的管理人员。李玮是宁夏高新软件动漫公司的副总经理，公司受经开区管委会委托对育成中心产业园区进行服务管理。据他介绍，为加快发展，经开区相继制定了一系列政策，在人才引进、项目孵化、场地租金、搭建公共服务平台、产品营销、科技成果转化等方面给予企业全方位支持，有力保障了育成中心创新发展的深入推进。

近几年，园区每年都安排不少于 2000 万元的专项资金用于鼓励扶持企业加强人才建设，对带项目入驻园区的高层次人才给予最高 1000 万元奖励。仅 2015 年上半年，园区就争取国家部委、自治区各类资金达到 9500 余万元，完成全年计划目标任务的 95% 以上。李玮说，为引进人才、扶持发展，发挥产业支持资金的最大效应，经开区对引进掌握自主知识产权核心技术的高层次人才领办、创办的高新技术企业，给予 30 万元的创业扶持资金。其他扶持措施还包括给予参展企业展位费 50% 的补贴，原创动漫作品在央视首播的每分钟奖励著作权企业 1000 元等。

园区还鼓励在股权交易市场进行融资，企业融资额达到 1000 万元以上的，一次性奖励企业 30 万元；企业在境内外主板上市成功，融资额达到 5000 万元以上的，一次性奖励企业 120 万元。此外，对在 iBi 育成中心实施自有发明专利或通过许可、购买发明专利等方式实现产业化、年销售收入达到 300 万元以上的，经审核后一次性给予 10 万元奖励；获得国家级孵化器认定的，给予 100 万元奖励；等等。

为加快各新兴产业的发展，园区还成立了 162 人的专业管理服务和运营团队。相继引进了中国国际电子商务中心（国家级）、ORACLE(甲骨文）、宁夏信息产业协会等 10 余家行业服务机构，组建创业辅导导师团队和管理团队，吸引有创业梦想的大学生、创业团队和初创企业入驻孵化基地。

2016 年建成软件园，银川 iBi 育成中心就是在软件园的基础上建成的，当时只是信息技术和服务外包。银川经开区是信息技术最集中的地方，“一核两区”就是银川经开区和中卫。经开区为了提高企业的凝聚力，一到夏天还煮绿豆汤，准备水果茶、西瓜，端午节包粽子分发给企业。还有冬至的饺子，元宵节的元宵。所谓“瓜子不饱暖人心”，虽然这些不怎么值钱，但能让企业感觉到温暖。除此之外，经开区还建设运动公园让员工下班打篮球，以缓解压力；计划做周末影院在员工休闲时循环播放，在楼顶上准备打造个小酒吧，让年轻人留下来。经开区想要成为产业和人才的摇篮，最起码要有一块有黏性的热土。只要有人在就有发展，就可以活力四射。

2014 年到 2015 年，银川 iBi 育成中心还鲜为人知。短短几年后，一提起育成中心，几乎人尽皆知。特别是青年一代创业大军，这里已然成为他们立志创业、追逐梦想的人生舞台。在房租减免政策上，只要开张营业经开区都给予减免，这在一定程度上减轻了公司的经济压力和年轻人的创业压力。

进入“互联网 +”时代，银川 iBi 育成中心的很多企业在各自领域形成了成熟的商业模式，找到了巨大的财富空间，并在短时间内实现新三板上市，这样的例子比比皆是。李玮说，这些年育成中心围绕 iBi 三大核心业态，加大新兴产业聚集力度，引进了一批在相关产业领域具有重大影响力的项目，进一步延伸园区上下游产业链条，在提升工农业、现代服务业、对外技术转移等领域发挥了重要作用，极大地促进了全市甚至全区经济发展方式的转变。

2016 年 6 月，在大连举办的第十四届中国软交会上，来自西北的银川 iBi 育成中心斩获 2015—2016 年中国软件和信息服务业七大类 13 个国家级奖项，成为本届大会获奖最多的参展组团。软交会上，西部内陆城市银川展现出了自己的硬实力，育成中心则引发了业界的高度关注。

银川 iBi 育成中心 11 个业态已基本具备。2016 年上半年，在新三板挂牌企业 4 家，共计有 9 家上市公司，占全宁夏新三板上市公司的 50% 以上，还有 10 家正在积极筹备上市。育成中心的企业已逐渐走出宁夏，形成了 4 个全国大数据平台、4 个全区平台，一些企业技术及商业模式在全国得到应用，个别企业已走出国门，分支机构及业务在美国、巴西等国落地，孵化平台建设取得重大进展。

银川 iBi 育成中心在被科技部确定为"国家级科技企业孵化器"后，在短短两年时间共获得 9 项国家各部委授予的各项示范基地、示范园区称号，信息技术产业的生机和魅力得以尽情展现，有力推动了网络时代的生产方式变革。

此外，银川 iBi 育成中心还集聚了一批新业态企业。这些企业以全新的发展理念、运营模式和发展成果，引领着经济结构调整和转型升级的发展方向。这为调结构转方式促发展提供了有益的借鉴，是积极落实国家政策、应用科技创新成果的具体实践，是推进新常态下社会发展的又一次变革。

经开区，银川 iBi 育成中心
网络时代引领新产业发展
小键盘敲出了新经济
就像一个个跳动的音符

一根光纤连通了整个世界
一张网凝聚志士箐杰
一个园区，尽揽青年才俊
湖城银川，有了这样的心跳
让这座现代化城市登上了智慧之巅

## 37. 就爱一“网”情深的你

互联网时代，网络拉近了人与世界的距离。

网络是亿万大众不辞辛劳、昼夜耕耘的肥沃土地，为广大有志青年提供了追求梦想的人生舞台。进入移动互联网时代，只要有一机在手，每个人都一“网”情深，无“网”而不利。

就爱一“网”情深的你，你的需求就是我的追求。

在这个虚拟世界和现实生活紧密结合的时代，人们在沉睡中被唤醒。从交通出行、居住环境、餐饮娱乐、穿衣化妆、工作购物等各方面，我们生活的点点滴滴都已离不开互联网。我们的生活被互联网彻底改变了。

信息化时代，要让一个产业做大做强，就要充分应用现代化信息技术。不知不觉，人们已沉浸在一种全新的体验中。

2016年的盛夏时节，银川iBi育成中心迎来了又一轮新的丰收。6月15日，育成中心中阿信息港举办了宁夏智慧宫文化传媒有限公司与宁夏大学新华学院本科生联合培养合作签约仪式。一周后，中国股权投融资银川站论坛在育成中心举行。同期，上海股权托管交易中心（简称上股交）银川iBi育成中心孵化基地正式揭牌，这标志着双方开始全面战略合作，也是助推育成中心产业培育迈上新台阶的有力抓手。

这期间，工信部信息化和软件服务业司副司长一行对银川 iBi 育成中心大数据研究应用方面进行了调研，中央和自治区各部门领导对经开区的工作，特别是育成中心近几年取得的经济发展成就给予了充分肯定。自开园以来，育成中心相继出台了一系列政策措施，在房租减免、融资上市、购地自建办公楼、科技创新、人才引进、知识产权保护等方面给予入园企业全方位的支持。在配套服务方面，引进法律、会计、金融、物业等机构，为企业提供一对一、一站式的保姆式服务，企业只需要“拎包入住”，这为许多大学生创业者提供了千载难逢的机遇。

在“万物皆可联”的时代，这个世界实际上就是一个地球村。具体到一个国家、一个省区的建设更是如此，信息产业越来越成为经济发展的重要一极。育成中心的年轻企业家们正在以一种新型战略和全新的管理方式与时俱进，参与到智慧城市、两化融合、生活服务、现代农业等领域，使信息化向经济发展、文化教育、旅游、卫生、民生等领域渗透，让网络的触角伸向了城市的每个角落、每个终端。

赵华在银川 iBi 育成中心综合部任职。据他介绍，银川 iBi 育成中心已获得了商务部、人社部、科技部、发改委、文化和旅游部、知识产权局和教育部授予的 8 项国家级“示范”“试点”称号，已然成为宁夏上市公司最密集的地方。作为宁夏最具活力的经济板块，育成中心 3500 多名从业者的平均年龄仅为 27 岁。而在两年前育成中心刚成立时，这一盛况还不敢想象。

宁夏网虫是银川 iBi 育成中心第一家在新三板上市的公司。2016 年，这只网上的“小虫子”悄然进入美国硅谷，并在硅谷成立子公司，一时间在业界引起了很大的轰动。

宁夏网虫成立于 2002 年 3 月，是宁夏一家早期的互联网企业。宁夏网虫在几年的运营中，先后与宁夏移动、宁夏联通、宁夏电信运营商达成良好的合作伙伴关系，成为当时宁夏第一家本地的 SP 服务提供商，先后得到了社会各界媒体的支持，逐渐成为宁夏地区最大的网络社区。

2012年8月，国家发展改革委同意将宁夏网虫信息技术有限公司移动电子商务服务试点项目列为国家电子商务试点。据宁夏网虫信息技术股份有限公司董事长葛昱介绍，这些年宁夏网虫与区内电视、报纸、电台等多种媒体建立了企业级合作伙伴关系。新版本的宁夏网虫，更加突出网络生活中用户体验为第一的概念，通过完全个性化的定制页面、先进的互联网技术和优秀的美工设计，全方位为网友提供最优秀的网络社区。进驻银川iBi育成中心后，宁夏网虫逐步以宁夏网虫网站为依托，以网络媒体、增值服务、电子商务为三大主营业务，着力为集团客户、合作伙伴及个人用户提供个性化的网络生活服务。

宁夏网虫通过同宁夏移动、宁夏电信、宁夏联通、新百、万达等各大企业的良好合作，累计注册用户127万之多，核心群体是都市白领、各大高校和高中学生，业务领域涉及移动增值业务，公司业务量逆市猛增。2014年初，银川育成投资有限公司为宁夏网虫注入上市资金2000万元，成功助推其于新三板正式挂牌，使其由原来的粗放型发展到现在完全正规化，也使其融资渠道更加顺畅，更具国际竞争力。

2016年，宁夏网虫已成长为宁夏IT界最具影响力的企业之一，先后荣获“中国国际软件和信息服务业最具潜力奖”“宁夏回族自治区互联网行业龙头骨干企业”等多项殊荣。宁夏网虫带动了宁夏互联网的发展，并且普及、发展了更多的本地用户，和众多互联网企业一起为广大网民共同打造了一个全新的网络家园。

宁夏希望信息产业股份有限公司是一家宁夏本地信息产业的领军企业，最早成立于1996年，主要从事软件研发、综合运营服务、智慧城市建设、电子商务和系统集成服务等业务，覆盖“互联网+政务服务”、公积金综合管理和运营服务、智慧城市运营平台、精准扶贫云和大数据运营等领域。希望公司董事长潘志军带领员工以“希望永远追求美好未来”为企业文化，以“让平凡的人达成非凡的业绩”为企业核心竞争力，经过28年的磨炼，从软件产品研发到“互联网+”产业，从几个人的小公司发展到目前有新疆、江苏盐城两个分公司，凝聚了一批软件研发的高端人才。

2017年1月20日，希望公司正式挂牌新三板。公司拥有自主知识产权的软件产品70多项、著作权200余项、科技成果8项、专利成果2项，成为有全国影响和知名度的软件企业。如今，希望信息产业股份有限公司已是自治区“专精特新”企业，国家级“守合同重信用企业”，银川市“小巨人”企业，公司具有涉密信息系统集成乙级资质、信息系统集成三级资质、安防工程二级资质，有自治区认定的“宁夏软件技术创新中心”“宁夏云试验平台基地”“宁夏企业技术中心”“宁夏科技创新团队”等资质机构。

有类似成长经历的企业还有银川中小在线资信服务有限公司。几年来，在银川iBi育成中心孵化基地的精心培育下，公司目前拥有由贷款服务、培训服务、信息化研发、孵化器运营、咨询服务、内容采编等专业人员组成的服务团队。

20多年前，西北明天科技股份有限公司总经理赖广蒙还是背着电脑从黑龙江漠河到新疆一家一户跑客户的商业起步者，从一名电子科技从业者、经销商到电子商务物流企业的掌舵人，他用了20多年。赖广蒙用互联网和大数据建立了一个庞大的“网上货运帝国”，用户超过1000万，并每年以翻番的增长速度扩张，每天平台的网上交易额能达到2亿—3亿元。西北明天创新了物流电子商务独特的运营模式，每天更新的信息量高达近千万条，全国市场占用率连续10年保持在98%以上。

赖广蒙说：“科技是第一生产力，科技的力量能改变很多东西。通过对大数据的盘点，可以看出整个中国工业经济的走势，我们再对数据信息进行深层分析，就可以为企业发展提供强有力的支撑。”互联网成为撬动经济发展的杠杆之一，从一家公司的发展就可以窥斑见豹，能够预见整个互联网产业的发展前景。

宁夏天佑信息科技有限公司也是进驻银川 iBi 育成中心的一家电子信息企业，专注于软件开发及系统集成，是西北、西南地区唯一一家承建了“公安部人口信息管理系统”及“公安部宁夏回族自治区第二代居民身份证人像采集软件”的本地企业。2016 年，公司投资 3000 万元建立了全区首个社会综合管理大数据开发应用中心。公司总经理胡雷鸣说：“大数据技术的目的不在于掌握庞大的数据信息，而在于对这些有意义的数据进行专业化和智能化的处理。换言之，如果把大数据比作一种产业，那么实现盈利的关键，就在于提高对数据的‘加工能力’，通过‘加工’实现数据增值。”电子信息、大数据是有价值的，利用大数据让电子信息创造价值，就是信息技术产业发展的动力之源。

为建立线上线下全方位的孵化服务体系，银川 iBi 育成中心与银川中小在线资信服务有限公司联手打造了基于“小微企业服务超市”+“孵化器”+“互联网金融服务”的国内首家小微企业“创新、创意、创业”互联网柜台服务系统。在系统内入会上柜的企业，可以获得最多 1000 万元的金融服务。

2016 年，“三创”互联网柜台服务系统已为入会企业发放 52 笔 10620 万元贷款，宁夏网虫、育新达、亚视科技等 5 家企业各获得 100 万元的互联网金融服务，在新三板挂牌上市。银川 iBi 育成中心以“宁夏第一、西北一流、中国特色”的卓绝姿态，成为耀眼的“智慧高地”。

几年间，银川 iBi 育成中心企业业务已涵盖软件研发、电子商务、云计算、物联网、影视动漫、文化创意、教育培训、大宗商品交易、生物科技、知识产权转化等领域，大数据平台、电子商务、文化创意等新业态已然走向全国。

在这个青春绽放的逐梦时代，银川 iBi 育成中心有一种心声：每时每刻，我都在寻觅网络空间里那个一“网”情深的你……

## 38.“艺盟”，剪出动漫大世界

2016年，黄浦江边夏风轻拂，热浪如潮。

7月11日，中国动漫会展联盟第十二届中国国际动漫游戏博览会在上海世博展览馆隆重开幕。本届展览会由文化部与上海市政府联合主办，为期5天。银川iBi育成中心作为受邀单位正式加入动漫会展联盟。

联盟会上，文化部文化产业司动漫处与上海文化广播影视集团有限公司为首批14家联盟成员单位颁证。第十二届中国国际动漫游戏博览会在保留了原有的专业化、国际化的同时，还首次在2号展馆为大众追捧的电竞板块独设分会馆，举办G联赛十岁大趴、2016CPT（Capcom职业巡回赛）等赛事活动。会展聚焦“大动漫”全产业链，使得首日展览就吸引了4.3万人次观众入场，其中约8000人次为专业人员。作为业内发展的风向标，本届CCG高峰论坛邀请到众多业界巨擘深度透析、现场论道，从IP热潮、作品授权、动漫游戏电影化、泛娱乐化新技术发展等多维度探讨动漫游戏产业的前景。

不知不觉，银川的动漫产业在全国有了一席之地。

众所周知，我国的动漫产业发展较晚。改革开放初期，我国的动画制作取得了长足发展，比如《大闹天宫》《小蝌蚪找妈妈》《三个和尚》等水墨动画在国际上都很出名。提及动漫产业比较发达的国家，我们首先想到的就是日本。改革开放以来就有国外的动画进入中国，当年日本好多动画的原画都是在中国的大连等地完成的。早期的《聪明的一休》《铁臂阿童木》，还有曾经风靡一时的《机器猫》等，都是一个时代的记忆。

就在十年前，我国的动漫行业还没有给广大民众留下多深的印象。然而，十年来，全国各地的动漫行业如雨后春笋一般茁壮成长起来。近几年，《喜羊羊与灰太狼》《熊出没》系列备受青少年喜爱，《大鱼海棠》《哪吒之魔童降世》等动漫电影屡破票房纪录，中国的动漫科技有了飞速发展。

提及宁夏动漫产业的发展，让我联想到多年前风靡全国的一部动画片——《大头儿子和小头爸爸》。其主题歌这样唱道：

“大头儿子，小头爸爸，一对好朋友，快乐父子俩。
儿子的头大手儿小，爸爸的头小手儿很大。
大手牵小手，走路不怕滑。走呀走呀走……
转眼儿子就长大……”

这首歌你是不是听起来很熟悉，而且对动画片中的“大头儿子”和“小头爸爸”也特别感兴趣？

我们经常会看到这样一幅景象：每天放学，孩子无论是吃饭还是玩玩具都喜欢看动画片《熊出没》，有时还时不时会模仿熊大、熊二的声音和大人对话，惹得大家捧腹大笑。这是一部家喻户晓的动画片，也是大人和孩子都感觉到非常温暖的一部动画片，看过的人一定会认为这部动画片是出自上海或广州一带，绝不会把它与宁夏这个小地方联系起来。

然而真实的情况却是，中央电视台授权银川 iBi 育成中心的“新科动漫”为央视动漫生产基地，现在主要是做裸眼 3d 和场景，服务的对象专业性比较强，主要是为上海和苏州的分公司提供服务，《大头儿子和小头爸爸》《熊出没》都是出自这里。动画片的制作，首先由画原画的工作人员把基本的画画好，然后交到其他公司做后期的提升、处理。以前是用灯箱做原画，后来用手绘版画，不仅提高了效率，也提升了质量，现在用触屏后效率就更高了。

最早银川经开区为了支持动漫产业的发展，投资 200 万元建立了工作站，免费提供给企业使用。当时自治区政府为支持动漫产业的发展也出台了一项政策——当动漫公司把动画片做出来后，就会给予一定的项目补助资金。艺盟文创就在其时应运而生。

艺盟文创也设计一些动画，它的创始人李剑将母亲伏兆娥的剪纸融入了一些现代技术和动漫元素，进行二次创意开发。比如结合旅游剪纸，把固原的须弥山、六盘山，银川的贺兰山、滚钟口等景点都通过剪纸剪出来，然后设计制作成宁夏的伴手礼，打造宁夏全域旅游的试点。

▲艺盟文创创作的剪纸作品《沙湖》

2021 年新春佳节，一部以中国传统佳节“年”（春节）为主题的剪纸动画在“欢乐春节”全球启动仪式上展放，让所有人眼前一亮。剪纸动画以国家级非物质文化遗产剪纸项目代表性传承人伏兆娥女士的剪纸作品为依托，经过她的女儿李剑的精心创意和独具匠心，以 8 个语言版本播放，向世界讲述中国“年”的故事。

剪纸动画展现了中国春节辞旧迎新、感恩祝福、团圆和谐的文化内涵。伏兆娥从六岁开始跟妈妈学剪纸，并以此补贴家用。后来应张贤亮先生的邀请，她进入西部影视城发展非遗剪纸一直到现在，现为国家级非物质文化遗产传承人。受家庭环境的影响，她家中几代人都对剪纸情有独钟，在采访中伏兆娥说她最大的愿望就是把剪纸技艺世代传下去。

宁夏艺盟礼益文化艺术品有限公司（简称艺盟文创）成立于2009年9月。艺盟文创现位于银川市 iBi 育成中心二期，总面积1200平方米，有员工30余人。艺盟文创在李剑和郭海两位创始人的带领下，始终专注于中国非物质文化遗产的传承保护与创新发展，是文化传承与科技创新、线下与线上融合发展的文化科技企业。

李剑是中级工艺美术师、高级品牌管理师，先后被评为全国青联委员、宁夏中小企业协会党委委员，是国家级非物质文化遗产剪纸项目第四代传承人，在非物质文化遗产的传承和创新方面有自己独到的见解，结合文创也是希望把剪纸深层次地挖掘出来，更好地普及社会，让更多的人喜欢上剪纸文化。像她这次做的动画片《过年》，从前期想法的推出到和动画相结合，她觉得是一种非常好的方式，因为结合起来会让大家更好地了解中国的传统文化。这次用剪纸和传统文化相结合的方式制作动画片，并推广到海外90多个国家，通过剪纸文化让更多人感知中国传统习俗，了解中国传统文化。李剑认为，对于年轻人来说，通过创新方式的展现，能让他们更易于接受中国剪纸中的传统文化，只有学习传统文化、热爱传统文化，才能传承和发扬中国的传统文化。

李剑曾荣获“中国青年创业奖·脱贫攻坚特别奖”和“达沃斯全球杰出青年代表”称号，入选宁夏青年哲学社会科学和文化艺术人才托举工程，多次被自治区、银川市政府评为“创业之星”“巾帼创业之星”“三八红旗手”等。她带领艺盟文创自主研发“剪阅宁夏”宁夏地图剪纸金属书签，勾勒出宁夏具有代表性的十大地标和旅游景点，成为宁夏招商引资的高端定制礼品和文化旅游伴手礼。李剑还与母亲伏兆娥一起研发儿童趣味益智剪纸课程，先后进入200多所幼儿园和小学，受益儿童达12万人次。2020年底，她带领公司设计团队为银西高铁经过站点创作带有地域特色的剪纸作品，将高铁经过的地方的地域特色做了精彩重现。此外，艺盟文创还联合高校开发大数据肖像剪纸程序，采集处理5万多幅剪纸肖像并获发明专利，研发"瞬剪"APP，打造传统技艺与科技创新的融合发展；联合社区打造非遗传习室10个，在移民村镇建立非遗手工技能帮扶站点30个，累计培训建档立卡户、生态移民、劳务移民等学员6000人次，带动城乡就业600人次。

"剪纸在我们家每一辈人的传承中都有不同的创新。"伏兆娥说。

艺盟文创作为自治区级文化产业示范园区，致力于做非遗文化应用发展的实践者和融创者。公司采用"公司+非遗协会+传承人"的非遗技能培训模式，累计培训移民妇女2500人次，并完成手工成品回购10000余件。公司投资建设的"伏兆娥剪纸艺术馆"，已成为自治区非遗研学基地，先后承接来自美国、英国、德国、阿联酋、埃及、约旦、泰国、柬埔寨等国的政府参观考察团30多次。"艺盟文创+互联网"模式为动漫产业的发展增添了宁夏元素，也注入了生机和活力。

2020年上映的国产动漫电影《哪吒之魔童降世》票房大卖，这体现了中国的文化自信。中国动漫产业从一路追赶到与国际共舞，确实取得了巨大进步，甚至在某些领域实现了弯道超车。

几个月前，有记者跟随观摩团在新科动漫产业有限公司的观影厅里，乘坐4D高速列车，体验6分钟"遨游"宁夏。带领大家参观的是公司副总经理柴倩，年仅30岁的她已成为公司高管。据她介绍，公司成立5年，发展速度非常快，业务已经拓展到动漫设计、动漫电影、胶片修复、数字产品等多个领域。早在2012年，她们设计的《小哈家族》就在国内7000件参赛作品中胜出，获得"中国十大卡通形象"大奖。柴倩说，数字经济的前景无限广阔、不可估量，公司正在用数字技术复制上海世博会沙特馆，并建成了国内首家裸眼3D党史馆。听完介绍，同行的人都感觉这些原本离我们很遥远的高科技应用，已不知不觉来到我们身边。这就是科技创新的力量，也是时代的力量。

当问及宁夏动漫产业的发展情况时，银川 iBi 育成中心负责人宁夏高新软件动漫公司副总经理李玮告诉我们，新科动漫只是银川众多动漫科技企业中的一家。进驻银川 iBi 育成中心几年后，银川乾瞻、银川幻影重工、映天下、银川易赛得等园区企业，在园区的精心孵化和帮助下，分别在科技研发、动漫、文化产业等领域取得了不俗的发展成绩。

银川高新区幻影重工科技有限公司是宁夏最大的动漫游戏、软件企业之一，这些年公司一路走来，坎坷万千，从最初只有 5 个人的小制作团队扩大到 20 余人，为宁夏原创动漫产业的发展提供了良好的空间及平台。

银川映天下文化传媒有限公司策划制作的原创动漫《咱们宁夏真美气》，通过生动的语言设定和本土化的人物形象，以其独特的艺术魅力展现了宁夏的繁荣发展。2014 年，该公司引进三维立体画设计制作技术，制作了大量高技术含量的动漫作品，填补了宁夏市场的又一空白。

张兴华是宁夏高新软件动漫公司党宣部部长，近几年一直在银川 iBi 育成中心开展园区宣传服务工作。据他介绍，为促进软件、动漫等产业的发展，园区积极出台一系列政策措施，为企业提供多渠道的投融资服务。如以宁夏高新软件动漫发展有限公司为平台，面向所有创业企业进行创业初期的风险投资，通过发挥国有资本的示范引导作用，加快企业培育壮大；以银川市软件动漫产业资金互助社为抓手，通过注入财政资金，吸引带动社会资本进入，对成长性好、市场前景广的创业企业和项目进行投资；通过宁夏高新软件动漫发展有限公司牵头担保，吸引社会投资机构、担保机构、银行等机构入驻园区，共同搭建企业投融资服务平台，为企业提供融资服务。此外，利用扶持基金、专项基金扶持入驻园区企业，还建成宁夏唯一的互联网金融平台，按照市场化运作方式，为园区创业企业提供支持。

2021 年 7 月，由中国动漫集团、自治区文化和旅游厅共同主办的 AFN2021“一带一路”（宁夏）动漫节在银川开幕，银川国际会展中心人潮涌动，盛况空前。

此次动漫节吸引了央视动漫集团、QQ音乐、腾讯视频、斗罗大陆、火影忍者等国内外媒体和一线动漫游戏品牌加盟，还有国内外知名音乐人、声优达人、漫画家、游戏主播等诸多高流量嘉宾亮相展会。展会以“动漫献礼建党百年 VR助力文旅融合”为主题，共设置“展、赛、演、购、体、娱”六大主题板块，重点聚焦文旅领域VR技术应用成果，推出适用于景区、博物馆等场景的VR文旅产品、VR沉浸式剧本等诸多产品。

中国动漫集团专门推出《连环画世界里的中国共产党》大型红色主题连环画展览，用经典图画鲜活再现党的光辉历程，引来观众驻足，也在暑假期间对孩子们作出了具有时代特色的党史学习教育。“风旅阁”展区向现场观众展示了“我把宁夏送给你”特色旅游商品。此外，展会还举办了“星星故乡”动漫插画征集大赛等系列活动。

此次宁夏动漫节的成功举办，把动漫产业作为对内对外开放合作的平台、服务“一带一路”建设的载体，推动动漫产业与黄河文化、红色文化、动感体验、长城遗址等多个文化旅游品牌融合发展，使产业带动力持续放大、产品竞争力显著增强，已成为宁夏对外展示的一张亮丽名片。

艺盟文创是个小天地，而银川iBi育成中心动漫产业园则是宁夏年轻人聚集最多的地方，也是宁夏年轻一代最具活力的地方。人们不禁都会如此感慨：“小小的传统剪纸工艺，经过电脑高科技的制作，以及互联网时代的高速传播，竟焕发出勃勃生机，在动漫大世界中风起云涌，击水前行。

## 39. 经开有你，育成未来

盛夏时节，烈日炎炎。

“塞上江南”银川是一座亲水的城市。唐徕渠以西，从宝湖到典农河，再到阅海，岸边垂柳、湖边芦苇、城市楼宇，还有远方的贺兰山，湖城银川的一切，从晨曦到傍晚，都映照在水中，沐浴在阳光里，一片宁静祥和。围绕众多湖泊水系，一处处现代化工业园区里，计算机在飞速运行，机器的隆隆声响彻耳畔。位于宁安大街一侧的银川 iBi 育成中心，一年四季都是一片繁忙的景象。

这一静一动的银川，都是这座城市最美的体现。

2016 年 7 月，银川育成投资有限公司与广州开发区工业发展集团有限公司正式签约，合资成立广银国际投资发展有限公司，将共同推进中国—沙特吉赞产业聚集区项目的发展。

7 月 6 日，广银国际投资发展有限公司在银川 iBi 育成中心揭牌。

其实早在年初，广州、银川就与沙特阿美石油公司签订了三方合作备忘录，商定三方组建合资公司，共同推进中国—沙特吉赞产业聚集区项目的招商及建设。通过广州市和银川市的积极努力，半年后，两家公司终于联姻，合资成立广银国际投资发展有限公司。双方按照协议约定设立了产权清晰、权责明确、具有独立法人资格的公司，注册资本为 1.4 亿元人民币，双方各占注册资本的 50%，公司经营年限为 20 年。公司设立后，将对外投资开展中沙产能项目合作，共同推动符合政策的中国企业到沙特投资。同时，为便于招商引资及业务拓展，公司将在北京、广州等地设立分支机构。银川 iBi 育成中心的触角开始向东南延伸，伸向全国各地，甚至走出了国门，向着更广阔的国际空间拓展。

王雯是银川育成广告文化产业园的一名职工，她使用的电脑有点特别。这台电脑不是我们熟知的任何品牌，但用了一年多，王雯对它赞誉有加。“性能好，散热也不错，使用起来非常得心应手！”它叫“iBione”——是诞生在宁夏的自主品牌，产自创业青年王磊率领的 5 人大学生团队。

2011年，王磊从宁夏大学毕业加入iBi的创业团队。2013年，他们设计出了耗电量只有传统电脑六分之一的新型机器，实现了零噪声目标的同时也杜绝了灰尘和细菌。那一年，王磊团队荣获了3项国家专利，售出了200多台电脑。王磊和他的银川乾瞻电子科技有限公司在育成中心的精心孵化和培育下，实现了从“作坊式”经营向规范化经营的蜕变。王磊的创业历程也成为全区大学生创业的典范，鼓舞着一批批青年创业者为实现自己的创业梦想而拼搏奋斗。

像王磊这样充满青春气息的成功创业者园区还有很多，他们用鲜活的实例鼓舞并感染着很多大学生创业者。在银川iBi育成中心园区的企业中，很多从本地考出去的优秀学子陆续从北京、广州、深圳等一线城市回到银川。还有一些上海、福建等地的优秀学子慕名而来，“潜身”于园区的各个公司，在纵横交错的虚拟空间里追逐梦想，实现自己的人生价值。这种人才回流的现象，一时间被传为佳话。这里的确是青年创业的“梦工厂”，在这片神奇的土地上，他们创造着自己的传奇，也在创造只有这个时代才能出现的奇迹。

人才是园区企业创业发展的动力源泉，也是决定创业工作的关键性因素。据介绍，园区立足国家级创业孵化示范基地、国家级科技企业孵化器、自治区小微企业创业孵化基地和自治区级科技企业孵化器等平台建设，“多点支撑、多极发力”，全面提升园区人才工作水平。

银川iBi育成中心建立以来，面向所有创业企业职工和在银高校以及全区22所职业院校相关专业学生到园区实训、培养以及高端人才定制等，累计培养200余名研究生，400余名企业高管、职工。近几年，园区以中国国际电子商务中心、微商学院、西部电子商务培训学院等行业教育培训机构为抓手，开展以行业应用、创业、孵化等为主要内容的人才培养。此外，甲骨文等国际培训机构也入驻园区，利用其全球资源和品牌优势，面向创业企业开展分专业人才培养。此外，经开区对企业引进高层次人才，开展技术人员培训和人才科技创新等方面都给予不同程度的奖励支持。

2016年，经开区已累计兑现人才建设扶持资金1200余万元，到2018年，各类人才培养总数超过3万人。这些数据的背后，不仅是国家政策的红利，也是经开区科学决策和高效施政的最好体现。

为全面提升银川iBi育成中心的创业水平，经开区通过集中整合各类信息化服务资源，相继建成面向所有创业企业免费使用的云计算平台、小微企业“服务超市”、软件测试平台、科技成果转化促进中心、软件动漫行业窗口服务系统等信息化服务平台。各园区为企业提供各项基础服务，提供免费的法律咨询服务和一对一人力资源服务外包、政策咨询和代办服务，提供企业职工通信服务和千兆级免费网络服务，提供企业创办前期所有证明手续免费服务和“三证”代理业务，为创业企业提供项目路演、线上政策解读等“产、学、研”一站式线上服务，最大程度地实现基础资源共享，极力营造大众创新、万众创业的优良环境。

产业发展离不了金融支持，企业发展和项目建设更离不开资金保障。银川经开区积极邀请中国银河金控集团、中国人寿、国新集团、中信产业基金、京能集团、亦庄国投等大型国有企业到经开区考察项目，并成功搭建总规模100亿元的首支母基金——银川兴银投资基金，助力带动能力强、科技含量高、产品附加值高的大项目、好项目。

银川经开区积极组织企业申报国家及自治区服务业发展引导资金、高技术和战略性新兴产业专项等30多类专项资金，累计推荐项目320余个，争取各类资金共计5.35亿元。经过积极争取，由经开区打造的“大中小企业融通型特色载体推动中小企业创新创业升级”项目获得财政部中小企业发展专项资金支持2500万元。

银川经开区积极争取宁夏科技创新与高层次人才创新创业担保基金配套资金，设立了总额9000万元的银川市科技担保基金，首批4家企业获得担保贷款金额1300万元。积极发挥银川育成凤凰科创基金、宁夏正和凤凰股权投资基金的作用，先后完成对天通大尺寸蓝宝石、深圳玉禾田等项目的投资，投资金额累计达3亿多元。同时，通过科技型中小微企业风险补偿专项资金平台发放贷款5840万元。

此外，银川经开区还联合宁夏旅游投资集团有限公司、宁夏观歌资产管理有限公司等企业发起设立了宁夏小微企业应收账款融资担保中心，切实为小微企业解决融资难题。这些举措就是撬动企业发展的杠杆，而经开区无疑是这一杠杆最有力最坚实的支点。

秋高气爽的9月，塞上江南正是瓜果飘香的季节。

2016年9月18日，银川市电子商务公共服务中心正式落户银川iBi育成中心，这标志着育成中心这个国家级电子商务示范基地又迈上了一个新的台阶。第二天，育成中心小微企业创业孵化平台正式上线运营，标志着银川经开区“双创”工作迈出了新的步伐。育成中心正在发挥其孵化平台作用，一个全新的信息化平台，对西部经济欠发达省区创业的支撑作用日渐明显、引领示范作用更加彰显，经开区的品牌形象更加闪耀。

同日，国家发改委及相关部门领导在自治区政协副主席、发改委主任等的陪同下，对银川iBi育成中心进行了调研考察。9月20日，国家副主席李源潮一行深入银川iBi育成中心视察“大众创业、万众创新”工作开展情况。10月31日，为加快新经济产业聚集，做大产业规模，银川iBi育成中心“三创”工厂22万平方米项目建设主体工程已全部完成，即日投入运行。11月3日，西部首个知识产权研究运营机构——银川iBi育成中心知识产权研究院携手北方民族大学法学院共同就新经济知识产权领域的产、学、研、资、育开展战略合作，标志着育成中心知识产权转化工作迈出实质性步伐。

“经开有你，育成未来。”

截至2020年底，银川iBi育成中心有入驻企业479家，从业人员近万人，实现主营业务收入 54 亿元，税收 2.3 亿元。园区企业持有知识产权 3096 项，认定高新技术企业 31 家，规模以上企业 16 家，新三板挂牌企业 19 家，建成国地联合实验室 2 家，培育自治区级企业技术中心 10 家、自治区工程技术研究中心 2 家，并获得国家级双创示范基地、全国创业孵化示范基地、宁夏现代服务业信息集聚区等荣誉称号。

发展定位不断完善，数据规模不断走高，这是银川 iBi 育成中心产业实现从零起步到高质量发展的生动注脚，也是园区经济加速腾飞的生动实践。银川经开区迈着坚实的步伐继续向前奋进，育成中心正以矫健的身姿走向明天的朝阳。

YINSE
GUANGHUI

# 第十三章
# 创新，激发新活力

## 40. 创新之路上的智慧之光

2017年，银川经开区在创新发展的快车道上一路驰骋。

元旦刚过，新年新气象。国家发改委正式将银川经济技术开发区等37个市、区级单位列为国家“十三五”服务业综合改革试点。银川iBi育成中心作为全市高端生产性服务业核心区，负责试点创建工作。

消息传到银川经开区，银川iBi育成中心和园区各企业职工打心底里高兴。经开区作为国家级经济开发区，能够在和众多华中地区与东南沿海地区的开发区的激烈竞争中脱颖而出，这是多么来之不易的成就。由育成中心主要承担试点创建任务，可以说重任在肩，任重道远。

1月9日，银川经开区管委会为园区38家企业44个科技创新后补助项目兑现配套资金2374.32万元。2016年，银川经开区共为企业争取各级各类科技项目资金9233万元。其中，科技创新后补助项目资金4802.82万元，占全区科技后补助项目资金的30%。经开区政策引领先行，服务质量提升，后勤保障到位，园区企业发展步入了快车道。

此后，银川经开区管委会召开了年度总结会议、党建会议、行政会议，传达学习自治区、银川市“两级三会”精神，研究贯彻落实意见，在总结去年工作的基础上，安排部署新的一年经开区的主要工作任务。

很快，经开区又一项新的重大项目正式启动。

2月24日，银川经开区举行2017年重大项目建设启动暨隆基硅新项目试投产仪式。坐落在银川经开区的隆基硅材料有限公司成立于2009年11月，是隆基绿能科技股份有限公司（简称隆基股份）重要的单晶硅棒生产基地，是银川市重点发展项目。

我们都知道，我国的光伏行业经过几十年的发展已经领跑世界，而且光伏产业在江苏、浙江等地发展较快。谁能想到处于西北内陆的宁夏银川，竟然有一家全球单晶硅制造龙头企业。说起隆基股份的崛起，必须从“金刚线切割”技术说起。

对于光伏行业，上游硅片厚度与切割损失量直接影响着晶体硅电池的应用成本，甚至对太阳能并网发电的成本产生影响。此前，国内企业一直采用传统的砂浆切割技术，这种技术材料损耗大，出片率低，而且速度缓慢。当时比较超前的是金刚线切割技术，但这种技术一直垄断在日企手中，而且没有应用于光伏行业。国内很多企业因为产业链极不完整，技术应用不成熟，导致金刚线切割成本非常高，使这一技术短时间无法推广。但金刚线切割技术相比传统的砂浆切割技术，切割速度可提升5倍，材料损耗少、出片率高，可使产品质量得到进一步提升，并且使运营成本大幅下降。这种技术能使单晶硅生产成本下降20%—30%，非硅成本下降40%左右。创新技术，降低成本，提高效能，这就是企业发展的动力。

2011年，隆基股份创始人兼总裁李振国和董事长钟宝申经过仔细分析研究决定：要降低硅片环节的非硅成本，必须不惜一切代价实现金刚线切割技术的突破，并使其迅速量产。为此，公司成立了研发团队专门进行金刚线切割技术的研发。历时近五年时间，经过研发团队和生产一线的无数次试验，隆基股份终于于2015年率先在全行业实现金刚线切割技术量产。此后，随着这项技术的大量普及，2017年，多晶硅企业也开始大量普及使用。令人自豪的是，由于金刚线技术的普及，国家光伏产业每年能够节省成本200亿元。这样的成果不只隆基股份的高层始料未及，科技创新给企业和国家光伏产业的发展带来的红利还远不止此。

银川隆基硅材料有限公司（简称银川隆基硅）是当今全球单晶光伏龙头企业——隆基股份的全资子公司，成立于2009年11月。

罗向玉是银川隆基硅的常务副总经理。关于和总公司的关系，罗向玉说，银川隆基硅是站在巨人肩膀上成长起来的公司，这个巨人就是隆基总部。银川隆基硅与总部一脉相承的是，始终坚持生产高品质的单晶硅产品，始终在时代的前沿领跑，始终冲在行业发展的最前列。银川隆基硅并没有出现“大树底下好乘凉”的惰性思维，而是高起点、高标准、高规格地要求自己，坚定不移走创新发展之路，从而开辟出了属于银川隆基人的另一番天地。

为进一步降成本、提效率，罗向玉带着一个四五人的团队顶着绝大多数人的质疑，在工作之余悄悄试验了半年之久，终于研发出名为RCZ的重复投料拉晶工艺。一年后又配套研发出单晶炉水冷热屏技术，在保证品质的前提下极大地降低了单晶硅棒的生产成本。这两项工艺让隆基人欣喜若狂，在业内已全面领先，为高效电池在行业的快速推广提供了技术支持。

“光伏产业是民营企业做出来的一张‘国家名片’。接下来，我们还要结合智能制造的一些项目，全面提升自身。无论何时，创新精神都应该融入企业的骨髓。”面对记者采访时，罗向玉的话掷地有声。他认为，单晶硅行业的市场竞争日趋激烈，这就要求企业在保证高品质的前提下追求低成本。罗向玉说：“以拉晶为例，真正的技术突破，比如CCZ，肯定还会有，但不会很多。所以，现在业内拼的就是辅助材料以及对人机效能的管控。”

2017年，作为国家首批符合《光伏制造行业规范条件》的企业之一、首批两化融合示范企业之一、首批电力需求侧示范企业之一，银川隆基硅的全年销售收入达到61亿元，同比增长率达到114%。公司重点新项目5吉瓦单晶硅棒和5吉瓦单晶硅片总投资34.82亿元，仅上半年产值就突破50亿元。

银川隆基硅在光伏行业是国际和国内的双重龙头企业，银川经开区还有众多的创新型企业也得益于此。近年来，经开区大力实施创新驱动发展战略，切实把以要素驱动、投资驱动为主的传统促增长方式，逐步扭转成为以科技创新驱动为主导的新型促增长方式，着眼关键领域，适时制定出台一批关系长远发展的保障政策，优先保障电力、土地、资金、技术等生产要素配置，整合使用各类政府扶持资金，创新管理体制机制，搭建高效的公共服务平台，开辟产业转型升级“绿色通道”，促进企业转型升级，有效提升经开区科技创新水平。

银川经开区加大产业政策创新力度的措施促进了银川隆基硅的跨越式发展。如建立和完善技术创新的公共服务平台，支持某些重要技术攻关项目的“竞争前”研发活动；完善开发区支持创新的政策机制，把重点转向需求激励政策，营造“以创新为荣”的发展氛围；推进品牌培育和标准化建设；建立主导产业名牌培育机制，积极开展国家级、自治区级商标品牌培育工作，培育发展一批在行业中具有一定影响力的名牌企业，争创一批驰名、著名商标，积极推进主导产业专业商标品牌基地建设。

还有一个重要因素就是，经开区把银川隆基硅列入了重大项目建设。2017年，经开区首批下达固定资产投资计划项目44个，总投资137亿元。投资35亿元的银川隆基硅年产5吉瓦单晶硅棒、5吉瓦切片项目在3月18日出炉第一根单晶硅棒；投资30亿元的银和半导体公司大尺寸半导体级单晶硅和碳化硅项目在4月18日通电试生产，7月6日正式投产运营；投资35亿元的西夏热电二期、投资9.1亿元的舍弗勒（宁夏）有限公司高产能C系列深沟球轴承等重大项目正在加快推进，银川隆基硅的创新发展之路在业界引起了巨大反响。

时至隆冬季节，12月5日，隆基股份董事长钟宝申、总裁李振国一行12人考察银川经开区，洽谈新的项目投资事宜。我们看到，银川隆基硅又一次迎来了新的发展机遇，一列崭新的光伏列车正在新时代的创新之路上风驰电掣……

## 41. 新材料，一把高质量发展的密钥

隆基股份的金刚线切割技术确实让我国光伏产业走向了行业领域的高光时刻。而“小牛”公司的自动化串焊机也确实很牛！

小巨人机床、新瑞长城、大河数控机床等公司先进的制造工艺和创新技术应用，让企业在创新之路上获得实惠，推动企业实现了快速增长。

创新科技正在成为银川经济社会发展的主力军。此外，还有另一个战略高地，那就是新材料的研发。战略新材料是银川经开区的主导产业之一。如何才能把新材料产业打造成有影响力的产业集群呢？

近年来，经开区对标优势项目，积极招商，石墨烯、大尺寸硅片等一批大项目的落地建设，正形成叠加效应推动产业高质量发展。

2017年，经开区规划建设了战略新材料（晶体材料）产业园等重要培育载体，制定了从单晶硅到光伏产业、从蓝宝石到智能终端、从半导体到集成电路产业延伸的发展目标，百亿级晶体材料产业集群已初见端倪。其中，龙头企业银川隆基硅已实现产值9.6亿元，银和新能源实现产值1.9亿元，天通银厦实现产值0.26亿元，增速均超过40%，助推了新材料产业的快速增长。

9月30日，银川经开区在北京与天津玉汉尧石墨烯储能材料科技有限公司签署石墨烯三元正极材料和导电浆料项目投资协议。经开区管委会副主任和天津玉汉尧石墨烯储能材料科技有限公司董事长李凯、总经理周大桥及北航材料研究院副院长唐斌等参加了签约仪式。石墨烯是目前发现的最薄、强度最大、柔韧最佳、导电导热和光学性能最强的新型纳米材料，被称为“黑金”和“新材料之王”。随着本次成功签约，银川在新材料领域又迈上了新的台阶。

据经开区工作人员介绍，那段时间非常忙碌。9月9日，银川经开区与北京经济技术开发区在银川市行政中心签订战略合作框架协议，探索发达地区支持西部地区经济发展的新路径。几天后，2017年全国“‘大众创业、万众创新’活动周”在银川经开区设立分会场，银川经开区国家“双创示范基地”正式启动。

9月18日，在2017厦门国际投资贸易洽谈会期间举行的宁夏投资环境推介暨名优产品对接会上，银川经开区和创业树集团签署了战略合作协议。紧接着，9月25日，银川经开区管委会与浙江天通控股股份有限公司就大尺寸蓝宝石二期项目签订投资协议。9月30日，银川经开区管委会与中国航发北京航空材料研究院在北京签订战略合作框架协议，推动航材院和北京石墨烯技术研究院在银川经开区开展高水平的科技研发、成果转化等创新活动。

这些合作框架协议和投资协议的签订，为银川经开区新材料的研发注入了一股井喷式发展的创新驱动力。经开区的发展大步迈向快车道，而新材料研发就是一枚定海神针。

2018年初，石墨烯项目正式落户银川经开区，注册名称为宁夏汉尧石墨烯储能材料科技有限公司。据公司总经理周大桥介绍，为了让项目尽快开工建设，经开区盘活资源，为企业提供闲置旧厂房进行改造，规避了冬季不能户外施工的风险，使项目建设快速推进。

开春时，公司和施工队伍签了合约，但是施工队伍的人数一直上不来。通过经开区的协调和帮助，人数从几十个人增加到每天上百人，才保证了施工进度。周大桥说：“公司在4月的时候临时用款有点紧张，经开区给予我们4000万元的一个无息贷款，真是及时雨，对我们在4月份保证项目的进度起到了很大的作用。”

宁夏汉尧石墨烯储能材料科技有限公司当年就建成企业检测分析实验室，并改造厂房于7月调试生产，年底实现产值约6亿元。5月底，又开工建设新厂房4栋，每个厂房安装8台辊道窑，建成投产后，产能为年产15000吨石墨烯改性三元正极材料，年产值将达到70亿元到80亿元。周大桥说：“正是银川招商引资的诚意和利好政策，我们才将原本在外地投资的全产业链项目整体落户银川经开区，从投资20亿元的1个项目，扩展到现在总投资85亿元的5个项目。这是企业的成功，也是经开区的成功。”

新材料已经成为银川经开区产业转型升级集聚发力的领域，企业技术创新、核心竞争力增强，已进入良性发展的轨道，同时开启了一把银川走上高质量发展之路的密钥。

2018年初，银川经开区已拥有光伏材料、发电装备及其配套企业14家，并形成从高纯硅到多晶硅等较为完整的产业链。特别是以银川隆基硅材料有限公司、宁夏银和新能源科技有限公司和宁夏宁电光伏材料有限公司等为依托，已成为世界著名的单晶硅棒生产基地。经开区与国内高端装备制造、战略新材料及新能源产业的部分领军企业签订五大项目，总投资435亿元，其中包括轴承智造小镇项目、高效光伏电池项目、半导体材料产业链延伸项目

▲宁夏汉尧石墨烯储能材料科技有限公司石墨烯项目生产车间

等。这些产业关联性强的高科技项目，为“打造升级版的银川经济技术开发区”注入了新的动能。

在宁夏隆基乐叶科技有限公司年产 7 吉瓦单晶电池项目建设现场，企业负责人介绍，该项目总投资 40.5 亿元，已累计完成投资 25.5 亿元。项目主要通过制绒、扩散、刻蚀、印刷、烧结等工序，结合钝化发射极和背表面局域接触技术，将单晶硅片加工为高效单晶电池。该项目建成投产后每年产销单晶电池 7 吉瓦，按当前价格计算，预计年均利税约 12 亿元。与此同时，隆基绿能年产 15 吉瓦单晶硅棒和切片项目，也于 2018 年 5 月 18 日进场施工，厂房建设已累计完成投资 4.8 亿元。可以想象，一艘引领全球光伏产业的巨舰正驶出中国，驶出亚洲，奔赴浩瀚的大洋。

银川经开区先后引进了台湾佳晶、浙江天通等蓝宝石生产龙头企业，建成了中国重要的工业蓝宝石晶棒生产基地。建成年产 3 吉瓦单晶硅棒和 3 吉瓦单晶切片的生产能力，工业总产值达到 50 亿元。经开区在建成世界著名单晶硅棒生产基地的基础上，又成为世界知名的单晶硅切片生产基地，在硅材料生产规模和技术上始终保持国内外一流水平。同时，完善产业链配套，促进石英坩埚、单晶炉等光伏设备落地，引进光伏逆变器、太阳能集热器等设备。经开区积极规划建设晶体材料产业园，将园中的小企业创业基地等低效利用的厂房进行整合，集中布局新材料产业项目，打造新的创新孵化平台。

银川经开区加速打造其发展引擎，通过打造产业全链条，迅速形成较大规模。以银川经开区西区等园区为载体，以骨干企业为依托，以重大项目为支撑，加大“产业链”招商力度，完善产业横向配套环节，打造了一批创新能力强、创业环境好、特色鲜明的新材料产业集群，推进产业集约化、集群化、规模化发展。经过多年的发展和积累，银川经开区已经在项目建设、战略合作、科技创新等方面凭借后发优势，在新材料领域取得了一定成就。

在新材料产业发展中，银川经开区抢占先机向产业制高点持续发力。在银川隆基光伏科技有限公司“年产 15 吉瓦单晶硅棒和 15 吉瓦硅片项目”加工车间内，工人们操控着设备，对单晶硅棒进行切片、加工等。到 2018 年底，该项目已完成投资 35 亿元，完成安装单晶炉 1060 台、切片机 180 台，实现了 20% 的设计产能。整个项目全面投产后年产值将达到 68 亿元，创立的税收预计将超过 4 亿元。整个项目全面建成后，将助力银川成为全球最大的单晶硅全产业链生产基地，构建上下游衔接、产业链完整、价值链高端、循环经济特征明显、具有国际竞争力的硅基新材料现代产业体系。

银川经开区围绕“三调、两转、一示范”发展战略，一方面狠抓企业培育壮大稳存量，在发挥经开区装备制造业传统优势的基础上，通过技术革新和两化融合，推动装备制造业向高端化、智能化方向发展。舍弗勒公司通过技术革新，向高端汽车轴承领域拓展，取得了实质性进展。巨能机器人实现年产各类机器人 400 台的目标。共享铸钢的创新成果 3D 打印被李克强总理誉为“宁夏新旧动能转换的典范”。此外，经开区还被授予“国家装备制造业示范基地”“国家高端装备标准化试点单位”等荣誉。

银川经开区以大项目、新项目为抓手，通过项目实施促进增量带动结构调整，浙江天通、西安隆基、银和半导体等企业的项目陆续建成投产，使经开区实现了从培育项目到培育产业的转变，成为国家战略性新材料的重要生产基地，被国家授予“新能源国家科技兴贸创新基地”称号。

浪遏飞舟不可挡，千帆逐梦向未来。进驻经开区的企业，有高端、中端的，也有小众的；有高峰，也有高原和绿洲；有多个“单打冠军”，又逐步形成了“集团军”。这些企业让科技创新的力量汇入了经济发展的大潮，逐步形成了推进时代发展的钢铁洪流……

## 42. 创新思路，聚力打造产业集群

清凉盛夏，湖城银川。2017 年 5 月 19 日，在青岛召开的第十五届中国畜牧业博览会暨 2017 中国国际畜牧业博览会上，银川 iBi 育成中心企业宁夏壹加壹农牧股份有限公司荣获“中国畜牧产业扶贫优秀模式”称号。

2017 年 6 月 19 日，自治区、银川市主要领导为银川经开区及综保区全体干部职工作了题为《用创新理念实现创新发展》的自治区第十二次党代会精神宣讲专题报告。银川综合保税区、银川经开区广大干部职工参加了报告会。

这是一场自治区第十二次党代会精神宣讲专题报告，也是一次宣讲辅导会。本场报告对自治区第十二次党代会的重大意义和精神实质、今后五年工作的总体要求和奋斗目标作了深入细致的解读，并就认真学习宣传贯彻落实自治区第十二次党代会精神提出了具体要求。银川经开区要按照自治区提出的“银川要在创新驱动上走在前、作表率，将创新打造成最亮丽的发展名片，建设创新高地”的要求，以创新驱动为内生动力，提升核心竞争力，在引领发展上走在前、作表率；以产业结构调整为主攻方向，调优调轻调特，在转

型发展上走在前、作表率；以拓展平台、扩大通道为载体，全面提升开放水平，在开放发展上走在前、作表率；以激发动力活力为突破，打造国际化营商环境，在服务发展上走在前、作表率。

这场宣讲会让经开区的干部职工很受鼓舞，大家都深深感到经开区的发展步入了新的时期。随后，经开区管委会掀起了学习贯彻自治区第十二次党代会精神的热潮。

2017 年 6 月 15—18 日，以"新 IT、新生态、新动能"为主题的第十五届中国国际软件和信息服务交易会（简称大连软交会）在大连开幕。银川经开区 iBi 育成中心携园区内 11 家软件企业集体亮相大连软交会，并一举夺得 2016—2017 中国软件和信息服务业"领军人物奖""新锐人物奖""最具推动力服务平台奖""最具创新竞争力产品奖""最具创新精神企业奖""最具影响力企业奖"等六类 13 个国家级奖项。这是银川经开区参加历届国际软交会获奖最多的一届。成绩来之不易，历尽艰辛方显珍贵。

此外，银川经开区还引进培育了蒙牛乳业、张裕葡萄酒、沃福百瑞枸杞制品、台湾康师傅和统一饮品、泰国正大饲料、台湾大成永康饲料等一批国内外农产品深加工龙头企业。在生产性服务业产业上，加快推动银川科技园与 iBi 深层次融合发展进程，1—6 月银川 iBi 育成中心实现主营业务收入 35 亿元，企业上缴利税 3.2 亿元。银川科技园已集聚生产性服务业企业 129 家，两大平台共培育新三板上市企业 24 家。在特色健康消费品产业上，沃福百瑞已成为全区最大的枸杞出口企业，银川正大、大成永康的产值增速超过 25%，顶津食品全年贡献产值 4 亿元，蒙牛乳业贡献产值约 25 亿元。

园区摊子大了，企业规模上去了，科技创新能力日渐增强，企业核心竞争力进一步提升，一个个发展强劲的产业链条带动着千百家企业走上了可持续发展之路。

2018 年，石墨烯、单晶硅光伏材料、工业蓝宝石、集成电路大尺寸硅片等一批市场规模大、技术能力强的创新型企业聚集并延伸产业链，产业聚集效应更加显现。

在汉尧石墨烯的厂区内，一栋栋蓝白相间的厂房非常壮观，被誉为“新材料之王”的石墨烯原材料就出自这里，在这里经过一番加工后转化成高精尖产品。2018年，汉尧石墨烯改性三元正极材料和导电浆料项目投产后，进程顺利，累计投资16亿元。一期年产3000吨正极材料项目投产以来，已生产正极材料1400吨，累计实现产值1亿元；二期200多台烧结炉等设备于2018年底前试投产。据公司总经理周大桥介绍，二期项目建设完成后，30条生产线、130套自动化生产设备系统将实现年产12000吨正极材料和5000吨石墨烯导电浆料，不但能拓展石墨烯改性技术在下游的产业应用，加快向石墨烯技术板块转型的步伐，还能带动银川新能源产业进行升级。

石墨烯被称为“神奇材料”，属于目前已知最薄也是最坚硬的纳米材料。自2015年以来，国内商用石墨烯迎来热潮，创新产品频出，国内很多省区市纷纷布局石墨烯产业。作为地处西北的国家级经济技术开发区，银川经开区率先落子石墨烯产业。石墨烯改性三元正极材料可满足国内国际动力汽车锂电池急需的技术和规模需求，有力支撑国内新能源产业的迅速发展，填补了该类产品的空白。

当前，智能终端的发展给各大行业带来了新的发展空间，成为经济社会发展的新动能。近年来，银川经开区坚定不移贯彻新发展理念，紧抓东部产业转移的机遇，建成智能终端产业园。该园区是银川经开区继轴承小镇建设后，着力打造的又一个装备制造百亿产业园，也是经开区在现代装备制造领域打造的提高产业集约化水平、推动创新创意发展的综合体。

银川智能终端产业园项目一期总投资10亿元，占地面积282亩，建筑面积31.7万平方米。产业园重点引进智能手机终端产业、光电显示产业、智能家电终端产业、智能汽车终端产业等电子消费项目，主要承接东部产业转移，通过搭建建设、生产、研发、金融服务、设备采购、信息互联等平台，吸引智能终端全产业链企业“拎包入住”、集群发展，构成与轴承小镇项目相呼应的智能制造“双轮驱动”产业创新发展模式。

该项目建成后，银川经开区将成为中国西部具有重要影响力的智能终端特色产业聚集区，3年内产值目标将突破100亿元。园区将以产业园70%的出口产品为抓手，建立多元化的国际合作，打造国际合作新平台，搭建战略性新兴产业国际联合平台，加强与非洲、东南亚和拉丁美洲等地区的发展中国家开展新兴产业深度合作，有序推进共建“一带一路”专业领域对接合作，为银川经开区实现“一带一路”倡议和产业产品“走出去”迈出实质性步伐，有效促进银川经开区跨区域资源要素的有序流动和优化配置，实现互利合作、发展共赢。

2018年，银川经开区立足“战略新材料、现代装备制造、大健康”三大主导产业，以只争朝夕的状态，抢抓全球新一轮产业变革带来的机遇，目前已拥有光伏材料、发电装备及其配套企业17家，形成了从单晶硅、切片、电池、组件到跟踪装置等较为完整的产业链。

2019年8月23日，银和半导体科技有限公司12英寸半导体大硅片晶棒量产暨宁夏富乐德石英材料有限公司32英寸半导体石英坩埚正式下线，这标志着宁夏在新材料领域的两项关键制造技术将完全国产化。“目前，12英寸高品质硅片国内基本上还无货供应，国产化率小于1%，我国12英寸硅片至少有500万片的缺口。这次产品的量产标志着我国在12英寸硅片制造领域的一个重大突破。”银和半导体科技有限公司负责人介绍道。

由宁夏中太镁业科技有限公司投资建设的镁合金板带材新型加工技术产业化项目，计划总投资70亿元，用地面积约70000平方米，利用现有变形镁合金带式温轧技术，拟建设镁合金板带材和镁合金冲压件生产基地。项目主要购置镁带热连轧机、温热镁合金轧机、五角铣加工中心、平面磨床、整形切边等设备，安装完成3条镁合金生产线。

银川经开区利用政策引领作用，以学习贯彻党的十九大精神和落实自治区、银川市园区工作会议要求为主线，带动各园区企业创新思路，加快产业集群发展。经开区以扎实推动体制机制改革、产业集群发展、园区创新发展，着力推进战略新材料、现代装备制造、大健康三大主导产业发展为抓手，力争实现转型升级、弯道超车、跨越发展，加快打造升级版的银川经济技术开发区。

银川经开区围绕“打造国内第一、世界知名的战略新材料产业集群”的目标，借助“首都带首府”战略，依托北京—银川“一带一路”科技创新创业产业园等平台，立足“龙头企业＋产业联盟＋研究院＋专利池＋基金池＋公共服务平台＋特色产业园”于一体的创新链，全力推进以“光伏、石墨烯、锂电池、半导体、蓝宝石”为代表的“32555”新材料产业集群建设（“3”即打造光伏材料领域年产值300亿元级企业一家；“2”即打造锂离子电池材料领域年产值100亿元级企业两家；第一个“5”即打造金属复合材料领域年产值50亿元级企业一家；第二个“5”即打造新型半导体材料领域年产值50亿元级企业一家；第三个“5”即打造蓝宝石材料领域年产值50亿元级企业集群一个）；打造以“智、精、铸、数、工、电”为主导的“1155”现代装备制造产业集群（第一个“1”即打造1个年产值100亿元的轴承小镇；第二个“1”即打造1个年产值100亿元的智能终端制造产业园；第一个“5”即打造1个年产值50亿元的智能铸造产业园；第二个“5”即打造数控机床、工业机器人、电器仪表产业集群）；依托光伏、蓝宝石、新型半导体、锂离子电池等新材料行业，培育新材料龙头企业，聚集以银川隆基硅材料有限公司、宁夏银和新能源科技有限公司、天通银厦新材料有限公司、宁夏汉尧石墨烯储能材料科技有限公司等为龙头的20余家特色优势新材料企业。

银川经开区相关负责人表示，通过实施“32555”企业集群建设，力争使新材料产业产值达到500亿元以上。今后，经开区将继续加大金融支撑、人才支撑、要素支撑，搭建综合性金融服务平台，设立5—6支总额度达百亿元的专项基金，建立不低于10亿元额度的资金池，构筑多层次担保体系；成立新材料产业专家咨询委员会制定战略规划，强化“校企合作”，对企业开展科技实用型人才培训，开展企业家队伍建设行动计划；建立石墨烯储能材料、锂离子电池材料、镁铝合金材料等多个专业产业园和研究院，增强发展后劲，进一步实施增量配电业务试点，深挖优势，打造直供试点，依托吴忠市和石嘴山市产业资源、宁东项目储备优势，使银川都市圈新材料产业协同发展。

项目建设方面，银川隆基硅建成世界最大的单晶硅棒生产基地，天通银厦建成国内最大的工业蓝宝石晶棒生产基地，银和新能源半导体级大硅片填补了国内空白。全世界首个石墨烯系列产业化项目正在集中落地，初步形成了具有一定影响力的战略品牌。

凝聚力量、寻求突破，科学布局，谋划未来。银川经开区推动新材料技术的发展，既可以解决发展不平衡、不充分问题，又是落实自治区“贯彻落实创新驱动战略”的重大举措。

建设现代化工业强国，离不开高科技应用。新材料产业充分证明了科技就是第一生产力这一真理。推进产业集约化、集群化、规模化发展，产业聚集效应才能愈渐增大，产业集群之势才会愈加强劲。

在银川经开区，突然发现，工业园区就如同景区。作为制造业大国的中国，流水线就是一道亮丽的风景线。

## 43. 撬动幸福家园的杠杆

漫步空间又一年，经开迎新抒胸臆。正是今年风景美，共赴征途织锦绣。

2018年元旦刚过，人们还沉浸在新年的喜悦中，银川经开区管委会已开始为今后的发展进行谋划。1月2日，银川经开区兑现宁夏隆基宁光仪表股份有限公司等249家企业科技创新奖励资金5743.8万元。这5000多万元创新奖的背后，代表着过去一年经开区各企业在创新技术专利、创新工艺、创新成果方面又一次取得了新的突破，这里面产生的经济效益不知要用多少个千万元、多少个亿元来计算。

俗话说："一年之计在于春。"在银川经开区行动之前，自治区和银川市党委、政府已经为经开区今后的发展定好了发展步调。1月19日，银川市人民政府召开2018年第19期专题会议研究决定，将金凤工业集中区整建制移交银川经开区管委会。

2月1日，正值春节前夕，银川市行政中心隆重举行了"金凤工业集中区移交仪式"，移交工作按照权责统一、统筹兼顾理念，在人员、机构、编制、财税、规划等方面进行全面移交。仪式虽短，但标志着金凤工业集中区正式移交至银川经开区，成为全区实现园区整合的先例，银川市工业园区整合提升工作迈出了实质性的一步。

按照自治区、银川市党委领导在全区工业园区建设发展座谈会和银川市园区工作推进会上的讲话精神，经开区牢固树立"整合园区、盘活存量、低端退出、转型升级"的发展思路，经多次与市工信局、市规划局、市国土局、市财政局等市直部门沟通，形成了《金凤工业集中区整体移交银川经济技术开发区工作方案》，经银川市政府多次审议研究，就金凤工业集中区规划、人员编制、税收分成、债权债务等移交工作快速达成共识，金凤工业集中区正式移交至银川经开区，为银川市工业园区的整合奠定了基础，提供了可复制的经验。

这是一个推进工业园区调整布局、促进发展的大手笔。

银川经开区管委会与经合局、经发局、规划土地局、建设局、财政局等部门协调，采取有力措施多方面对金凤工业集中区进行升级提升，要求其明确定位，大力发展以高端轴承为重点的装备制造产业，打造轴承小镇。在政策上依托通达南街规划改造提升及增设公园等配套设施的地理优势，形成聚集优势，打造产业新城，坚持“产城融合”的发展思路，进一步提升金凤工业集中区的发展环境。同时，大力引进华承高端轴承、中太轴承配套等项目，并按照轴承小镇总体规划启动 20 万平方米厂房代建项目，吸引国内先进智能化轴承项目，坚持用产业聚集的招商策略，进一步提升金凤工业集中区的营商环境。当年 7 月，银川经开区合并金凤工业集中区后，与北京经开区共建“一带一路”国际产业园，旨在打造高新技术产业及研发集聚区、现代制造业和现代服务业融合发展示范区、智慧园区先行区，重点发展现代装备制造、战略新材料、大健康等主导产业，全面提升园区发展水平。

改善园区承载条件，银川市委、市政府在下一盘大棋。

主动把脉，集中会诊。推动各园区低成本化改造，督导银川经开区、综保区、永宁工业园、贺兰工业园等申报的 7 个低成本改造项目实施，提高园区智慧化、循环化、集约化发展水平。依托 5G 试点城市及自治区云平台建设，加大园区智能工厂、数字化车间项目扶持力度，强化云计算、大数据、物联网等在园区内和园区间的应用，提升园区承载新业态、新产业能力。同时，深化园区污染治理，督促园区严格落实环保“一票否决制”、严把入园项目审批关，严格执行环境影响评价制度及环保“三同时”制度，对高污染行业中选址不合适的超出总量控制的项目坚决不予审批，确保入园项目符合国家产业政策和环保要求。

截至 2018 年 6 月，银川经开区规划管理面积为 83.06 平方公里，其中国批面积 7.5 平方公里，银川市委托代管面积 75.56 平方公里。根据位置不同，分为东区、西区（包含银川 TMT 育成中心、金凤工业集中区）、南区（银川 iBi 育成中心）和横山工业园四个区块。其中，东区规划面积 2.26 平方公里，四至范围西起亲水大街，东至唐徕渠，北起北京路，南至黄河东路；西区规划面积 41.61 平方公里，四至范围西起西环高速，东至通达南街，北起银西铁路专用线，南至南环高速；南区规划面积 1.02 平方公里，四至范围西起亲水大街，东至宁安大街，北起湖畔路，南至六盘山路；横山工业园规划总用地面积约 38.17 平方公里，位于银川市区东部、灵武市北部，西距银川中心城约 15 公里，南距灵武中心城约 18 公里，东距宁东镇区约 15 公里，四至范围东起红石湾井田西界、西至机场高速、南接东任公路大马蹄沟、北至青银高速。

2018 年初，银川经开区被工信部认定为绿色园区，经开区企业巨能机器人和力成电气集团被工信部认定为国家绿色工厂。2 月 23 日至 28 日，春节假期刚过，经开区管委会主任就带队风尘仆仆地赶往西安、江苏等地，在隆基公司总部、南京高精传动设备制造集团、无锡高新区管委会、精工绿筑集成科技产业园、天通公司等 18 个单位，与相关企业高层就加快项目进度、深化双方合作进行了深入交流，累计落实项目 7 个，计划总投资突破 200 亿元。其间管委会主任在浙江省杭州市与银和半导体科技有限公司总裁贺贤汉签订大尺寸半导体硅晶棒项目投资合同。3 月 1 日，经开区公布 2018 年首批实施固定资产投资计划项目 47 个，总投资 178.56 亿元，年度计划投资 59.37 亿元。

短短不到半个月时间，银川经开区的一连串重大举措令人目不暇接。这样高效的运转自经开区成立以来都很不常见，动辄几十亿甚至上百亿元的投资是曾经不敢想象的事，现在却变得越来越平常。这是银川的引力，也是经开区的魅力所在。

3 月 18 日，银川经开区举行银和半导体科技有限公司总投资 16 亿元的大尺寸半导体硅片项目（二期）开工奠基仪式。19 日，经开区集中签约了 5 个工业项目，计划总投资 435 亿元，涉及高端装备制造、战略新材料、新能源三大产业。其中，轴承智造小镇项目计划投资 200 亿元、石墨烯新能源产业化项目计划投资 85 亿元、高效光伏电池项目计划投资 60 亿元、半导体材料产业链延伸项目计划投资80亿元、大尺寸晶体材料产业链延伸项目计划投资10亿元。

规模空前，个个重拳。项目不断，精彩纷呈。那段时间，自治区、银川市的领导多次到经开区管委会、育成中心和园区各大企业进行调研，要求经开区全力实施好这些重点民生项目和战略产业项目，让市民群众共享城市发展成果，进一步增强获得感、幸福感。

6月4日，银川经开区共有6家企业获得自治区科学技术进步奖，其中二等奖1项、三等奖5项。宁夏宝塔石化科技实业发展有限公司的“汽油深度脱硫新工艺的开发应用”项目获自治区科学技术进步二等奖；共享铸钢有限公司的“清洁高效超超临界蒸汽轮机用高合金耐热钢铸件制造技术开发及产业化”项目、宁夏共享机床辅机有限公司的“汽车零部件加工切屑及切屑液循环处理系统的研发及应用”项目、银川威力传动技术股份有限公司完成的“风力发电机变桨减速器成果转化与推广”项目、宁夏青龙塑料管材有限公司的“室外集中供热预制直埋保温复合塑料管材生产及关键技术研究”项目和宁夏电通物联网科技股份有限公司的“基于多传感信息融合技术和大数据分析故障预警的电梯安全监管物联网系统”项目获自治区科学技术进步三等奖。

2018年9月5日，银川经开区有17家企业荣膺第二批自治区级中小企业创业创新梯队企业，其中“行业之星”企业7家、“成长之星”企业5家、“创业之星”企业5家。至此，经开区共有48家自治区级中小企业创业创新梯队企业，其中“行业之星”企业17家、“成长之星”企业16家、“创业之星”企业15家。9月30日，经开区第一支母基金“银川兴银投资基金”正式成立运营。同日，宁夏中太镁业科技有限公司的第一条镁合金板材生产线试生产启动。

走进银川经开区西区天通银厦公司的晶体加工车间，设备正忙碌运转，员工们操控着设备，对蓝宝石晶体进行掏棒、切断、磨削、开方等工序。

“我们的蓝宝石订单稳步增加，这给了我很大的信心。”天通银厦公司相关负责人说。依托“世界最大的单晶硅棒生产基地”这一优势，银川经开区做全光伏发电产业链条，形成光伏产业聚集效应，把经开区打造成世界最大的单晶硅切片及光伏组件生产基地。同时，围绕建成“国内最大的工业蓝宝石晶棒生产基地”这一目标，发展蓝宝石生产，进一步拉长产业链，将蓝宝石由现有的原料生产延伸到LED、智能终端等衍生品方面。在经开区，多家新能源公司投资建设的项目涵盖了从单晶硅到发电系统完整的光伏产业链条。依托光伏、蓝宝石、新型半导体、锂离子电池等新材料，经开区企业已经实现集群式发展，正朝着结构优化、产业升级、动力转换、方式转变的高质量方向发展。

纵观2018年，银川经开区招商引资实现新突破，大企业纷纷落户，引进大项目21个，签订合同资金886.8亿元，招商引资实际到位资金60亿元。“伴随营商环境的持续改善，企业成本大幅降低，经开区吸引了越来越多的国内外重点企业前来设点布局。”经开区相关负责人向我们介绍。彼时，经开区已绘出了推动经济社会高质量发展的蓝图——围绕“高端定位、绿色发展、合作创新、提升水平、提质增效、引领示范”的园区发展要求，立足战略新材料、现代装备制造、大健康三大主导产业，力争2021年实现新材料产值650亿元、现代装备制造业产值300亿元、大健康产业产值130亿元，建成千亿级升级版经开区的目标。

目前，银川经开区已聚集了宁夏最优质的高端装备制造、战略新材料、大健康等产业人力资源，周边数十所大中专院校也为企业开展产学研合作和人才培养引进创造了条件，有力地保障了园区企业的人才需求，成为宁夏政策最优、对外吸引力最大的园区。

经开奠基，育成有为。花开四季，梦想绽放。

共建幸福家园，共享发展成果。很多人从未想过，作为一个内陆地区，宁夏也会有立足于时代前沿的大工业、信息产业和高端品牌。

位于贺兰山与黄河之间的银川平原，天与地组成一幅巨大的银幕，山与水和衷共济、同步共舞，构成了一幅奇丽的画卷。

什么是撬动幸福家园的杠杆？

那就是奋斗者永无止境的创新实践。无数奋斗者的足迹为这个城市打上了深深的时代烙印……

YINSE
GUANGHUI

# 第十四章
# 开放，赋能促发展

## 44. 岁月光影中的“小牛”

在宁夏银川，“小牛”彩色冲印是家喻户晓的品牌。

前文提到，王小牛曾是个“不务正业”的物理教师，后来却成了宁夏彩扩行业的领军人物。他研究出了中国第一台彩色冲印机，并带领团队在光伏行业研发出了太阳能电池板自动化串焊机。小牛公司的员工评价王小牛是天才型的研发人员，能一眼看清光伏行业的前景和行情。

小牛公司于 2007 年正式进驻银川经开区。

正当王小牛在彩扩机设备制造行业干得顺风顺水的时候，世界进入了数码时代。在这个科技变革的大时代，数码相机代替了感光胶卷相机，柯达、富士、乐凯等进口和国产胶卷企业很快就倒下了。在这样的背景下，小牛公司的彩扩设备突然迎来了寒冬，一下子从热销渐渐变成无人问津，生产越多，亏损就越大。

公司要发展，维护几百个工人的生计也是大问题。很多员工跟着王小牛干了十几年，对公司有着很深的感情。王小牛开始思考，自己一手建立起来的小牛公司的出路到底在哪里，企业如何转型才能赢得生机。

当人生的窗户被关上时，聪明者总是积极探索另一扇门的打开。2008 年，通过对光伏产业的一番考察，王小牛决定向光伏行业进军。

太阳能光伏行业是国家大力发展的新型能源行业，有着光明的前景。在一次外出考察时，王小牛看到巨大的太阳能电池板竟然全都是靠人工焊接的。那时，太阳能电池片自动焊接技术国外也才刚起步，国内仍是一片空白。回来后，王小牛就带领自己的团队开始研发太阳能电池片自动焊接技术。

雍刚是小牛公司技术研发部的负责人。作为公司早期的技术工程师，1998 年大学毕业后，他放弃了矿务局的铁饭碗来到小牛公司。雍刚在大学里学的专业是自动化，搞生产工艺自动化技术研发对他很有吸引力。在雍刚的评判中，王小牛就像一头低头干活的老黄牛，低调而勤奋，平时穿着很朴素，很多时候穿上工装在车间忙碌，外面来谈业务的人，常常想不到这个人会是小牛公司的董事长。王小牛和雍刚都是喜欢搞技术的人，干起事情来常常会到忘我的境界。

当时，国内同时进行同类产品研发的还有一家天津的科研所。王小牛说，同样的事别人能做，为什么我们不能？我们不但要做，而且要做得更好，必须抢时间，出产品，出功效。后来，实践证明，王小牛和他的团队赢了。

研发太阳能电池片自动焊接技术是一个非常烧钱的项目，做一次焊接测试就需要 1000 元，要想短时间出技术成果，就要不断砸钱。小牛公司的原始积累和企业家的决策，比起一般的科研所更具机动性，资金上也更具优势。据雍刚说，他们从研发到销售出第一台太阳能电池片串焊机时，技术提升还有很大空间。一家国企购买了他们的设备后，使用过程中反映碎片率太高，成本降不下来，甚至还投诉了小牛公司。

王小牛很重视客户的意见，后来把设备召了回来，重新改进，提升工艺，努力降低碎片率。雍刚说，公司后来算了笔账，小牛公司出售的第一台机器相当于送给了客户，但他们在生产运行中拿到了第一手资料，从而继续研发改进，终于生产出了第二代产品。

2012 年，小牛公司迎来了新的转机，获得了江苏一家企业 20 台太阳能自动焊接设备的订单。从王小牛和他的技术团队研发出第一台全国产化的太阳能电池板自动串焊机至此，这是他最引以为傲的研发成果。

小牛公司的总部在银川市，又分别于 2014 年在苏州常熟、2019 年在江苏盐城设立分厂，现有员工近 1200 人。公司的核心产品组件——前端智能焊接系统，包含超高速划焊一体机、高精度排版机、汇流带焊接机、贴胶带机及多主栅串返机等。

▲智能化、科技化的小牛公司生产车间

2019 年 7 月，第三届叠瓦、拼片、双面、半片与多主栅组件论坛在江苏苏州召开。小牛公司受邀出席该论坛，并与行业内专家共同探讨光伏行业的未来发展情况。中国光伏行业发展的着力点以技术进步为核心，因此降低度电成本刻不容缓。以叠瓦组件、拼片组件、双面组件、半片组件和多主栅组件等为代表的先进组件技术，正与高效电池技术一起，为提升光伏系统的可靠性与发电效率，降低度电成本作出贡献。小牛公司机械研发部的陈总工程师在论坛上作了题为《多主栅叠片技术难点解决方案及量产自动化》的主旨发言。陈总工介绍了小牛公司 MBB 叠片的量产解决方案——CHn40 串焊机。该设备以高兼容性、高焊接品质、低成本的优势，成为目前叠片量产的主流串焊设备。为此，小牛公司的产品研发赢得了光伏行业的高度称赞。

2019 年，小牛公司的主要产品应用于组件流水线前端，名为前端智能焊接系统。整套系统能够完成对整片电池片的激光划半、串焊、电池串的排版及汇流带的焊接功能，并兼容市场上的各种整片及半片组件版型。此系统凭借高产能、高兼容性、高焊接品质及少人工等特性，受到国内外各大用户的青睐。

2021 年，小牛公司共有职工 912 人，其中大专及以上学历人员占企业总人数的 69% 以上。公司产品销往国内 32 个省、自治区和直辖市，国外主要销往印度、韩国、马来西亚、新加坡、菲律宾、泰国、尼日利亚、尼泊尔、俄罗斯、英国、巴西、美国、加拿大、芬兰、丹麦等国。

小牛公司在王小牛的带领下，经过 20 多年的积累，已拥有完整的生产链、供应链及售后服务体系。凭借着强大的研发实力、可靠的产品质量、良好的信誉，小牛公司与国内外各大相关厂商紧密合作，始终把客户需求放在首位，帮助客户创造最大的价值。

2021 年春天，自治区、银川市的领导走进小牛公司的加工车间、装配车间、整机测试实验室、研发中心进行实地调研。

“这些设备都是自主研发的吗？”

“市场占有率达到了多少？”

“企业现有多少员工，研发团队有多少人？”观摩现场有领导问及企业发展的一些问题。

企业负责人介绍说：“我们现在生产的串焊机、叠焊机都是自主研发的，其中串焊机在国内的市场占有率达到68%。现有900多名员工，其中研发团队150人，占1/6左右……”

如今，王小牛要做的事就是抓好技术升级，增强自动化、智能化发展的紧迫感，在用好企业自有人才的同时，从发达地区引进一批专业人才。这些年，他带领公司员工自加压力，在关键技术上抢占制高点，形成了“生产一代、研发一代、储备一代”的良性循环，为降低生产成本、保证产品质量提供有力支撑，带动企业实现可持续发展，不断提升企业形象。

小牛公司是国家专精特新“小巨人”企业、自治区服务型制造示范企业、自治区先进领先示范产品企业、AA一级信用企业。公司地处银川市经开区金凤区工业园，占地33000平方米；新建厂房车间、办公及生活辅助设施27216.8平方米；拥有数控冲床、数控车床、数控折弯机和加工中心等30余台高精尖设备。目前，公司研制的划焊一体串焊机产品已处于国内领先位置，研制的S4000高速多切划焊一体串焊机，以及配套的CP80排版机和DH180-H、DH180-S等系列汇流带、电池串互联叠焊机等产品均形成了产业化，又一次冲到国内组件自动化生产设备的前列。

2018年，小牛公司产值突破5亿元。而这一数字在2019年和2020年分别是14亿元和20亿元。2021年，公司年利税突破1亿元。小牛公司的自动化技术在不断的自我革新中积聚了坚实的基础与雄厚的实力，其强大的开放创新产业阵容焕发出勃勃生机。

未来的小牛公司将持续创新，继续发挥人才优势，打造过硬的技术研发团队，提供更多引领市场的产品，不断推动光伏行业智能化制造向着更高更远的目标奋勇前进。

## 45. 共享春天的故事

只有走向世界，才不会被世界抛弃。

2019年3月5日，首批“宁夏杰出人才奖”揭晓，在这个沉甸甸的榜单上，有银川经开区共享集团董事长彭凡的名字。就在此前不久，共享铸钢生产的大型水轮机叶片铸钢件入选改革开放40周年机械工业杰出产品，“共享模具”的发明专利（多工作箱砂型3D打印设备）则获得中国专利银奖。

就在年初，银川经开区宁夏绿色之星环保工程有限公司等23家企业备案自治区科技型中小企业。银川经开区制定出台了《银川经济技术开发区轴承小镇项目扶持政策（试行）》。该扶持政策从贷款贴息、上市奖励等方面推出众多举措，进一步加大了对轴承智造小镇项目的扶持力度，推动了装备制造业的飞速发展。

同样是在年初，银川市第一批128个重大项目在银川经开区轴承小镇建设现场宣布集中开工，银川经开区企业闽商智能科技有限公司首台产品正式下线，填补了全区智能终端产业发展的空白。银川隆基硅材料有限公司、天通银厦新材料有限公司、宁夏中科天际防雷股份有限公司3家银川经开区企业被自治区认定为年度企业技术中心。

捷报频传时，万木正逢春。

4月18日，银川经开区“共享国家智能铸造产业创新中心”获批国家创新能力建设项目，喜获专项资金1.1亿元，共享集团又一次走进人们的视野。5月，彭凡当选中国机械工业企业管理协会副理事长，并被授予“全国机械工业企业经营管理大师”称号。共享集团、科技发明、轴承小镇，这些有些陌生的名词突然间热了起来，向外辐射出更多信息。

彭凡是一个内心始终装着“铸造梦”的创业者、实干家。

三峡电站是世界上规模最大的水电站。2007年，彭凡到国务院三建委三期工程重大设备制造检查组交流，随后他带领共享集团承担了三峡巨型叶片的研制任务。

彭凡担任项目组组长，亲自参与研究每一个技术细节，进行了62个热处理方案，取得了150组试验数据。工期紧张时，他连夜奋战在生产第一线。彭凡经常对员工讲：“国外能干成的，我们一定能干成。”最终，共享集团按期完成了三峡巨型叶片的研制任务，产品质量经检测鉴定，达到世界先进水平。巨型叶片的成功研制，实现了国内首创，替代了进口叶片。公司也成功进入世界水电市场，随后带来了1500多片价值数亿元的订单。不久，共享集团制造的叶片已经在法国、巴西、加拿大、中国等多个大型水电站得到应用，具备了向世界顶级客户批量交付大型水轮机叶片的能力。在全球装备制造业，共享集团构建了美洲、欧洲、亚洲、中国的“三洲一国”市场布局，从“低竞争力”者成长为全球大型高端铸件的有力竞争者，国际高端铸件市场开始唱响“中国声音”。

共享集团还有一大优势，那就是大型燃气轮机铸铁、铸钢件占世界市场供货量的40%左右，其高端燃气轮机铸件的研发及产业化项目获国家科技进步二等奖，大型内燃机铸铁件面向全球市场，制造技术世界一流，60万千瓦、100万千瓦及超临界、超超临界蒸汽发电机铸铁、铸钢件制造技术世界一流，核电铸件制造技术世界一流。

在宁夏银川，彭凡的“铸造梦”继续融入他的共享使命。在引领铸造行业转型升级方面，他以大魄力、大格局推进铸造3D打印产业化应用实现国内首创，铸造3D打印智能工厂综合集成技术世界领跑，为铸造行业转型升级探索了一条"3D 打印、机器人等创新技术+绿色智能工厂"的行业转型路径，构筑了"互联网+双创+绿色智能铸造"的产业生态。

3D 打印是一种新兴产业。传统的制造业习惯做减法，材料浪费较大，生产成本居高不下。而彭凡创立的铸造 3D 打印智能工厂是在做加法，他表示，要持续为中国从"铸造大国"迈向"铸造强国"作出不懈努力。

2016 年以来，彭凡带领研发团队开始了探索铸造 3D 打印产业化应用的步伐。他带领团队采用"互联网+研发"模式，主攻铸造 3D 打印产业化应用技术，成功攻克了材料、工艺、软件、设备及集成等技术难题，实现了铸造 3D 打印产业化应用的国内首创，其铸造用 3D 打印设备国际领先、国内一流。彭凡还牵头组织 200 余人的研发团队，先后投入 10 多亿元资金，攻克了铸造 3D 打印产业化应用、虚拟制造、智能生产单元、综合集成等一批关键软硬件技术。2018 年，共享集团拟设计、建设 10 个数字化示范工厂（已建成 3 座），其中宁夏银川建成世界首个万吨级铸造 3D 打印智能工厂，其设备、工艺、软件、硬件等铸造 3D 打印产业化应用综合集成技术世界领跑。

仅仅 5 年，已成燎原之势，彭凡的铸造梦清晰可见。

如今，共享集团已成为智能制造（铸造）系统解决方案供应商，致力于打造数字化智能化示范工厂、示范园区，引领行业转型升级，建设面向铸造行业、区域制造业的工业云平台，提供创客服务、个性化定制、协同制造、协同研发、远程运维、供应链管理等服务，"互联网+双创+绿色智能铸造"的产业生态已经基本形成。彭凡带领公司经受住了外部环境的严峻考验，逆势上扬，创新实力不断增强，使企业发展进入快车道，是新时代企业家精神的生动体现。

新时代重任在肩，新长征永无止境。

2019 年 2 月 21 日，银川市和经开区管委会的领导带队考察天通蓝宝石切磨抛产业链延伸项目、海宁国际装备制造和电子信息产业园一期项目以及江苏塔菲尔新能源科技股份有限公司，并与上海申和热磁材料有限公司签署项目投资协议。

26日下午，银川经开区组织经开区税务局为园区200余家小微企业开展减税降费政策辅导培训，让园区企业及时掌握最新的政策口径和适用标准。

在设备制造行业，依托轴承城和智能终端产业园两个平台的聚集综合功能，闽商科技、万泰照明等企业填补了宁夏智能终端项目的空白。轴承城项目全面启动，引进34家企业，在行业内引起强烈反响。100多家企业的负责人对此进行了深入调研，寻求合作。此外，日本富士印刷有限公司钟表机芯项目的落地填补了银川经开区多年来无外资项目的空白。

释放智慧能量，燃烧创业激情。

2019年，银川经开区选择对内自主创新，进行了多轮建设项目审批制度改革：以建设项目高效顺畅应用为重点，从事项清理和流程再造两方面全面推进改革。尤其值得注意的是，经开区的经营环境改革打破了“等待审批”和“分批托管”的路径依赖，审批部门从被动审批向主动服务转变。为了建立高效便捷的管理服务机制，经开区制定了《缩短企业注册时间实施方案》，深化“一站式”服务模式，打造“零收费经济开发区”，率先实现“多认证一体化”企业注册制度改革，实现“一审一人管理”的注册模式，大大提升了服务质量和服务效率。

在这个开放的时代，勇于创新的地区是希望的热土。

银川经开区坚定不移贯彻新发展理念，紧抓东部产业转移的机遇，建设了智能终端产业园。该园区是现代装备制造领域打造的提高产业集约化水平、推动创新创意发展的综合体。园区一期项目15家企业、40万平方米厂房全部“满员”，协议投资达120亿元。宁夏盈合科技有限公司（深圳善客科技公司）、宁夏隆盛源科技有限公司（深圳美之影科技公司）、宁夏隆盛欣科技有限公司（深圳轲轲西里科技公司）、大华医疗科技有限公司、银川英力特科技有限公司、宁夏天和智能科技有限公司等进场装修的企业纷纷进入试投产阶段。

一个从无到有、从小到大的智能终端产业集群正在银川经开区加速形成。

宁夏盈合科技有限公司智能终端核心部件制造基地项目达产后，将建成年产100万台智能终端产品、500万个核心部件产品的产业基地，包括SMT自动贴片生产线25条、全自动精密模具生产线30条等核心生产模块。同时，企业将以信息系统集成服务、计算机软硬件开发与销售、智慧城市系统、物联网系统、智能电子产品、移动通信系统及产品等为主营业务和“拳头产品”，开辟5G物联网技术应用、电子信息系统应用模块智能制造、新功能新材料的应用普及、产业链上下游协同合作等领域市场。

共享集团正在构筑“互联网+双创+智能铸造”的产业生态，为行业转型提供全面解决方案，未来得由经营企业向运营平台转变，提供制造服务。共享集团投资建设的世界首个万吨级铸造3D打印成形智能工厂——共享装备铸造成形智能工厂建成，将推动铸造3D打印等新技术与产业的融合，实现铸造3D打印等新技术的产业化应用，为铸造行业的绿色智能转型提供示范。

产业创新、科技创新、企业创新，在银川经开区，创新驱动与经济发展同频共振。依托智能终端产业园，围绕智能终端、智能装备、消费电子等产业集群，银川经开区加大引进整机商、配件供应商、一般配套企业、供应链企业等，形成可持续发展的完整的智能终端制造产业链，打造智能制造产业集群发展综合服务平台，做大做强做优智能终端产业。

银川经开区的制造业进入了一个井喷式的增长期。

为加强装备制造业与信息技术产业的融合，充分发挥园区装备制造业的产业优势，银川经开区组建了区域工业互联网平台。目前，包括工业产品、业务云和设备云在内的8个模块的开发已经完成。同时，园区10家企业被自治区工业和信息化厅认定为“智慧工厂”“绿色工厂”和“数字工厂”。瑞博网络有限公司的波浪开采无线监控系统等4个项目被选为2019年“互联网+制造业”第二批试点示范项目。

新时代新征程，梦想已然启航。

银川经开区的船舶将在新的发展理念的指引下，沿着崭新的航道越走越深。新的工业项目一个接一个，经开区的未来充满生机和希望。这些重点项目的推进，已成为经开区多极发展的重要一极。随着技术创新和数字化时代的变革，宁夏的装备制造业迎来了又一个春天。

## 46. 打通企业落地的“最后一公里”

在优化营商环境上，2019 年是银川经开区发展历史上难以忘怀的一年。

银川人普遍把正源街作为城市南北的中轴线，东面是兴庆区的商圈环境，西面是金凤区的创业工业发展环境。正源为轴，亲水为岸，“两宜”城市的战略决策让这座城市越来越具备新的发展格局。在党和政府的政策引领下，十几年来，围绕着城市、乡村、湖泊水系，一座座新建的园区，一幢幢速生的楼宇拔地而起，随之而起的是一座崭新的城市。

人们把日子积攒起来，就是光阴。

银川经开区对企业和工厂进行科学合理的规划，建成了数个工业园区，形成了多个园区组成的产业链。高标准、大格局，良好的城市生态和经济产业发展业态促进了创新工业的发展，从而发展成为一个小省区的大工业。那些新建的园区和楼宇，比湖中的荷叶更加急切地成长，一丛一丛、一簇一簇竞相绽放。清澈的湖泊，绿色的水岸，贺兰山静卧水中，湖畔四周升起了银色的光辉。

企业离不开发展环境，而营商环境则是产业集群发展的重要因素。

2019 年 6 月 18 日，宁夏首个 LED 照明研发生产一期项目——宁夏万泰照明科技股份有限公司在银川经开区正式投产，填补了西北地区研发、生产、销售 LED 灯的空白。7 月 2 日，由湖南核芯新能源科技有限公司投资建设的锂离子电池研发生产项目落户银川经开区，填补了银川市新能源动力电池生产领域的空白。

▲宁夏万泰照明科技股份有限公司落户银川经开区

诸如此类的信息近两年在银川经开区已不胜枚举。

为寻找和创造新经济，银川经开区通过"颁发政策奖""抓项目带动""邀请学习"等措施，培育科技创新型企业。园区内新增 10 家高新技术企业、3 个自治区企业技术中心和 1 个自治区工程研究中心，到目前为止，已有 71 家高科技企业落户银川经开区。

2019 年，银川经开区扎实推进人才招聘工作——组织推荐工业和信息化部人工智能专家等 25 人和第四批"阻塞型人才"候选人；申报自治区人才工程 36 个，自治区科技创新团队 23 个，自治区技能大师工作室 3 个；推荐 78 位同志参加银川市第二批高精尖缺人才选拔。

2019年8月1日，银川市和经开区管委会的领导带领管委会有关部门赴深圳开展招商引资工作，并与深圳市的企业召开恳谈会。这次会谈使银川经开区与深圳多家企业达成涉及招商战略合作、供应链平台、储能电池、无人机、平板电脑、可穿戴设备、电路板、高端医疗器械等方面的合作协议28个，投资过百亿元。

8月6日，由银川经开区直属公司银川育成投资有限公司作为融资主体，银川高新技术产业开发总公司提供担保，向中国农业发展银行银川市西夏支行融资8.5亿元，为经开区工业用地严控增量、盘活存量的工作打好了基础，促进了土地资源的集约利用和经济可持续发展。

优质的营商环境是如何创造的？企业的创新原动力来自何方？我们从以下实例中可以捕捉到一些信息。

2019年7月，银川经开区隆基硅材料有限公司等5家企业喜获自治区专项补助资金1117万元；3家企业的7个项目产品获得2019年首台（套）技术装备奖补资金471万元，占全区奖补资金的50.5%；7家企业获2019年自治区工业企业融资租赁补贴资金559.79万元，占银川市融资租赁补贴资金的62.1%。另外，还有3家企业获得自治区新型工业化发展专项工业企业技术改造贷款贴息资金877万元。经开区前7个月实现工业总产值159亿元，处于历史最高水平；全年共争取各级各类资金5.37亿元，有效缓解了企业资金困难，并在加快新项目投资建设进度，促进现有企业和项目提质增效、转型升级、创新发展方面发挥了重要作用。同时，园区管理中采取的一些创新项目奖补政策极大地鼓舞了企业在提升技术水平和质量效益发展方面的信心和动力。

商业环境是市场主体生存和发展的必要条件，是生产力和竞争力，也是城市转型实现高质量发展的沃土。优化商业环境就是一场开拓新领域的革命。

一直以来，银川经开区组建招商团队赴深圳、广州等地与部分企业达成重要投资意向，为银川与东部地区深入合作开辟了新的途径。特别是在发展智能终端产业方面，依托深圳投资联络平台，加强与当地企业的对接，广泛收集、储备项目信息，创造的“产业投资链”和“园区密集型”发展模式已成为产业集聚和发展的新引擎。

面对东部产业转移，银川经开区审时度势，加强与东南沿海众多相关产业的对接，成功引进闵行科技、丁于科技、王静科技、万泰照明等一批企业，为经开区的发展开辟了新的渠道。高端智能制造项目的引入有效承接了产业转移，企业项目紧随其后。一些落地企业实现了“二次起飞，二次开发”，比如银川闽商智能科技有限公司。

银川经开区还创新招商方式，组织实施对等投资和产业化投资，重点招募世界500强和行业冠军，有效引进了一批技术水平高、产业关联度强、发展空间大的大型项目和优秀企业，使经开区成为投资和发展的热点。

俞光良是银川闽商智能科技有限公司的董事长。当我问他为什么选择到银川来办企业时，他说：“从2019年1月正式进入银川经开区到今年3月第一个产品投产，我们不仅在同行业创下新纪录，还带动了振鼎、核芯等项目的落户。”他还进一步介绍道，公司第一个产品从签订合同、改造厂房到下线只用了不到三个月的时间，充分体现了“经济发展速度”和“经济发展质量”。公司眼中的一系列“硬骨头”，如开业手续、施工许可和用电、用水、用气取暖手续等，经开区都专门为企业设立了一对一服务，点对点连接，直接打通企业落地服务的“最后一公里”。

企业家对经开区的管理水平和服务评价直接证明银川市和银川经开区的投资环境正得到越来越多企业家的高度认可。

2019年，银川经开区当年争取专项补助资金1.4亿元，包括自治区战略性新兴产业专项项目、自治区重大科技基础设施项目、提高自主创新能力建设项目。为加快项目落地，建立“三联动”服务机制，银川经开区管委会经济发展和国土建设部门提前联合介入，参与项目洽谈、签约、落地全过程，逐一研究解决各项目落地建设过程中存在的问题，合同履约率、资金到位率、项目运营率和生产效率均创历史新高。

为了营造良好的经营环境，银川经开区还制定并颁布了《加快建设千亿级升级版经济开发区促进实体经济企业发展试行办法》，促进了企业的绿色发展，降低了企业的运营成本，并从融资渠道、支持企业转型发展、支持企业创新发展、优化企业发展环境等7个方面推出了28项措施，为企业发展和产业升级提供了“真金白银”。

此外，为有效解决小微企业融资难、融资贵、融资慢的问题，银川经开区参与建立了小微企业应收账款保理中心。截至2018年10月，通过发行公司债券、项目贷款、专项贷款、专项债券和非标准化债务融资等多种融资方式，已实现融资41.2亿元，通过宁科贷款和技术担保贷款向50家企业提供融资贷款1.63亿元。

2019年9月，第四届中阿博览会在银川举办。银川经开区共组织10余家企业参展，并参加大会活动6场，签署战略合作协议2份、产能合作项目5个。10日，银川经开区企业在2019年全区“互联网+”创新创意大赛上大放异彩，其中，宁夏方达电子系统工程有限公司获得二等奖，银川华信智信息技术有限公司、备值（宁夏）工业互联网科技有限公司分别获得三等奖，宁夏中科天际防雷股份有限公司获得最佳创新奖。

银川经开区鼓励企业建立科技创新平台。银川隆基硅材料、天通银厦新材料、中科防雷被自治区认定为企业技术中心。银川经开区共有77个面向各类企业的R&D（科学研究与试验发展）创新平台，其中包括15个国家级R&D创新平台和62个自治区级R&D创新平台，还新成立了智能铸造行业创新中心和石墨烯研究所。

2019年，银川经开区实现工业总产值315亿元，全年签约项目68个，协议投资超过500亿元，实施项目48个，其中11个项目超过10亿元，26个项目超过1亿元。这条上升曲线反映了经开区经济运行“稳步前进、稳步提升”的基调，也反映了经开区高质量发展的内涵。

银川经开区从历史中走来，努力建设创新园区，激发科技创新活力，培育创新主体，搭建创新平台，聚集创新人才，经济建设不断从胜利走向新的胜利。

近年来，银川经开区秉持“以企业家为核心，一切服务围绕企业发展”的理念，出台了一系列支持、鼓励和引导企业发展的政策措施，并提供“保姆式”服务，通过不断强化服务意识，提高服务能力，进一步优化企业发展环境。

隆冬时节，银川经开区正式启动综配区项目建设，重点建设国内一流的“产业高度聚集、城市功能完善、生态环境优美”的高端产业综合配套区，打造国家级示范区和样板区。我们看到，一个蓬勃发展、动力强劲的经开区正在向我们致意，宏伟的蓝图离实现越来越近，越来越清晰，越来越高大……

## 47.“一带一路”上的银川

2021年8月，由商务部和自治区共同举办的第五届中阿博览会“一带一路”投资促进大会在银川市正式启幕。本届中阿博览会以“机遇·未来·可持续”为主题，旨在深化经贸合作、共建“一带一路”，加快对外交流步伐，持续推进改革开放。商务部和自治区主要领导出席会议，世界的目光再次聚焦在宁夏这片开放的热土。博览会上，多家国际国内金融企业、投资集团和大中型企业围绕主题进行线上和线下的全方位交流。

中国—阿拉伯国家博览会是经国务院批准，由商务部、中国贸促会、宁夏回族自治区人民政府共同主办的国家级、国际性大型经贸会展活动。本届大会聚焦深化经贸合作，为国内企业“走出去”、各国企业“引进来”搭建国际交流合作平台，推动“一带一路”建设走深走实，创造更多合作机遇，收获更多合作果实。本届大会有13个合作项目现场签约。这是宁夏经济社会发展的一项重要成果，也是银川经开区在金秋时节的重大收获。

银川经开区就像一枚闪光的螺丝，被时代紧紧拧在“一带一路”的节点位置上，也因此发挥着自己的独特作用。

自“一带一路”倡议提出以来，中国为包括阿拉伯国家在内的“一带一路”合作伙伴提供了更多市场机遇、投资机遇、增长机遇。银川经开区更是积极把握大机遇下的小机遇，秉持共商共建共享合作原则，发挥地域优势和民族地区优势，加快推进银川和阿拉伯国家间的国际投资贸易合作，开启共建“一带一路”高质量发展国际合作新征程。

2013年以来，宁夏已成功举办了4届中阿博览会，共有110多个国家和地区的5000多家国内外企业、4万多名国内外嘉宾参会参展，累计签订各类合作项目936个。中国—阿拉伯国家博览会的国际知名度和影响力不断扩大，境外参展商、采购商已从阿联酋、阿曼、埃及、科威特、约旦、黎巴嫩等阿拉伯国家，扩大到其他共建“一带一路”国家乃至全球。中阿博览会已成为中阿共建“一带一路”的重要平台。作为银川经济的“主战场”，银川经开区的20多家企业纷纷亮相展会，一些“三新”企业展示出的明星展品令人惊叹，成为展会上一道亮丽的风景线。

在清洁能源新型材料展区，银川经开区的中环光伏材料、隆基、威力传动、天通银厦等企业纷纷带来了自己的产品。中环半导体将最新的研发成果G12单晶硅棒也带到了中阿博览会展会现场。银川威力传动技术股份有限公司的风力发电机变桨驱动、光热定日镜回转驱动等多个明星产品围成一圈，自成一体。据公司人员介绍，这些产品都是经过精细化设计，在国内市场的占有率近20%，并已经出口到欧洲、南美洲、非洲、东南亚和中亚等地区。沃福百瑞作为银川经开区新食品产业发展的另一张名片，产业战绩响当当，公司展出的枸杞原汁、枸杞籽油、枸杞保健饮料等科技型新兴产品稳居全区枸杞产业链高端位置，加快了宁夏元素和地方特色产品迈向国际市场的步伐。

各家企业都在借助中阿博览会平台，开拓更大的国际市场。参加展会的企业家都有这样的感慨："'一带一路'促进了中国对外交流，中阿博览会让世界成了一个大舞台，而我们就处于时代的最前沿。"

"一带一路"建设离不开互联网和电子信息技术产业，同样离不开发展一流的国际物流产业。近年来，银川市现代物流业通过科学规划、政策支持、项目带动得到较快发展。2021 年，全市从事仓储、运输、流通加工、配送、冷链、物流信息服务等物流业务的企业达 1500 多家。经过多年发展，银川市已逐渐形成以综合保税区为主的外向型物流，以银川国际公铁物流港为主的公铁联运物流，以宁夏四季鲜农产品综合批发市场、润恒农副产品（冷链）物流产业园为代表的农产品物流，以新百物流园区为主的商贸物流，以梦驼铃物流产业平台、新华物流为代表的"互联网 + 物流"新业态的物流业发展新格局。

2021 年，银川物流产业的发展成绩单上，"梦驼铃"的名字赫然在目。这是一家集计算机网络数据处理、软件开发、金属材料、机电设备、工业润滑油、汽车配件、农资销售、道路货物运输、仓储货运于一体的现代化物流企业。

朱吉是宁夏梦驼铃科技有限责任公司的董事长，也是银川国际物流行动行业的领军人物。2015 年，朱吉由上海到银川出差，被银川的区位优势和营商环境深深地吸引，随即决定到银川再创业。

大学毕业后，朱吉在成都从事过销售，在上海做过润滑油生意。他肯吃苦，又于勤动脑，仅 7 年时间就从普通业务员做到了香港某企业西南地区营销大区经理，同时还担任上海某品牌润滑油的销售总经理一职，那时他的年薪就已经达到了 40 万元。虽然在不同的行业都干得很出色，赢得了业内认可，但他认为，未来的物流行业在中国必然有一个大市场，发展物流产业有着广阔的前景。

朱吉只身一人在银川踏上了创业之路，一个现代化物流强国的梦想在他内心深处扎下了根。深耕物流，忙在银川，他在城市和郊区间不停地奔波。刚开始只有他一个人，几平方米的办公场所，他既是老板，又是员工，脏活累活没少干。后来发展到几个人、十几平方米，再到几十个人、几百平方米，每天忙得饭吃不到点上，觉也睡不踏实，自从来到宁夏，累计下来回老家的时间还不足 1 个月。朱吉常常自责，他觉得自己亏欠家人太多。

银川，已成为朱吉的第二故乡。6 年来，在他的不懈努力下，公司在银川经开区 iBi 育成中心三期扎下了根，如今有几千平方米的办公场所和几百名员工的创业团队，可谓精兵强将人才济济。

2015 年 8 月，朱吉创立了宁夏金丝路大数据科技有限责任公司，通过大数据分析运输、仓储、搬运装卸、包装及流通加工等物流环节中涉及的数据、信息，建立起一个准确了解市场需求的大数据信息库。同年 12 月，宁夏九鼎

▲“梦驼铃”公司物流全场景大数据平台

物流科技有限责任公司成立，致力于将全部物流场景打包整合，通过推动上下游合作伙伴及友商创新合作，从而为货主提供一站式生态物流体系的智慧型物流服务，为西北大宗货主企业降本增效。2017 年 6 月，宁夏梦驼铃科技有限责任公司成立，致力于研发物流全场景大数据平台。

2018 年 9 月，朱吉策划成立了宁夏卡车服务科技有限责任公司，并启动旗下“G7 卡车宝贝”上市计划，助力宁夏物流行业的升级发展。朱吉带领研发团队自主研发了“大数据中台”“梦驼铃”“卡车宝贝”三个核心平台和物流发展研究院，形成了“三大核心平台 + 研究院”的产学研用一体化物流综合服务实体。平台拥有各类专利 35 项、软件著作权 29 项，开发软件 30 多个，立足产业数字化转型，打造产业集聚、创新平台、团队建设等优势，形成以银川为核心、方圆 500 公里为半径的业务生态圈，做好货主与司机的深度服务，逐渐培育壮大了新的利润增长点，很快就确立了行业竞争优势。

朱吉运用互联网大数据及自动化信息服务，以开放式合作的思维和一体化服务流程，整合全物流场景，全力打造人、货、场生态闭环的一站式生态物流科技平台。卡车宝贝已建成宁夏最大司机电商平台“卡车宝贝商城”，商城累计交易额超过 12 亿元，签约合作服务网点 38 家，签约合作油气站 103 家，累计增加收入 2900 多万元；累计新增就业岗位 545 个，累计带动就业 10 余万人次，为稳定就业、保障民生、助推社会经济发展注入了力量。2020 年，平台营业额已累计 40 亿元，累计缴税 1.4 亿元。

开拓西北市场，履行社会责任，朱吉全力以赴，为他的物流强国梦想而奋斗。挑战中求生存，挑战中求机遇，创新中求发展，他深谙此理。在充分彰显民营企业的实力后，在“梦驼铃”平台广获市场认可的同时，全行业也给予“梦驼铃”充分肯定。“梦驼铃”平台旗下的九鼎物流公司被中国物流与采购联合会评定为 4A 级物流企业；司机平台“G7 卡车宝贝”被中物联授予“卡车后市场服务之星”荣誉称号；宁夏梦驼铃科技有限责任公司被中物联设为常任理事单位。朱吉本人荣获首届“新华丝路”宁夏明星企业家、宁夏优秀企业家、“辉煌60年影响宁夏经济100品牌”杰出贡献奖等荣誉，并被中物联选举为第六届理事会常务理事。

2020年11月，银川经开区积极组织方达电子科技、华信智、梦驼铃、隆基乐叶等10家园区企业参加2020银川国际智慧城市博览会。宁夏新华物流集团的“互联网+西部快线”平台项目和天津港集团、伊品集团、中银铝业等多个生产制造企业组成的“共享班列”开通，实现了到欧洲、美洲等地门到门、一票制、一箱到底的物流新模式。“一带一路”中沙国际产能合作再上新台阶，深工新材沙特产能合作项目正式启动。

银川作为“一带一路”重要节点城市，全面贯彻落实自治区重点产业布局，用好用足国家政策资金，以全新的姿态和充足的干劲谋划产业高质量发展。银川经开区充分把握发展新机遇，为产业发展插上“信息翅膀”，注入“智能因子”，并逐步形成以国内大循环为主体、国内国际双循环相互促进的新发展格局，为建设黄河流域生态保护和高质量发展先行区提供有力支撑。

银川虽然地处内陆，却有一块“银川无水港”的金字招牌，那就是银川公铁物流园。物流园通过加强与兰铁集团、中铁集团、天津港、新华物流等企业的合作，推行“一站式、一票制、一箱到底”的多式联运模式，开通了银川至天津港、成都等地的“互联网+西部快线”专列，累计开行200余列。以海尔日日顺、新加坡丰树、国药物流等为主的仓储配送企业现有仓储面积约18万平方米。美团优选、京东、德邦等平台电商和垂直电商落户园区，逐步形成城市生活用品集散中心。

这就是“一带一路”上的银川。推动“一带一路”建设高质量发展，不只是朱吉和他的“梦驼铃”平台，还有更多“三新”产业，以及企业家和创业者。他们抢抓国家“一带一路”和开放宁夏建设等重大历史机遇，积极主动参与“一带一路”建设，着力拓宽陆路、空中、铁路、网络对外通道，大开大合推进更高层次开放型经济发展，让中国企业、中国制造“在银川聚合，去中东中亚”占领一席之地。银川市开通运行银川至中亚、西亚国际货运班列和中欧班列，让更多企业积极参与“中新互联互通项目”，与其他省区共商共建共享“陆海新通道”，在国际舞台上大展宏图，彰显中国力量和中国的大国担当。

决策英明、行稳致远的“一带一路”建设，为推进宁夏黄河流域生态保护和高质量发展先行区建设注入了新动力。放眼世界，“一带一路”惠及全球，已有172个国家和国际组织加入，为推动构建人类命运共同体不断作出贡献。

丝路古驿，黄河明珠。

宁夏银川，“一带一路”倡议的卓越实践正在勾勒出塞上江南的雄浑轮廓和健硕身躯。

一座现代化新兴城市，紧随时代强音，吹响冲锋的号角，踏上新的征程。我们把一条古丝绸之路走出了新意，一个伟大的梦想正乘着银雁起飞。

“一带一路”上的银川，希望和梦想正在启航。

## 48. 中沙合作——吉赞经济城

中东地区是石油资源最为丰富的地区之一，也是世界大国的角逐场。沙特是阿拉伯世界经济发展较快的国家，与我国建立了长期友好的外交关系。每个到过沙特的人都会有这样的感觉，那里四季炎热，在太阳的直接暴晒下，地表温度很高。吉赞就是如此。我国南方人习惯了沿海城市的海滨气候，但却受不了那里的沙漠风暴和长年的干旱。北方人对沙漠司空见惯，却无法忍受那里炎热的气候环境。

吉赞地处沙特阿拉伯王国吉赞省西南部的红海沿岸，是一座海港城市。“一带一路”倡议掀起了中沙合作的浪潮，把原本受不了中东气候的中国南方人和北方人一批又一批吸引到这里，留下了无数奋斗者的足迹。

吉赞经济城就坐落在这块海港之地。

这里海天一色，无比湛蓝。这里有世界著名的阿拉伯大沙漠，因富含氧化铁而多呈红色。很多人一直不明白，红海明明是蓝色的，为什么要叫红海。沙漠的色彩，这大概就是红海名称的由来。

吉赞经济城，是沙特十大经济城建设项目之一。沙特阿美石油公司受沙特政府委托，于2013年3月开始全面负责经济城的投资建设。而恰好在这一年，中国国家主席习近平提出建设“新丝绸之路经济带”和“21世纪海上丝绸之路”的合作倡议。历史的交汇绝非偶然，沙特的投资环境和吉赞经济城特殊的地理位置很快就进入了中国企业家的视野。

2015年11月5日，吉赞经济城正式奠基建设，是沙特的第四个经济城，属于沙特计划在各地建立6个经济城的总规划范畴。中国沙特（吉赞）产业园位于吉赞经济城内，由银川育成投资有限公司、广州开发区工业发展集团总公司、沙特阿美石油公司沙特朱拜勒和延布皇家委员会合作开发建设。园区自起步开始，国家发改委就将其列为2016年重点推动建设的20个国际产能合作示范园区，商务部也将其列入2016—2017年重点扶持的16个境外经贸合作区。中沙合资公司成立后，共同致力于推进吉赞经济城中国企业特别发展区建设。按照中方计划，中国企业特别发展区包括30平方公里的工业区和2平方公里的生活区。其中，工业区是无固定边界的概念区，按照吉赞经济城目前的总体规划，根据引进项目确定中资企业的选址，在30平方公里用地范围内享受中国企业特别发展区的相关优惠政策。生活区由中方统一规划建设，为中资企业提供生活配套服务。

中国沙特（吉赞）产业园总规划面积32平方公里，重点发展钢铁、石油化工、硅产业、船舶服务业等产业。园区设施主要由沙特阿美公司主导开发，园区服务由中沙双方成立的合资公司负责，通过对外招商和服务，对准备入驻的企业有偿提供包括材料整理、获取项目批复、建筑许可、商业注册、商业和工业许可以及环保法规合规等方面的协助和服务。入驻园区的企业可在项目投资、财政扶持、税收和人力资源等多方面享受优惠政策。

近年来，中沙关系发展进入快车道，两国关系正处于历史最好时期。两国高层互访频繁，习近平主席和萨勒曼国王实现互访，两国全面战略伙伴关系正不断充实深化。中沙高级别联合委员会机制日臻完善，成为引领协调中沙各领域发展的重要平台。

2017 年 9 月，在宁夏举办第三届中阿博览会期间，由沙特投资总局副局长伊马德·阿卜杜卡德尔（副部长级）带队的沙特政府及企业代表团，在大会相关论坛上阐述了沙方推动“沙特 2030 愿景”与“一带一路”衔接的思路。沙特阿美石油公司代表介绍了沙特和吉赞经济城的投资环境，引起了与会各界嘉宾的关注。这届博览会上，宁夏的经济发展成就也引起了沙特方的浓厚兴趣。

10 月 20 日，沙特阿美石油公司高级副总裁艾哈迈德·萨迪先生（现为阿美石油 CEO）首访中国，首站目的地即选择了银川，沙方考察了银川市高端制造业、新材料产业、煤化工产业发展情况及智慧城市建设项目等，就相关领域合作的可能性进行了初步探讨。

2018 年 9 月 10 日至 11 日，沙特延布和吉赞皇家委员会首席执行官纳斯夫博士一行访问银川，银川市党政领导亲切会见了纳斯夫一行。银川市委、市政府对中沙产能合作高度重视，成立了中沙产能合作推进领导小组，加快中沙产能合作项目和各项工作的推进，实现双方共赢发展。访问期间，纳斯夫博士一行还考察了自治区、银川市及开发区的几家重点企业以及银川市行政审批制度改革等亮点工程，其中包括银川隆基硅材料有限公司 3 吉瓦切片项目、宁夏汉尧石墨烯储能材料项目、舍弗勒（宁夏）有限公司高端铁路轴承项目。在宁东能源化工基地，考察了神华宁煤 400 万吨煤制油项目、宝丰能源集团能源化工循环经济工业基地项目。所到之处，无论是工业项目展示的亮点，还是改革发展的成果，以及银川市优美的城市环境，都给沙特客人留下了深刻而美好的印象。

隆基绿能科技是最早进驻中国沙特（吉赞）产业园的中国企业之一。该企业是目前全球规模最大的单晶硅片和组件制造企业，拟投资沙特的光伏产业链项目总投资 9.8 亿美元，项目建设内容是 5 吉瓦电池 + 组件，建成后将创造 2865 个就业岗位。该项目将有力把握“光伏 + 储能”成为未来全球新能源发展趋势的机会，充分发挥企业技术及财务成本优势，以及沙特得天独厚的海水、落差、沙漠、光照、政策等优势，以“沙漠变绿洲”为目标，打造从“太阳能到太阳能”全球具有竞争力的样板企业。另外，还有一批赴沙特投资的项目，包括宁夏青龙管业股份有限公司高品质输水管道及智能节水灌溉产品项目等十几个高科技产能合作项目，先后走出国门，进驻中国沙特（吉赞）产业园，成为中沙交流合作的生力军。

2018 年中沙双边贸易额达 633.3 亿美元，沙特曾连续 15 年成为中国最大的原油供应国，连续 18 年成为中国在西亚非洲地区的最大贸易伙伴国。2018 年中资企业对沙特全行业直接投资额达 3.83 亿美元，双方共同确定的重点合作项目陆续启动，稳步推进。2019 年 2 月，沙特王储穆罕默德成功访华并主持召开第三届中沙高级别委员会。4 月，沙特派高级别代表参加第二届“一带一路”国际合作高峰论坛，双边关系呈现强劲的发展势头。

按照规划，吉赞经济城重点划分为四个产业区域，从南到北依次是：重工业区、轻工业区、缓冲区、生活区。重工业方面，重点开发能源站、海水净化站、燃油储藏厂、发电站等。轻工业方面，重点发展原材料、工业流、服务、垃圾处理、工业部件、生物技术、农业技术等。鉴于硅在吉赞地区较多，每年约有 120 万吨的市场需求以及每年 5% 的增长率，今后将是吉赞经济城最具特色的工业活动。医疗用品方面，通过食疗保健品和健康食品的发展，使医疗用品制造业有所改善，同时通过实施新技术，打造这一地区及周边地区的繁荣市场。

园区先后建成阿美石油公司的炼油厂项目、发电厂、港口和年产 200 万吨的炼钢厂。2018—2020 年，重点引进钢铁产业、石油化工、 硅产业、船舶服务业；2020—2025 年，重点引进食品产业、包装业、家电装配、机电设备装配、建筑材料。

中沙两国经济互补性强，合作潜力巨大，发展前景广阔，两国在“一带一路”倡议与“沙特 2030 愿景”战略上加强对接，在经贸、产能、金融、基础设施建设等领域的合作不断向纵深发展，务实合作水平不断提高。中国企业在吉赞经济城已然木秀成林，其中不乏宁夏企业的身影。

“挺进中东，挥汗红海，激扬青春，沙场筑梦。”中国的企业家们正在茫茫的阿拉伯大沙漠挥汗如雨，钢筋混凝土深深扎根在红海沿岸，一座座银灰色的楼宇和产业园区在海天一色的吉赞海港显得那么光彩夺目，其中就有一道出自宁夏的银色光辉，在“一带一路”中沙交流合作的道路上闪烁着耀眼的光芒！

YINSE
GUANGHUI

# 第十五章
# 提升，逐梦新时代

## 49. 奋进新时代，“经开”向未来

21 世纪开启了一个新的时代。

春风吹遍神州大地，中国这个拥有五千多年光辉历史的古老国度散发出新的气息，逐步在航天、高铁、信息通信、生物科学、太阳能利用、智能机器人等许多高科技领域领先于世界水平。

塞上江南，黄河之滨。白杨树高大挺拔，以昂扬的姿态捎来夏日清凉的风铃声、秋天落叶的吟唱，还有冬季北风的哨音。沙漠中的柠条树开的花也是一样，金灿灿地盛开着。还有向日葵绽放的笑容，带给人整个秋天的舒心

和释然。宁静的河水，肥硕的土地，空旷的原野，在故土之上，独自仰望。不只是雄鹰展翅，还有银雁高飞，在天空中画出优美的弧线，发出悦耳的鸣叫。眼际中绿意萌动的激情，在晨曦中闪烁光芒，一切都在昭示，这是一片生机盎然、商机无限的土地。

我们错过了第一次、第二次工业革命，在世界工业1.0、2.0时代处于落后地位。但在广泛应用电子和信息技术的工业3.0时代，我们一路追赶，缩小差距，工业取得了突飞猛进的发展。进入工业4.0时代，人工智能、大数据、云计算等“互联网+产业”的发展，让我国的产业进程速度加快，而工业机器人的运用与维护、相关人才培养问题也迫在眉睫。我们要搭上时代发展的快车，面向高端智能制造业，培养工业机器人的操作、编程、维护和运用机器人的技术管理和维护型人才。只有迎合时代发展大趋势，才能成为中国工业变革之路上的弄潮儿。

电子信息产业是一项新兴的高科技产业，被称为朝阳产业，其市场前景十分广阔。近两年，全球传统消费电子市场疲软不振，产业发展经贸不确定性不断提升，我国电子信息制造业可谓迎难而上。展望未来，在中美经贸摩擦不断加剧态势下，电子信息制造业面临“外患内忧”的瓶颈，增长力度将有所减缓，并亟待聚力创新，打造差异化竞争体系，走向高质量发展道路。但也应当看到我们的优势，智能手机、计算机和彩电等传统行业继续保持规模优势，主要行业和产品的高端化、智能化发展成果显著，智能家居产品、虚拟现实设备等新兴产品种类不断丰富。在虚拟现实、无人驾驶、人工智能、无人机、智慧健康养老等新兴领域，国内涌现出一大批创新型企业，技术和应用在全球处于领先地位。随着全球智能手机市场由增量转为存量，各大品牌纷纷瞄准高端市场，一批高性能、高价位的产品将被集中推出。2020年，屏幕、拍照、快充、识别等功能技术的成熟，有望拉动智能手机的新一波消费。尤其是随着5G商用的不断推进，5G手机的研发推广和普及将成为推动智能手机消费的另一个增长点。

让我们把放远的目光收回到脚下的这片土地，让思绪回到宁夏，回到银川经开区。

近年来，银川经开区为进一步优化营商环境，实现资源循环利用，帮助企业降低电力、土地、人力等生产要素成本，进一步优化服务环境、提升服务效能，切实做到“不叫不到，随叫随到，服务周到，说到做到”，让园区高质量发展再上新台阶。

银川经开区加快推进先进制造业转型升级，实施技术改造、智能改造、绿色改造，通过设备换芯、生产换线、机器换人，打造一批智能工厂、绿色企业，实现从低效供给向高效供给转变、从要素驱动向创新驱动转变，进一步提升园区创新发展指数；全力推进三大主导产业全产业链集群发展，不断创新思维、拓宽视野，以大气魄引进一批全产业链的项目和企业，加速产业裂变扩张、提档升级，形成集聚经济和产业增长中心，进而形成银川乃至宁夏新的经济增长极。

银川经开区推动经济高质量发展，重大项目是“压舱石”，产业项目是稳增长、稳投资的“助推器”。为力促项目快推进、早达产、早见效，银川经开区上下已经吹响“冲锋号”，按下“加速键”，打出“组合拳”，几十个项目全面启动，与企业携手促进园区换挡加速，攻坚建设高质量“千亿园区”。

逐梦新时代，长城在我们脚下延伸，黄河在我们胸中沸腾，生生不息，代代相传，以爱国主义为核心的民族精神和以改革创新为核心的时代精神在我们的血脉中流淌。

意气风发，踏上未来征途，我们必将高举旗帜，开创未来……

## 50. 众志成城，聚力战疫

2020 年 1 月，正值岁末年初。

新春佳节即将到来，原本这是个全国人民亲人团聚、普天同庆的节日，一场突如其来的新冠疫情在全国范围蔓延。病毒肆虐，疫情严峻，武汉告急、湖北告急。

1 月 23 日，拥有 1000 多万人口的武汉开始“封城”。一场抗击新冠疫情的人民战争、总体战、阻击战全面打响。

疫情就是命令，防控就是责任和使命。

中共中央、国务院和地方各级政府、各部门指挥有序，沉着应战。习近平总书记多次发表重要讲话，对加强疫情防控进行全面部署。

春节刚过，银川也因疫情防控要求被“封冻”起来。

疫情突如其来，给银川经开区的发展带来了一定冲击，也打乱了园区大部分企业正常运转的生产生活状态。1 月 28 日，银川经开区制订《银川经济技术开发区关于加强新型冠状病毒感染的肺炎疫情防控工作的通知》方案，成立 5 个工作小组，重点就企业、工地等人员密集及外来人员较多的区域作了严密的防控安排，保障疫情防控工作迅速落实落细；继而又出台了一系列政策，号召园区企业积极抗疫，勠力同心度过寒冬。

银川经开区疫情防控工作小组要求园区各企业要主动作为，把疫情防控作为当前首要政治任务和头等大事，争取全力打赢疫情防控阻击战。抗击疫情，防控是重要举措。经开区园区内，各个企业开足马力、争分夺秒，积极制定防控方案，储备防控物资，成立疫情防控小组，登记个人信息……多方面、多角度地确保疫情防控工作落到实处。

“您是从哪里返银的？您是乘火车还是飞机？”

“您的航班号（火车列次）是多少？您现在身体怎么样？有没有感觉

不适？……”

“非常时期，请您配合我们的工作！”

“请您扫一扫码，填报一下近期行程和个人信息。”

为做好新冠肺炎疫情防控工作，银川经开区园区企业职工返银后，都需要在企业工作人员的指导下，认真填写信息登记排查表，以确认返银职工的身体健康状况。同时，经开区园区企业疫情防控工作小组明确责任分工，做好疫情防控工作，在职工信息摸底排查中坚持“过筛”把关，加强复工职工管控，被确定为密接、次密接的员工和处于隔离观察期的职工暂不复工，杜绝一切感染因素，争取做到让园区内“疫”尘不染。

疫情防控期间，银川经开区育成中心内，各大信息科技服务企业发挥自己所长，参与到抗击疫情的战斗中。各企业除了遵守抗疫规定，积极参与卡口执勤、内部人员管控、环境消毒等事务，还发挥自身优长，协助一线人员利用科技手段开展防疫工作。育成中心是我市信息技术企业最为集中的地方，它们通过加快数字化生活服务的发展和数字化管理体系的建设，为疫情防控创造更有利的技术基础和社会环境。尤其是在疫情防控中，移动互联网、大数据、云计算、人工智能等在疫情研判、诊疗救治、便民服务、舆情监督等方面的广泛应用，在抗击疫情时彰显出巨大威力。

1月31日，银川经开区企业蒙牛乳业的集团总公司在为疫区捐赠8000万元款物的基础上，又追加捐赠价值6.6亿元的产品。紧接着，经开区企业汇川复工转产，宁夏首批民用隔离衣在经开区下线。2月27日，经开区领导班子组成6个小组，分别赴园区55家疫情防控单位，筹措121992元，慰问893名疫情防控一线人员，为园区防控物资紧缺的37家复产企业发放口罩26000只。3月，经开区296名党员踊跃为新冠肺炎疫情防控捐款，累计金额58753元。经开区企业山崎马扎克（中国）有限公司和宁夏小巨人机床有限公司，通过宁夏红十字会捐款100万元，用于湖北地区的疫情防控工作。

与此同时，银川经开区企业复工复产工作紧张有序地全面展开。

1月29日，经开区企业启元药业开始正式生产，主要复工金莲清热颗粒的生产线。至2月17日，经开区93家规模以上工业企业复工复产80家，企业复工率达86%。经开区还组织专车赴中卫、固原等地接回242名员工复工复产。2月28日，园区419家企业逐步复工复产，在岗员工30829人。3月17日，银川经开区汇川服装、美多橡塑、启元国药、华源药业、金太阳药业、蒙牛乳业、方达电子7家企业入选国家"第一批新冠肺炎疫情防控重点保障企业名单"。3月18日，银川市2020年重大项目集中开工仪式在经开区智能终端产业园二期项目建设工地举行，银川经开区首批33个重点项目全面开工。

一方有难，八方支援。

疫情防控期间，银川经开区全面动员，积极行动，多渠道为园区企业单位解决流动资金和筹措战疫物资，全方位组织力量帮助企业单位抓好疫情防控和企业复工复产工作。园区广大干部职工奋战在防控一线，涌现出一批抗疫先进个人和全国的抗疫英雄。

马杰是银川经开区一名退休老党员，也是经开区退休干部职工党支部的支部书记。疫情发生后，他积极参与社区和单位的疫情防控工作，以实际行动支持并参与抗疫战斗。马杰早年毕业于武汉大学，对自己的第二故乡深有感情。他通过慈善总会、党员捐款等渠道捐款3500元，还组织29名退休党员踊跃捐款4900元。马杰说："作为一名党员，又是老经开区人，我们更要主动担当，为疫情防控和园区发展作贡献。"

宁夏汇川服装有限公司是银川经开区的一家服装企业，"汇川"则是宁夏有名的服装品牌。在疫情凶猛的紧急关头，汇川公司决定加快企业转型，调整生产和产品结构，开足马力"转战"民用防护服的生产。汇川公司董事长王建中说："公司转产制作防护服，对于我们这样规模的服装厂来说，技术操作并不难，关键是加工原材料和设备仪器要怎么解决。"尽管困难重重，但公司决定立即付诸实施。疫情面前，作为一个老牌知名本土服装品牌，汇川要和时间角逐，不为经济指标，而是守土有责。这是汇川公司的企业责任和使命担当。

▲为支持抗疫工作，宁夏汇川服装有限公司主动“转战”民用防护服的生产

面对生产资质不全、上游防疫物资供应商关停、原辅材料市场告急、专用设备采购渠道不畅、货运严重受阻、复工转产亟待培训等困难，王建中全流程跟踪落实每一个环节，从隔离衣样衣和防护型口罩研发试制到审批备案、包缝机、平缝机、压胶机、SMS 面料、胶条、熔喷布等，从采购到运输必须按时到位。疫情防控期间，运输费上涨了 3 倍，设备价高出 5 倍，熔喷布更是突破 30 倍的涨幅，困难和压力在增大，但王建中态度很坚决。他每天奔走在生产一线，一干就是十六七个小时。在他的影响下，全体员工有序复工，积极投身疫情物资的生产当中，远在甘肃、海原等地的百余名员工也冲破阻力，艰难辗转踏上复工之路。

仅仅两个月，汇川生产的第一批防疫物资经相关部门检测合格。王建中第一时间组织人员向宁夏回族自治区红十字会、银川市红十字会、全区高速公路哨卡、宁夏市场监管部门、公检法司、各个社区疫情防控一线工作人员捐赠防护隔离衣，总价值超过 56 万元。汇川服装为经开区捐赠 200 件隔离衣，为各行业疫情防控提供了有力支持，为助力打赢疫情防控攻坚战作出了积极贡献。

王建中多次表达了汇川公司在国家危难时刻，不能计较生产成本，有义务承担社会责任，打造良心产品，坚决抵制暴利的初衷。他说：“我只想做点力所能及的事，就这么简单。”汇川公司的员工们也纷纷表示，在疫情面前，我们理应彰显企业担当，与园区干部群众团结一心、并肩战斗，坚决打赢疫情防控阻击战。

宁夏中泓产业集团有限公司是一家集钢化玻璃膜、精品音响、智能按摩仪、太阳能户外移动电源等及周边配套产品的研发、生产、销售于一体的新型电子企业。公司现已在巴基斯坦、俄罗斯、哈萨克斯坦、印度、阿富汗、阿联酋等国家设立销售与售后网点，得以稳定现有客户及开发更多有实力的优质客户。新冠疫情牵动着每一个人的心，口罩、防护服等防疫物资一时间成了非常短缺的医疗物资。在这紧急时刻，中泓集团给园区一线防疫人员捐赠了 1 万只口罩。集团总经理吴迪说：“特殊时期，我们将以承担社会职责为已任，以捐赠物资的方式加入到这场战役中，携手园区一线工作者，共同打赢这场疫情阻击战，希望这些口罩能为园区疫情防控工作尽一份力。”

大疫显大爱，天寒人心暖。

疫情当前，在银川经开区内类似汇川服装和中鸿产业集团的企业还有很多，生产消毒水，生产药物，急疫情所急，全力以赴确保防护物资生产进度，支持疫情抗击一线，勇担社会责任，力所能及地贡献力量。

田兴梅是舍弗勒（宁夏）有限公司的安全经理。在抗疫过程中，她深知自己责任重大，每天坚守岗位，没有给自己放过一天假，没有主动申请过一天休息。做好疫情防控知识宣传、安排人员信息排查，做好日常防控，联系解决购买口罩等防疫物资难题，公司还要事无巨细地推行和监督各项战疫措施的落实，关注实施效果并调整。当有人问她工作为什么这么拼时，她说："我们就是干这行的，这个时候要让员工安心复产，有安全感，我们不站出来还等什么时候？"田兴梅的同事对她的这句话记忆犹新。在同事们看来，"担当"这个词离自己很远，但有担当的人其实就在自己身边，有时候别无选择地迎难而上就是一种担当，面对困难不退却不屈服，直面困境解决问题也是一种担当。

马俊是银川经开区德勤物业服务有限公司的经理。疫情发生后，56岁的他主动放弃春节休假，第一时间回到工作岗位，连续两个月夜以继日地奋战在疫情防控第一线。因银川经开区金凤工业园外来务工人员较多、来源地复杂，马俊亲自挂帅，成立了领导小组，带领公司员工对公寓内所有人员进行全面摸排登记，确保不漏一人，全面精确掌握公寓所有外来人员，严格管控重点人员，切实做到严防严控。企业复工复产后，他又制订了外省复工人员管控、员工上下班体温登记、公寓定时消毒、每日疫情报备等制度，扎实做好公寓各项防疫防控工作。那段时间，马俊多方协调筹集口罩、消毒液、体温计、防护服等防疫物资，第一时间下发给物业工作人员，强化防疫防控保障工作。

面对记者的采访，马俊说："我都已经习惯这样的生活了，手机24小时开机，每天比鸡起得早，比狗睡得晚，无论走到哪里都随身携带体温计、公寓人员信息表、最新疫情地区分类文件以及疫情防控宣传手册，就是为了做好园区公寓的疫情防控工作。"顾不上家里的妻子和孩子，马俊义无反顾地加入抗疫一线，两个月掉了20斤肉，人瘦了一大圈。

抗疫期间，宁夏梦驼铃科技有限责任公司董事长朱吉把保障疫情防控物资的物流周转作为重中之重，充分发挥梦驼铃产业物流平台的自动化信息服务和全过程智能化服务功能，最大限度增强运力协调能力和物流保障能力，确保了疫情防控物资的畅通运输。朱吉说：“医用口罩、防护服、手持测温仪等防护物资紧缺、运输困难，作为物流企业，我们第一时间通知就近职工上班，安排运输防疫物资。同时，为助力银川市打赢疫情防控阻击战，疫情初期，公司捐款25万元，帮助银川市及时做好疫情防控工作。”作为企业楷模、宁夏物流产业发展的新秀，朱吉带领团队攻坚克难、执着坚守，为宁夏打赢疫情防控阻击战和经济发展攻坚战贡献力量。

梁桂兰是一位60岁的保洁阿姨，每天为银川经开区金凤工业园进行全面保洁、消毒。每天清晨她总是最早到岗，穿上防护服，戴上口罩，拿上喷雾壶及拖把，背上消毒液，开始一天的战疫工作。“活了大半辈子，一直都是国家在帮扶我们，这次国家有难，我必须站出来，为全国抗疫贡献一点力量。”梁桂兰说。她默默坚守在岗位上，拿着酒精和毛巾擦拭楼道的每一个扶手和电梯的每一个按钮，为园区筑起了抗击疫情的安全“防疫墙”。消毒工作要求细致，还有被感染的风险，有人问她害怕不害怕，她笑着说：“说不怕都是假的，每天近距离接触那么多人，病毒有可能就在身边。但我是保洁啊，这是我的职责所在，这点觉悟咱还是有的。”这就是一名普通防疫人员的责任和担当。

田兴梅、马俊、朱吉、梁桂兰都是银川经开区评选出来的“我身边的‘战疫’模范”。其实还有很多在我们身边的战疫英雄模范，他们来自不同的企业、不同的岗位，但都有着同样的目标。疫情面前，他们勇敢而无畏，在平凡的岗位上非凡地努力着，心甘情愿地奉献着，他们是普通而平凡的战士。

2020年3月16日下午，宁夏最后两名新冠肺炎确诊患者达到出院标准，从自治区第四人民医院解除隔离出院。至此，宁夏确诊病例清零。抗疫数月，经开区经得起考验，宁夏经得起考验，全国抗击新冠疫情的战役在宁夏夺取了胜利。

2020 年 1—4 月，银川经开区实现工业总产值 99 亿元，完成固定资产投资 20.8 亿元，招商引资到位资金 10.2 亿元。疫情防控“零感染”，复工复产走在全国前列，经开区创造了 30 天园区规模以上企业 100% 复工、95% 复产的“经开速度”。

## 51. 加速大健康产业集群发展

作为银川经济发展的领头羊，经开区从未放慢创新发展的脚步。

2020 年，银川经开区面对疫情的严峻考验，逆行而上，直面危机，积极围绕战略新材料、现代装备制造、大健康三大主导产业和轴承小镇、智能终端两个专业化平台，全力组织开展产业链招商，对标国际国内产业发展方向，深入研究产业地图和关键产业政策，紧盯沿海产业转移、国内外知名企业和对地方产业拉动大、产品科技含量高的项目，锁定目标企业，开展精准招商，力促战略新材料、现代装备制造、大健康产业链关联项目落地投产。

银川经开区借助“首都带首府”战略，依托北京—银川“一带一路”科技创新创业产业园等平台，全力推进以“医、食、服”为支撑的“121”大健康产业集群建设，重点打造年产值 100 亿元级的健康食品产业集群、年产值 20 亿元级的健康医药产业集群和年产值 10 亿元级的健康产业集群。

2020 年新冠疫情发生以来，银川经开区一直坚持“一手抓疫情防控、一手抓招商引资”，确保招引力度不减、项目服务不停，将“云招商”模式常态化，“线连线”“屏对屏”，让项目进度加快。其中，大健康产业的发展尤为突出。

上文提到，在疫情防控期间，银川经开区企业蒙牛乳业的集团总公司在为疫区捐赠 8000 万元款物的基础上，又追加捐赠了价值 6.6 亿元的产品。蒙牛集团是全国家喻户晓的品牌乳品企业，但这 6.6 亿元可不是小数目，面对疫情能有如此慷慨解囊回报社会的义举，这样的企业令人肃然起敬。

然而，蒙牛乳业究竟是一家怎样的企业？

蒙牛特仑苏（银川）乳业有限公司 2011 年在银川经开区成立，是经开区引进的全国著名品牌。蒙牛乳业进驻经开区后，直接成为全区乳制品行业的龙头企业。蒙牛集团作为最早进入宁夏发展奶源的高端品牌企业，通过技术研发、创新引领以及资源整合，既解决了宁夏地区的就业问题，还拉动了经济发展，成功地填补了宁夏高端奶制品先进技术与质量管理的空白，提升了银川地区奶业的品质。

打造"高端奶之乡"是宁夏奶产业的发展目标之一。而专门生产高端奶的蒙牛特仑苏（银川）乳业有限公司聚焦高端、高品质的战略也经受住了考验，其高端常温奶、高端鲜奶、高端奶粉等品类均实现超预期增长。作为经开区大健康产业的重要一极，蒙牛特仑苏一直在健康成长，不断强势发展。

经过十年的发展，蒙牛特仑苏（银川）乳业有限公司生产着冰淇淋、高端牛奶系列、酸奶等以三大产品线为矩阵的 36 项产品。2020 年，宁夏蒙牛乳制品有限责任公司拥有 4 条生产线，涉及 12 个产品品项，低温主打产品为老酸奶、圆周杯杯酸、爱克林、瓶酸。同时，企业还包括 3 个工厂，其中常温工厂是高端液态奶的生产基地，主要产品有特仑苏、未来星儿童牛奶、利乐包纯牛奶、纯甄酸牛奶等产品，拥有 11 条全球最尖端的生产线，设计产能 1000 吨 / 日。冰淇淋工厂是冰淇淋系列产品的生产基地，主要产品有蒂兰圣雪、绿色心情、冰 + 芒果、纯粹等，共计 6 条生产线，产能 115 吨 / 日。低温工厂是生产低温酸奶和长效酸奶的生产基地，主要产品有杯酸类、瓶酸类、桶酸类、老酸奶及纯甄等产品。

▲智能化的蒙牛乳业生产线

蒙牛乳业银川工厂针对不同的产品拥有近20条生产线，其收奶量、产品产量及产值呈逐年上升趋势，2020年产值达到37.5亿元，而2021年仅前三个月的产值就达到了9.5亿元。蒙牛专注于研发生产适合国人健康的乳制品，从闪蒸、杀菌，到一条条机械手臂在电脑的控制下有条不紊地进行灌装、装箱，最后送往智能化仓库等环节，经开区见证了蒙牛“一杯好奶”诞生的全过程。

进入新时代，蒙牛以“创新”为引领，以“国际化+数字化”为核心战略，携手全球顶级战略伙伴，整合国际化资源，升级技术管理体系，不断完善奶源、产品、品牌策略、销售渠道和信息化管理，持续致力“国际化”及“数字化”发展进程，积极搭建先进的研发创新平台，通过构建乳业“朋友圈”，创造共赢联盟生态圈。

对大健康产业，银川经开区趁势而为，通过逐步完善产业布局、日益扩大生产规模、不断迸发发展活力，使大健康产业发展增长极逐步形成。大健康产业中，宁夏沃福百瑞枸杞产业股份有限公司就是其中的佼佼者。

2019 年 3 月 18 日，银川经开区迎来了首批智能终端企业和大健康企业购地自建重点项目。这是一项占地 60 亩，投资 1.6 亿元的枸杞深加工项目。沃福百瑞公司主要从事枸杞果汁饮料、枸杞子油萃取、枸杞多糖制备、鲜枸杞喷雾粉及枸杞深加工配套生产等。经开区按照自治区战略部署和总体要求，制定了《2021 年银川经开区枸杞龙头企业重点工作实施方案》，并成立枸杞产业专班，立足产业需求，充分发挥企业创新主体作用，联合宁夏农科院、中国枸杞产业研究院及各大院校的农业技术力量和人才力量，鼓励企业利用枸杞的果、叶、籽资源，加快枸杞养生酒、饮料、制药等系列产品的研发，提高枸杞产品附加值。

沃福百瑞公司按照“食药同源、并行发展”的思路，助力企业加强以枸杞原材料的“药”字号、“健”字号及“枸杞+”等高端饮品、保健品、化妆品的研发。沃福百瑞支持同仁堂以中国二十四节气为主题开发的以枸杞为主要成分的保健中小药方、中药包、小茶包等即饮即食类产品的设计定型，实现批量生产后，经济效益大幅提升；支持艾依生物研发枸杞面膜、枸杞化妆品，其科技创新促进了产品研发，提高了产能和产值。2020 年，北京同仁堂健康药业股份有限公司在银川经开区投资建立同仁堂健康宁夏生产基地，建设洁净中药饮片、食品、保健食品生产线和提取中心及研发与质检中心；同时，冻干枸杞、杞黄五宝茶、玫瑰枸杞发酵饮品等产品也先后问世。

走进沃福百瑞枸杞深加工生产车间，只见一台台生产设备高速运转，几名身着工作服的质检员正有条不紊地对产品进行把关，而经过加工的枸杞产品正在多条智能化传送带上画出一道道唯美的风景线。

枸杞树抗旱耐碱，茨条顽强生长，低调不张扬，节俭从不铺张。红枸杞是中华的宝，是宁夏人的骄傲。枸杞的这种秉性使之成为宁夏最具地域特色的驰名品牌和特色产业，深含着塞上江南的浓酽乡情。红枸杞有“大地圣果”

之称。每当6月，走进公司旗下的枸杞园中，你会看见一棵棵枸杞树，一根根茨条，还有阳光下闪耀着的一串串红色的果实。这种甜美的宁夏红，也是中国红，更是一片永远红在心里的风景。

▲沃福百瑞有机枸杞合作种植基地

“为了能够打造出世界级的枸杞品质，我们企业一直专注于有机枸杞标准化规模化生产、产业化示范、枸杞深加工产品研发等领域的技术创新，通过建立有机枸杞基地，实现从源头上控制枸杞品质，转变枸杞生产模式，走精品枸杞产业化发展的路子。”沃福百瑞公司相关负责人介绍道。2020年12月，公司年产2万吨的枸杞深加工项目试投产。项目的投产将实现有机枸杞种植、深加工研究、销售、枸杞文化建设于一体的全产业链布局。

2021年3月21日，银川枸杞产业产品展示推介会召开，银川经开区组织沃福百瑞、启元国药、北京同仁堂等6家企业参加了推介会。通过展销、推介会等引进枸杞加工企业，聚焦龙头企业，加大医药保健品、功能性食品加工、仓储物流等招商力度，延伸产业发展链条，为枸杞企业提供关键技术攻关、仓储、物流、信息等服务，促进枸杞产业提档增速。

推介会上，宁夏沃福百瑞枸杞产业股份有限公司的枸杞果干、枸杞原汁、枸杞多糖、枸杞籽油等新兴产品备受追捧。公司产品出口美国、德国、澳大利亚等 20 多个国家，公司销售的有机枸杞通过了北美（NOP）、欧盟（EU）以及国际权威机构 BCS 等的认证，已经形成了从田间到舌尖的全产业链食品安全经营模式。

▲ 2021 银川枸杞产业产品展示推介会上，沃福百瑞推出的新产品备受消费者追捧

沃福百瑞在扩容扩产、提质增效的同时，充分发挥了作为枸杞产业龙头企业的资源优势、品牌优势和科研优势，以企业引领作用带动产业链发展。公司先后获得“国家农业产业化重点龙头企业”“农业高新技术企业”“宁夏枸杞深加工工程技术研究中心”“中国十大出口农产品品牌”等殊荣，

2020年产值约3.67亿元，发挥了大健康龙头产业的关键作用。

2020年，银川经开区分两批下达固定资产投资项目72个，总投资455亿元。为了系统提升项目层级能力和产出综合效益，园区以战略新材料、现代装备制造、大健康三大主导产业协同“互联网+现代服务业”为主，推动园区全产业链绿色发展。

“小支点”撬动“大变革”，“小空间”孕育“大产业”。

当前，银川经开区正乘着产业集聚发展的东风，大健康产业犹如展翅鲲鹏尽显雄姿。经开区的大健康产业中，还有一个骄人的战绩，那就是健康医药产业结构调整升级后实现了快速增长。

走进银川经开区各大医药生产企业，映入眼帘的是一片繁忙的生产景象。一条条生产线有序运转，有加工传统中药饮片的，有生产化学原料药和制剂制造的，还有生产生物药品、医疗器械及医疗包装的，品种繁多、产业链条丰富。

北京同仁堂宁夏公司是一家专业从事中药材、中药饮片、中药提取物的开发、生产、销售于一体的医药企业。公司致力于建设全球第一家有机洁净饮片全产业链，极大地提高了企业的核心竞争力。

宁夏启元药业有限公司由宁夏制药厂和宁夏中药厂改制组建，是宁夏重点骨干企业之一，其前身宁夏制药厂和宁夏中药厂均有40多年的生产历史。公司生产的特色中成药制剂有金莲清热颗粒、枸杞益肾胶囊、金晶康、苦参碱栓、杞蓉片、苦参素注射液、山楂精降脂片、复心片、杞圣胶囊、六味地黄丸（浓缩丸）、消食健胃片等，其中金莲清热颗粒为全国独家品种。宁夏康亚药业股份有限公司是专业从事药物制剂和原料药研究开发、生产、销售的国家级高新技术企业，2017年11月成功挂牌新三板，拥有口服固体制剂、滴眼剂、化学原料药、中药前提取及小容量注射剂等多条生产线。

银川经开区大健康企业通过利用宁夏良好的资源优势积极探索，按照“食药同源、并行发展”的思路，不断加强以枸杞为原材料的药字号等高端产品的研发。接下来，经开区将依托银川市及周边良好的中药材生产地和本土生物医药企业，重点发展现代中药、化学制药和生物制药，打造银川医药健康产业集群，打造从原料药到中药、化药、生物药的研发、临床、生产、销售，并涵盖保健品、特医食品、医疗器械等全产业链的产业体系。

随着北京同仁堂健康药业宁夏生产基地、沃福百瑞新厂区的建设和蒙牛等产业的转型升级，银川经开区“121”大健康产业的发展根基更加稳固。2020 年 1—7 月，银川经开区工业总产值为 184.2 亿元，固定资产投资为 72.9 亿元。作为园区三大主导产业之一，银川经开区全力推进“生物医药、健康食品”为支撑的大健康产业集群建设，集聚了沃福百瑞、蒙牛、张裕等健康食品龙头企业和启元国药、康亚、沙赛制药等生物医药重点企业，全力以赴推动银川工业经济高质量发展。

银川经开区以绿色发展为引擎，积极推进绿色制造，促进产业转型升级。让我们把目光转向另一项大健康产业，聚焦到以张裕摩塞尔十五世酒庄为龙头的银川葡萄酒产业。

张裕摩塞尔十五世酒庄由烟台张裕集团有限公司投资 6 亿元兴建，是一个集葡萄种植、高档葡萄酒生产、葡萄酒文化展示、葡萄酒品鉴、会议接待和旅游观光于一体的高档综合型庄园。2015 年 12 月，张裕摩塞尔十五世酒庄被批准为国家 4A 级旅游景区。2018 年 4 月，入围“神奇西北 100 景”。张裕摩塞尔十五世酒庄作为张裕旗下的中国顶级酒庄，承担着开启中国高端葡萄酒新篇章、成为中国葡萄酒酒王的历史使命。

作为中国葡萄酒产区的后起之秀，宁夏贺兰山东麓已是中国最大的酿酒葡萄集中连片种植区和酒庄酒产区。

2021 年 7 月，经国务院批准，由农业农村部、工信部和宁夏回族自治区人民政府共同推动建设的宁夏国家葡萄及葡萄酒产业开放发展综合试验区（以下简称综试区）挂牌，宁夏提出到2025年，力争将酿酒葡萄基地的综合产值提升至千亿元。张裕股份、中粮集团等国际国内大企业重仓布局宁夏，都非常看好这片最具发展潜力的中国葡萄酒产业之地。

宁夏贺兰山东麓产区光照时间充足，且昼夜温差大、干旱少雨、土壤通透，有利于葡萄糖分、果皮色素物质的形成和风味物质的积累。这里是业界公认的世界上最适合种植酿酒葡萄和生产高端葡萄酒的黄金地带之一。孙健是张裕股份的总经理，据他透露，他们的目标是力争把张裕宁夏酒庄的产品，做成宁夏产区千亿目标销售中占比最高的酒庄。他说："十多年来张裕一共在国内不同产区投资了8个酒庄，在国外投资了6个酒庄，但从企业内部评估来看，投资宁夏是最成功、最正确的决策。"他认为，努力打造引领宁夏乃至中国葡萄及葡萄酒产业对外开放、融合发展的平台和载体，为我国西部地区特色产业深度开放、"一品一业"促进乡村振兴提供了借鉴和样板。

现在，银川经开区已有蒙牛、沃福百瑞、北京同仁堂、大华医疗、张裕等一批发展前景较好的大健康龙头企业，园区也基本形成了健康食品及生物药品加工、销售于一体的产业化发展模式，为园区大健康产业的发展提供了机遇，赋予了新的能量。

面向"十四五"，大健康产业迎来了前所未有的战略机遇，是科技革命新前沿、经济增长新引擎，也承载着人民群众对美好生活的新期待。接下来，银川经开区将积极布局大健康产业，以"食、医"为支撑，以"锻长板补短板"为发展要求，全力支持园区大健康产业做优做强，为经开区高质量发展开启新篇章。

未来可期，梦想一定会实现。

贺兰山下，翠绿的葡萄长廊，处处弥漫着馥郁的酒香。

你无法想象，脚下这片生机盎然的土地曾是一片不毛之地。20世纪80年代，宁夏贺兰山东麓葡萄酒产区曾是一片荒滩、一片沙坑。

“社会主义是干出来的，幸福是奋斗出来的。”弹指之间，曾经“养在深闺人未识”的宁夏贺兰山东麓葡萄酒产区，如今已挂牌国家葡萄及葡萄酒产业开放发展综合试验区，这是全国首个针对特色产业的开放发展综合试验区，从280亿元到突破千亿元，这无疑是个大胆的尝试，不难看出宁夏产区的雄心壮志和宁夏葡萄酒产业光辉灿烂的远景。值得期待的是，假以时日，这里将会成为闻名遐迩的“葡萄酒之都”。

2021年7月，盛夏时节，第28届比利时布鲁塞尔国际葡萄酒大奖赛结果揭晓，宁夏贺兰山东麓葡萄酒产区再创佳绩，摘得80枚奖牌，位列中国奖牌榜第一。业界普遍认为，贺兰山东麓葡萄酒产区每一瓶获奖的葡萄酒都来自“天赋风土”。从国内来看，贺兰山东麓是全国最大的酿酒葡萄集中连片产区；从国际来看，宁夏是最具潜力的产区之一。这里依山傍水，日照充足，热量丰富，砂石土壤透气性好，加之有黄河水的灌溉，使产区的葡萄具有香气发育完全、色素形成良好、糖酸度协调等特征，具备生产中高档葡萄酒的基础。

20多年来，贺兰山东麓葡萄酒产区也在经历着一场宏大的生态之变。一方得天独厚的风土，一群精益求精的酿酒师和企业家，一套严密的生产标准，一个科学谋划的政府，宁夏贺兰山东麓葡萄酒高质量发展的引擎正在强劲开启，千亿元级的“紫色梦想”正绽放在银川经开区。

贺兰山下，沃野千里。

奋斗者的足迹在天地间深情诉说着山的伟岸和水的情怀。葡萄是这个纬度最具亲和力的物种。你看那铺展在贺兰山东麓一片片匍匐前进的万亩绿园，人们在这里采摘那一串串红彤彤、绿莹莹的珍珠玛瑙一般的葡萄。一个个酒庄、一座座城堡，它们是这个时代“贺兰山下果园城”的最美见证。

山色如黛，绿风轻舞，云朵在山间飘逸，绿色的原野上泛起了红色光辉。在这里，远离都市的喧嚣，享受时光的静美，你会期待一场最美的遇见。遇见知交，遇见贤达，遇见时尚，遇见锦绣前程，遇见未来。

酒杯里晃动着红色，那是一片红色风景，一个红色梦想……

## 52. 轴承小镇，“小轴承”转动“大经济”

轴承是所有工业产品中不可缺少的零件，是装备制造业的关键部件，其地位相当于芯片在 IT 行业中的地位。

轴承行业是永久性的基础产业，没有轴承制造就没有现代工业。让机器在高速、高精度下运行，并解决润滑、冷却等问题，实现精确可控和高可靠性，这些都离不开轴承。

随着工业 4.0 时代和 AI 时代的到来，智能制造和成套装备国产化愈发成熟，轴承产业迎来全球化的巨大市场机遇。银川的轴承制造始于新中国成立以后，经过几十年的发展，虽取得了很大成就，但与国际国内大城市相比还有明显差距。随着东部地区产业产能向中西部地区转移，银川市作为“一带一路”重要节点城市，从区位优势来看，具备中国轴承行业由银川出口亚非欧地区的优势条件。处于时代前沿的银川，如何才能抓住这一历史机遇？

银川经开区是第一个吃螃蟹的人，轴承智造小镇（简称轴承小镇）的诞生，便充分说明了这一点。除了科技创新外，经开区以“小轴承”转动“大经济”，不断革新产业发展方式，可以说起到了四两拨千斤的效果。

为了更好地发展轴承产业，银川经开区的目标是打造一座以全球高标准轴承智能制造与全产业链模式产业中心、中国智能制造产城融合模式结合的国家级特色小镇。

轴承小镇项目位于银川经开区金凤区工业园，规划分三期建设，一期规划建设面积 25.3 万平方米四层钢结构厂房，一楼为轴承平面和外径的基准面

▲银川经开区轴承智造小镇项目一期工程

磨削、轴承套圈的热处理、物流周转库和轴承装备制造，二、三、四层全部用于轴承智能制造。轴承小镇共打造轴承智造单元80个，安装轴承套圈磨加工智能生产线1128条、轴承智能装配线564条，生产线的零部件运送全部实现智能化。在功能上，轴承小镇分为产业园区、个性化园区、轴承配套三个园区，聚集相关生产企业、销售公司、仓储公司、智能装备等一大批智能制造企业。以轴承产业研发、生产、销售为一体，以智能制造工厂和服务外包产业为支撑，致力于打造一个轴承制造产业聚集区、创新轴承产业功能区，以及以战略合作拎包入驻为主题的产城融合国家级特色小镇和全球节能长寿命轴承的产业中心。

2019年7月，轴承小镇已累计完成投资10.7亿元。其中，厂房代建完成投资9亿元，企业完成投资1.7亿元。在产业运营过程中，轴承小镇也真正做到了减少人工参与，实现了智能化、自动化、高效化运营。针对不同市场需求，从生产、研发到销售，运营平台将全方位提供个性化解决方案。加上一系列的政策优惠与扶持，企业入驻小镇只需提供生产资质和许可即可一步到位，减少中间环节，打通产业间的壁垒，形成完整的产业链外包服务。

银川经开区着眼于企业发展的痛点和难点，在项目落地上，管委会牵头协调银行、保理、担保、证券、租赁等金融机构，充分利用各种金融工具梳理投融资各个环节的金融服务需求，解开了项目融资的难点、疏通了融资渠道，为项目提供全产业链、全方位的一揽子金融服务。同时，经开区管委会通过政府引导、社会运营、合理定价、择机推出的模式提前完成厂房投资建设，投资方只需携带投资即可进驻小镇。生产线机器设备这一前期投入较大的环节，将采用“智慧工厂”统一打造，由行业的装备上市公司牵头联合轴承装备企业来运营解决，减少运营平台的前期投入压力，也为入驻企业减轻了负担。

2019 年 9 月 24 日，“银川经开区轴承智造小镇一期投产研究院揭牌暨高端产业综配区建设签约现场会”在银川经开区金凤工业园隆重举行。

作为银川市重点招商项目，轴承小镇由银川经开区管委会委托银川中轴智造小镇科技发展有限公司组织实施，在管委会的主导下，打造集轴承研发、生产、销售及金融配套服务于一体的轴承装备制造产业小镇。轴承小镇的核心在于平台打造，通过融合汇聚各类平台，实现产业生态的闭环，其中产业运营平台功不可没。轴承小镇的建立以打造轴承行业智能制造的产业基地为基础，采用高品质、低成本、重核心、共分享的平台模式，统一运营、统一生产、统一销售、统一研发，平台承担了调节、完善、强化区域产业链运营的作用，为小镇提供行政职能、服务职能和企业投资运营职能，待轴承小镇建设初具规模后将形成压倒性的产业优势。

走进轴承小镇，车间内人声鼎沸，工人们正在热火朝天地忙生产，到处都是一派生机勃勃的繁忙景象。这是轴承小镇产业蓬勃发展的一个缩影。

在轴承小镇，产业人才平台的建立成为支撑保证小镇健康运营的首要平台。如何让人才成为轴承产业发展的不竭动力，轴承小镇很早就着手谋划。轴承小镇以智造单元管理模式为基础，以“招商带团队”为突破口、以岗位孵化人才为核心、以高校定向培养为基础、以人才机制为纽带，打造产业人才平台。通过重构产业模式、标准化流程、正向 PK、目标激励、数字化人才评价等方式，畅通人才晋升通道，搭建高效产业人才平台，推动员工技能不断提高和人力资本增值，提升平台对人才的吸引力和承载力。轴承小镇通过产业对人才的需求，利用高校院所的智力和技术资源，实行订单式培养教学，推动轴承相关领域的项目攻坚。

此外，轴承小镇不断探索创新技术工人培养模式，产业技能人才由运营单位通过智能制造单元孵化培训产生。前期，针对轴承智造工区所需大批技能员工，以团队培养为抓手，以单元首席入驻企业自带团队成员为基础，通过招聘各类人员、短期培训、师傅带徒弟、岗位孵化等方式，快速孵化智造工区团队。

张超是银川中轴智造小镇科技发展有限公司董事长助理。据他介绍，2020 年初抗击疫情期间，轴承小镇快速复工，以最快的速度实现“自救”。企业一边化危为机，抢抓东南沿海产业转移机遇，开拓市场；一边练好内功，盘活区内铸造厂，降低生产经营成本。轴承小镇日产 12 万—14 万套轴承，创造出订单供不应求的大好局面。

“危机也是机遇，就看能不能抓住。”张超说，在这次疫情中，银川中轴智造小镇苦练内功，蓄势待发。“我们现在引进的轴承生产线加管理人员不到百人，全仰仗智能化产业链。”目前，轴承小镇正在打造类似“蜂巢状”的智能平台，已有 57 家轴承企业入驻。5 月底，还将有 12 个单元顺利投产。届时会有几十个“高精特”智造工区组成的“大车间”，在轴承智造产业链上相互协作、深度融合。未来将会吸引培训、销售、金融等相关企业陆续栖息，形成向上连接高端智能装备制造、向下贯通终端市场神经、时间链空间链产业链高效集约、人与城融合发展的“智慧小镇”。

轴承小镇三期项目是在一、二期单元供给无法满足市场需求时应运而生

▲银川经开区轴承智造小镇现代化的生产车间

的。作为银川市重点项目，中轴智造小镇三期项目总投资7.6亿元，主要建设生产车间、研发车间、辅助车间、宿舍楼、食堂及其他配套设施，总建筑面积30万平方米，共20栋建筑单体，分南北两个地块。轴承小镇三期项目作为轴承小镇配套工程，将以创新的全产业链模式集聚技术、成本、资源优势，打造中国节能长寿命高标准轴承的全球化产业中心、中国智能制造产城融合的国家级产业特色小镇。轴承小镇三期的迅速建成，将对银川经开区乃至银川市的制造业发展产生实质性的正向影响，加快推进千亿元级园区的建设步伐。

轴承小镇项目总规划3平方公里，总投资80亿元，计划建设轴承智造单元220个。项目达产后每条生产线每天可制造轴承约20000套，每个智造单元可实现产值6000万元至1亿元。在轴承小镇，以现代自动化、智能化为引领，建设200个产权独立可单独售卖的“智造单元”，继而延伸成为200个

“智造工厂”。企业“拎包入驻”，从原材料、加工、组装、出成品直至销售，全产业链“量身定制”齐备，打通垂直智造产业链。凭借“单元”模式撬动轴承全产业链招商，利用产业平台、金融平台、大数据平台等，轴承小镇通过16条生产线与12个平台无缝对接，形成资源共享的智造产业链。

轴承小镇项目从设计、规划时就立足于产业发展最前端，借鉴了国外先进轴承产业区的先进经验，旨在打造辐射全国的全产业链轴承产业制造中心，形成从上游特钢供应、中游产品制造到下游市场销售的全产业链聚集发展。走进轴承小镇已经建设好的“智造单元”，足以颠覆大家对轴承工厂的认知。

在轴承小镇，轴承产业大数据平台以研究院为依托，以数字化为中心，以数据为核心，以提升产业认知能力为突破口，以数据安全可信为底线，通过整合内外部数据资源，基于数字技术和算法，对海量数据进行筛选、分类、储存、挖掘、迭代、分析、输出和应用，为轴承小镇的发展提供产业洞察、认知、发展趋势预测和决策，实现产业数字化转型，提升产业价值和轴承小镇的核心竞争力。

产业链上的企业“上云”“联网”，逐步建成以数据为驱动的金融、物流和电子商务的智慧服务体系，建成轴承小镇综合化智慧集群。而数据也不会被独享，小镇将以云平台为基础，集成行业数据，在实现自身业务数字化转型的同时，为全球化纤行业提供各类数字化解决方案。轴承小镇已与全球知名硬件集成商上海菱野电气有限公司、大数据处理专家工联数据、核心系统平台提供商杭州名北拓科技有限公司筹建工业互联网平台公司，随着实体平台的搭建，轴承行业在银川的高质量发展，将被插上智慧化翅膀、装备上数字化动力。

在轴承小镇打造的产业协同平台，每家企业都是小镇互联网平台的节点，协同平台以“线上信息服务、交易服务（轴承生产计划、生产能力、轴承期货）+线下执行服务（研发、制造、物流、金融）+生产设备智能化升级和融资租赁服务”为主要业务模式，为轴承研发、原材料供应、生产设备、制造、分销、售后、集成等整个轴承生命周期和每个供应链及生产配套环节提供服务。

未来，轴承小镇将聚集数百家企业，形成以银川为中心、辐射周边的全产业链的轴承产业制造中心。从上游的特钢供应、中游的产品制造到下游的市场销售，轴承小镇通过引进原材料、零部件供应商和工业设备公司，整条产业链聚集发展，将极大发挥产业规模效应，降低企业成本，提高企业竞争力和利润率。同时，通过大数据管理平台、中央物流库与期货订购，形成终端物流模式，承接东部沿海地区的轴承产业转移，引领中国轴承制造业转型升级。

轴承小镇将坚持共创、共享、共赢、开源的理念，依托轴承产业研究院，围绕产业核心竞争力，打破地区、部门、行业、身份壁垒，采取“政产融”和“奥特莱斯”平台销售模式，由政府引导，通过企业推动，与研究机构和金融机构进行合作。

轴承小镇，“小轴承”转动“大经济”。

展望未来，银川有个轴承小镇，一定会人尽皆知。轴承小镇已成为银川市又一张城市发展的亮丽名片。

作为银川新的经济增长极，轴承小镇开创了智能化、绿色化、创新化、全产业化的道路，为轴承产业的发展插上了腾飞的翅膀，将创造轴承行业新的辉煌，并奋力书写银川现代工业制造的时代新篇。

## 53. 塞上江南幸福路

二十年敢闯敢试，二十年奋力赶超。

风起云涌平步起，塞上湖城正青春。

银川经开区，这片静卧在贺兰山下的沃土。一代代经开人披荆斩棘，一批批奋斗者砥砺前行，一座座城市楼宇、工业园区如雨后春笋，创业者的足迹遍及黄河两岸，天与地的银幕里演绎着无数生动和鲜活的创业故事。这座城市和生活在这里的人们，在这片黄土地上书写着新世纪新时代的塞上传奇。

银川的天很蓝，水也很清。

百湖环凤城，碧水润银川。历史上，银川有“七十二连湖之称”，“月照夕阳”“汉渠春涨”等湖泊景观表现的就是当时的西北盛景。如今的银川是一座久负盛名的湿地城市，工作生活在银川的人们，都会有一种“湖在城中，城在湖中”的感觉。

什么是“两宜”城市？

只要来到银川，你就会找到答案，因为银川是一座幸福而美好的城市。

什么是老百姓的小幸福？

你看那唐徕渠公园里晨练的老人，广场上轻歌曼舞的大妈，宝湖岸边戏水的孩童，典农河畔拍摄婚纱照的一对对新人，牵手走过阅海柳岸观光“贺兰夕照”的情侣，车水马龙的街巷，闪动在霓虹深处的这座城市的心跳……

2021 年 1 月，自治区党委、政府明确提出构建“一核一基多区”的电子信息产业高质量发展产业空间布局，明确把银川经开区作为核心，打造电子信息产业主体功能区，重点发展智能终端、电子元件、电子仪器仪表、大数据、工业互联网、物联网、5G、软件等产业，培育经济发展新的增长极，着力把经开区打造成全区高质量发展产业“排头兵”。

什么是小省区的大视野、大气魄、大格局？

这些处于时代最前沿的产业告诉了我们答案，那就是银川。再细化一点，那就是银川经开区。

科技赋能，产业融合。数字经济的发展已经成为银川经开区产业发展中浓墨重彩的一笔。广天夏的“智慧矿山”领域核心技术应用、梦驼铃的全景智慧物流平台、共享集团的3D打印、中轴小镇的“智造”平台、小牛公司的自动化串焊机……宁夏银川，大数据、物联网、5G、数字产业化、产业数字化、数字服务业等新兴技术和产业厚植园区沃土正在飞速发展。

什么是一座城市的幸福指数？那就是以人民为中心，深化改革，全面加强就业创业、社会保障，打造一座塞上江南的“美好生活城市”，努力让城市更加美好，让百姓共享改革发展成果，共享美好生活，不断增强获得感、幸福感。

银川致力于推进“智慧城市”建设，将人脸识别、视频监控等安防元素融入“智慧小区”建设，在市民心中“住有所居”指标高于全国平均水平，住得更舒心、更安全。推进“智慧小区”建设，实施“交巡警合一执法改革”，推进“互联网＋社区工作法”，整合有限的警力资源充实到基层服务群众，通过人防、技防、安防构筑起一道安全屏障，让“平安银川”成为一张暖心的城市名片。

推进智慧城市、智慧小区建设，离不开数字经济，离不开高端电子信息产业的飞速发展。

什么是数字经济？什么是数字化产业？

今天是“互联网＋”的时代，那么，未来是什么？

世界风云变幻，气势磅礴，浩浩荡荡。什么是未来的风向标？也许我们没有那么高深的洞察力，唯有好好把握时代脉搏，不断探索通向未来的风口。

这些年，银川经开区无疑是抓住了数字产业化和产业数字化的发展契机。特别是经开区育成中心，重点发展物联网、大数据、区块链、工业互联网、现代物流等数字产业，稳步推进相关技术在工厂数字化车间、工业互联网平台、智能化改造、服务转型、互联网实验室等领域的产业化应用，不断提升企业自主研发水平和原创能力，将具有行业示范效应的科技领军企业进一步做大做强，巩固提升新一代以电子信息技术为主的数字经济现代服务业集聚区建设水平。育成中心加快推动互联网、大数据等先进技术在各行业生产领域的广泛应用，进一步推动“互联网＋现代服务业”向产业数字化方向发展。

近年来，银川经开区育成中心不断提升数字产业化配套能力。未来的经开区，有你，有我，需要我们每个人为之付出努力。

当前，华信智工业互联网协同创新中心、广天夏皮带组安全节能技术平台、九鼎物流智慧物流平台、思睿能源工业互联网APP、中节能瓦斯综合治理和资源利用云平台、中科防雷文化遗产地雷电监测大数据平台、智图思创宁夏农业大数据服务云平台等产业融合应用平台已具备规模，成为支撑引领全区生产性服务业企业融合发展、推动数字产业化的核心力量。

银川经开区借助“互联网＋”带来的发展机遇，迅速抢占制高点，重点推动“互联网＋制造”“互联网＋能源”“互联网＋物流”“互联网＋电子商务”等领域快速发展，实现总产值15亿元、增加值5亿元、税收1.5亿元，为经开区产业发展增添了新活力，为经济增长注入了新动力。

作为电子信息产业集聚区，银川经开区育成中心重点发展以互联网为依托的信息技术、大数据及应用、物联网、区块链等数字经济核心业态。我们欣喜地看到，一个“千亿级升级版经开区”正以“奔跑”的姿态向我们走来，奋力谱写着经开区高质量发展新篇章。

2021年6月，七一前夕，中环“50吉瓦太阳能级单晶硅棒项目”施工现场，工人们挥汗如雨，加快推进项目建设；盾源聚芯“大直径半导体级硅部件扩建项目”生产车间，人声鼎沸，数条生产线正高速运转，职工们正热火朝天地忙生产；北京同仁堂“宁夏生产基地项目”车间净化工程已完工，工人们正争分夺秒地安装设备……今日的银川经开区，随处可见默默奉献的建设者们，他们用汗水书写责任和担当，以成绩激发奋进意识，将“社会主义是干出来的”伟大号召诠释得淋漓尽致。

实字当头，干字为先。

银川经开区以新能源、新材料、新食品的“三新产业”为着力点，全面落实“工业强市”战略，加快黄河流域生态保护和高质量发展先行区建设，为自治区重点产业的蓬勃发展注入全新动能。

2021年7月1日上午8时，庆祝中国共产党成立100周年大会在北京天安门广场隆重举行。银川经开区机关和企业积极组织广大党员干部收看了大会盛况。

会上，习近平总书记代表党和人民庄严宣告，经过全党全国各族人民接续奋斗，我们实现了第一个百年奋斗目标，在中华大地上全面建成了小康社会，历史性地解决了绝对贫困问题，正在意气风发向着全面建成社会主义现代化强国的第二个百年奋斗目标迈进。展望未来，习近平总书记坚定表示，全面建成社会主义现代化强国的目标一定能够实现，中华民族伟大复兴的中国梦一定能够实现！

在国家蒙辱、人民蒙难、文明蒙尘之际，伟大的中国共产党从诞生之日起，便团结带领全国人民一起披荆斩棘，迎难而上，用坚定不移的信仰，用百折不挠的牺牲，建立了中华人民共和国。百年风雨，一路走来，开创了中华民族的新辉煌。

没有共产党就没有新中国。百年历史中，党带领中华儿女从开天辟地、改天换地到顶天立地。中华民族崛起于世界东方，离不开伟大的中国共产党。中华民族强大于世界民族之林，更离不开中国共产党的坚强领导。中国共产党的奋斗方向，就是全国各族人民共同的奋斗方向。要团结一切可以团结的力量，为实现祖国统一和中华民族伟大复兴作出自己的贡献。

“今天是中国共产党成立100周年，刚刚我们集中收看了庆祝大会的直播。当听到习近平总书记讲到‘中国共产党和中国人民将在自己选择的道路上昂首阔步走下去，把中国发展进步的命运牢牢掌握在自己手中’时，作为一名共产党员，我十分激动，也倍感振奋。”银川经开区党工委副书记、纪工委书记昝世英非常感慨。他说：“百年风华、峥嵘岁月，党带领全国各族人民取得的伟大成就举世瞩目。接下来，银川经开区将紧紧围绕建设‘千亿级升级版经开区’目标，以项目为抓手，以产业为依托，立足党的百年历史新起点，接续奋斗新时代，谱写发展新篇章，以更加昂扬的精神面貌、更加强烈的使命担当，坚持不懈用党的创新理论和最新成果推动园区经济又好又快发展，为建设黄河流域生态保护和高质量发展先行区作出经开贡献。”

百年风华茂，奋进正当时。银川高新技术产业开发有限责任公司董事长郭弘钧收看完庆祝大会后表示：“我们必须要积极响应党中央、习近平总书记的号召，紧紧围绕经开区的建设发展大局，不断加强党建和党风廉政建设，积极创新，优化队伍，提升资产管理运营水平，拓展物业服务区域，全面激发全公司自主经营能力，为早日建成‘千亿级升级版经开区’作出贡献。”

银川经开区开发建设有限公司党支部书记王红说：“直播令人非常激动和自豪，我们将不忘初心、牢记使命，以更加清醒的头脑、更加勤勉的态度、更加专业的技能、更加务实的作风，恪尽职守、履职尽责、开拓奋进，为实现第二个百年奋斗目标、实现中华民族伟大复兴而努力奋斗。”

银川经开区 200 多家企业也积极组织职工收看庆祝大会盛况，并纷纷表达了自己内心的感慨。不管是经开区管委会的领导、干部职工，还是园区企业高层和员工，都受到了很大的激励和鼓舞。

潮涌催人进，风正好扬帆。

回望过往的奋斗路，眺望前方的奋进路，银川经开区广大党员干部在不断学习中汲取真理的力量、创新的力量、奋进的力量，力争在“千亿级升级版经开区”建设中展现更强担当和更大作为，为经开区高质量发展积蓄强劲动力。接下来，银川经开区将继续以学党史深化悟思想，以悟思想促进办实事，以办实事推动开新局，奋力开启全面建设社会主义现代化国家新征程，为黄河流域生态保护和高质量发展先行区建设贡献经开力量。

行而不辍，未来可期。

改革创新是破除发展瓶颈的重要抓手。银川经开区定位高、职能新，探索建立了符合自身特点的运行机制，集中力量聚焦产业集群和新的发展方式，夺取了一个又一个创新实践的胜利成果。育成中心将以高质量发展为己任，深入实施创新驱动发展战略，加大优势企业培育力度、做好园区企业服务工作，以建设全区乃至西部具有竞争力和影响力的数字经济产业集聚区为目标，努力将自身打造成为区内产业结构调整、新经济发展、转型升级的示范区和科技创新、产业孵化高地，撑起经开区数字经济产业集群发展的脊梁。

银川经开区以“小支点”撬动“大变革”，以“小空间”孕育“大产业”，重点发展枸杞深加工、乳制品、葡萄酒及保健食品产业，目前已初步形成以蒙牛、顶津、草原阿妈等为代表的绿色食品。沃福百瑞的鲜枸杞原浆和多糖产品、张裕葡萄酒，畅销国内外；蒙牛特仑苏高端奶年产量 40 万吨，占全国产量的 20%；在建的北京同仁堂健康药业宁夏生产基地、伊百盛健康产业园等一批项目将进一步助推新食品产业不断发展壮大。

2021 年上半年，银川经开区预计实现工业总产值 233.5 亿元，完成固定资产投资 26.2 亿元，财政收入 8.1 亿，招商引资实际到位资金 50.3 亿元。园区经济继续呈现稳中向好的发展趋势，产业格局日渐壮大，为推动“三新产业”高质量发展筑牢坚实底盘。

接下来，经开区育成中心将努力提升服务水平、优化营商环境，积极为企业高质量发展铺平道路、拓宽领域，打通服务企业“最后一公里”，以更加坚定的自信和勇创佳绩的奋斗姿态，推动经开区数字经济产业取得更大战果。

银川经开区将全力推进 20 余个光伏配套项目和半导体材料、晶盛机电蓝宝石切磨抛等项目建设；紧盯建设西北新能源示范基地目标，全力推进隆基 5GW 电池及组件、懿福 10GWh 低温固态电池等项目建设；紧盯建设绿色食品基地目标，全力推进王老吉饮料、枸杞肽深加工、枸杞产业园等项目建设，力争在"十四五"末实现园区产值1000亿元以上，努力用实干建成千亿级升级版园区，为建设黄河流域生态保护和高质量发展先行区作出新贡献。

逢山开路、遇水架桥。银川经开区从一块"不毛之地"到一座"三新"产业高地，漫漫征程，蝶变惊人。

展望"十四五"，银川经开区将继续立足枸杞、葡萄酒、乳制品等原料优势和心血管药物、抗生素原料药等产品优势，重点发展健康食品和医药工业，逐步构建稳定的大健康产业供应链体系。接下来，经开区将进一步强化发展意识、服务意识，大力创优发展环境，主动为企业发展"开绿灯"，为企业建设"当保姆"，全力推动园区大健康产业发展上规模上水平，力争"十四五"期间，大健康产业规模达到100亿元以上。

在今后的五年、十年，甚至更远，银川经开区必将不负新使命，绘就未来发展新格局的宏伟蓝图。只要坚定信心、勇毅前行，一座宜居宜业宜发展的生态之城、工业之城、幸福之城一定会绽放在世人面前。

巍巍贺兰山，最美是银川。

创新驱动，工业强市。实现全面小康的银川人，正踏上这条康庄大道，携手全国各族人民一起大步向前，奔赴幸福的未来……

## 54. 回眸展望，征途似锦

回眸过去，今年是银川经开区成立二十周年。

二十年耕耘风雨同舟，二十年奋斗甘苦与共。

走过二十年艰辛、团结、奋斗的发展历程，银川经开区从无到有、从起步到提速，从沟渠纵横、陌野良田到产业园区、企业工厂林立，从一穷二白到引领城市产业集群跨越发展，从一张白纸到描绘宏伟蓝图，经开区的发展历程就是银川市城市建设和经济社会发展的一个缩影。经开区的成功就是银川的成功、宁夏的成功，经开区发展的辉煌业绩就是银川的骄傲、宁夏的骄傲。

二十年，两个时代，沧海桑田。

回首这二十年的发展历程，一座座高楼拔地而起，一个个园区处处林立，一家家企业如雨后春笋一般成长起来，一串串数字令人振奋，一项项大奖催人奋进。二十年来，经开区迈上了一个又一个崭新的台阶，实现了一次又一次成功跨越。

砥砺二十载，奋进新时代。

二十年来，银川经开区广大干部职工不忘初心、牢记使命，以自强不息、砥砺奋进的拼搏精神，以永不服输、攻坚克难的坚强毅力，以脚踏实地、真抓实干的优良作风，以敢于担当、勇于奉献的优秀品格，历经风雨考验，战胜艰难险阻，创造了经开区历史性的巨变，以辉煌业绩谱写了发展史上浓墨重彩的篇章，铸就了极不平凡的奋斗历程，奠定了高质量发展的坚实基础。

二十年来，银川经开区与时俱进，勇于改革创新，不仅完美实现了产品设计研发、品牌打造、生产、销售、原材料供应、行业配套的上下游资源整合，更重要的是锻造了一批优秀的管理干部及忠于企业的优秀员工。我们相信，经开区将团结带领辖区产业集群，不断探索、创新发展思路，继续为各企业提供优质服务，为银川乃至全区经济社会发展贡献自己的一份力量。

十年树木，百年树人。

回首二十年，银川经开区从最初的经济苗圃之地，努力发展壮大自己。如今，木已成林，但距茂密森林的要求还有差距。老一代的经开区领导干部有的已经退休，但他们依旧非常关心经开区的发展。经开区的未来需要新老经开人的共同努力。一位经开区管理人员的话说出了大家的心声：“近二十年来经开区进驻了很多龙头企业和有代表性的民营企业。经开区见证了企业的成长和发展壮大，企业也见证了经开区的发展和巨变。一些企业就是鲜活的典型实证，不胜枚举，令我们骄傲，令我们奋进。”

促企发展，心灵相融，与企共荣，这就是经开人的心声。

宝剑锋从磨砺出，梅花香自苦寒来。在银川经开区的政策引领、服务管理和指导扶持下，辖区的大中小各类企业拓展了发展空间，企业家有了更广阔的舞台，企业核心竞争力得到了进一步增强。

二十年栉风沐雨，二十年硕果累累。

二十年来，银川经开区人奋斗拼搏、踏实苦干，队伍不断壮大；园区产业得以孵化，企业茁壮成长、良性发展，经济效益、社会效益激增，硕果满枝；经开区的行政效能、社会形象和知名度也不断提高。

一分耕耘，一分收获。银川经开区与园区所有企业同舟共济，历经了数不尽的风雨。直到今天，人们仍然能够感受到经开区的领导干部和各界的奋斗者滴落的汗水和兢兢业业的工作，他们的人生轨迹已深深嵌入到湖城银川这方热土。

炎热的 7 月，银川经开区的建设生产一线，依旧是一派繁忙的景象。社会主义是干出来的，幸福是奋斗出来的，在这里被体现得淋漓尽致。

银川经开区在中国改革开放的时代大潮中应运而生，在西部大开发的号角声中成长壮大，在新时代追赶超越的新征程上阔步前行，如今已跨越了整整二十年的艰辛历程。作为银川经济发展的“主战场”，各园区全面落实自治区重点产业战略部署，大力培育发展“三新”产业，为加快推动黄河流域生态保护和高质量发展先行区建设夯实基础。

如今，银川经开区依托最大单晶硅棒生产基地、蓝宝石生产基地、半导体大硅片生产基地优势，上马单晶硅光伏材料、工业蓝宝石、集成电路大尺寸硅片等领军企业的全产业链延伸项目，吸引石墨烯、碳纤维等环保高性能复合材料项目。高端化、绿色化、智能化、融合化蓄势赋能，“强链补链壮链”的背后是经开区多年来“撸起袖子加油干”的结果。“社会主义是干出来的”伟大号召，成就了经开区各园区强产业育品牌走好高质量发展之路的信心。

忆往昔，城市乡间，银川经开区横贯银川唐徕渠、保伏桥、罗家庄，政策引领春风暖，自有风雨话沧桑。踏新世纪曙光，经开起步，兴工强市，促经济发展，新老两城相连，砥砺奋进二十载，凤城旧貌换新颜。

看今朝，银川经开区厚德载物，再续辉煌。二十年乾坤巨变，乡间楼花盛开。二十年风雨兼程，青竹拔新节，芳华继长青。塞上江南引凤筑巢、广纳良才，以使命担当提振民生经济，续写光荣与梦想。

不忘初心、牢记使命。银川经开区成立 20 周年之际，恰逢中国共产党成立 100 周年，也是“十四五”开局之年。为助力经开区经济建设高质量发展，经开区工会立足新发展阶段，贯彻新发展理念，构建新发展格局，紧紧团结带领广大职工群众大力弘扬劳模精神、劳动精神、工匠精神，开启新征程，扬帆再出发，在党的光辉的指引下，激发职工群众的奋斗热情和创造潜能，凝聚起奋斗拼搏的磅礴力量。

新时代，新起点，二十青春正当时。

银川经开区所辖东、西、南三区，亲水为轴，园区林立。育成中心，宁安为腹，湖畔静美，高速路网纵横，城市华灯高照，琼楼玉宇。经开三区，西倚贺兰山，东眺黄河，将发挥优势，求真务实，创新发展。塞上银川，魅力湖城，经开踏征途，再续华章！

展望“十四五”，征途似锦，奋斗不息。

“十四五”期间，银川经开区将认真贯彻落实习近平总书记视察宁夏重要讲话和重要指示批示精神，把握西部大开发战略、“一带一路”建设、黄河流域生态保护和高质量发展等历史机遇，坚持新发展理念，致力于推进高端发展，创新驱动迸发新活力。经开区将贯彻落实高质量发展的新要求，明确“一支点一示范区一高原”（“一带一路”对外开放战略支点、承接东部产业转移示范区、全国战略新材料高原）的产业发展战略定位，按照“三结合，三提升”的思路，发展新材料、高端装备制造、大健康和现代服务业四大产业，形成高质量发展的新格局，全力冲刺“千亿级升级版经开区”建设，为自治区、银川市经济发展作出新贡献。

不负韶华争朝夕，奋楫扬帆正当时。

新时代，新起点，新长征路上的银川经开区人将以高端化发展为导向，围绕新材料产业集群、高端装备业产业集群、电子信息及数字化产业集群这三大产业集群和大健康产业集群，重点发展先进装备制造、新材料、新能源等新兴产业。展望“十四五”，我们看到——

一个500亿元以上的新材料产业集群已然初具规模，现代工业是银川高质量发展的定海神针。

一个300亿元以上的高端装备制造产业集群正在向我们招手。高端制造，高质量发展，让塞上银川在“一带一路”的春风里汇入世界浪潮，在时代的前沿乘风破浪。

一个200亿元以上的电子信息及数字经济产业集群正在从虚拟世界走向现实生活，必将助推这座古老而又新型的现代化都市在互联网时代实现新的腾飞。

一个100亿元以上的大健康产业集群正在黄河两岸盛装绽放、惠及民生，带领人们走向幸福的彼岸。

2023年，全面构筑经开区高质量发展新格局，一个千亿级园区的建设目标已然呼之欲出。银川经开区用二十年的生动实践印证了一句话：银川人的幸福是干出来的。

风雨苍黄经开路，初心如磐向未来。

走进新时代，再建新功勋。相信经过几代经开人的开拓创新、不懈奋斗和薪火相传，经开区一定会向着更高更远的方向奋勇前进。

璀璨的塞上明珠闪耀着银色的光辉，这银色是山河之印、天地之幕。这里有银川平原的原色调，也有最好时代的新图层。这是经开区献给银川最新的城市底色，那么独具匠心，那么光彩炫目。

银色的光辉赋予我们激情，赋予我们梦想。

创新实干的银川经开区各界志士精英一定会众志成城、携手奋斗，让这座美丽的塞上湖城绽放出更加耀眼的光芒。

让我们一起走向未来，再创辉煌！

# 以文学的方式报告那道银色光辉（代后记）

如何打通时间的隧道，如何开启时空的大门，如何描绘世间的百态？扮演钥匙角色的方式很多，但能发出类似“开锁成功”之声的，无疑是文学。这把钥匙适用于绘制原始人狩猎与祭祀的古老地图，也适用于勾勒悠然南山下或鸟舞树间烟的农耕图景，还适用于展陈工业文明下的众生画像，自然也就合适于书写后工业时代的故事。

报告文学《银色光辉——银川经济技术开发区二十年发展纪事》（以下简称《银色光辉》）就是这样一把钥匙，帮你打开一道大门，尽可能地让你窥见银川现代工业和新经济技术相遇时的壮丽风景与故事。这里面有银川经开区人用自己的智慧打造的舰艇与方舟，有他们在左手药罐之苦、右手蜂蜜般甜蜜的创业中，从一片荒地上种植出的金蔷薇。

和中国很多西部城市一样，银川的近现代工业并没呈现出一幅轰轰烈烈、激情偾张的卷轴画面，甚至一度被现代工业的灯光绕过，留下一段又一段后农业时期的期盼。然而它从未放弃艰难探索自己的工业之路，尽管这条路走得那么曲折，无论是新中国成立后在西夏区兴建的一批大型工业企业，还是从贺兰山大水沟搬迁出来的“102”，都是这条路上醒目的界碑，书写着银川工业发展的艰辛。

进入新世纪后，在“弯道超车”“跳起来摘葡萄”等思路的引领下，银川的现代工业开始发力，认真而勤奋地完成时代布置的作业，尤其是20年经开区的发展助力，完成了时代给出的答卷，递交了一份可喜的成绩单。

## 1

文章合为时而著！在宁夏的现代文学版图上，无数作家、诗人以这片大地上波澜壮阔的历史为题材，书写了属于各自的文章、诗篇，但因为现代工业发展的乏力与滞后，没能给作家、诗人们提供理想的书写机遇。在宁夏的当代文学史上，工业题材、经济题材不仅没能成为文学创作的主流，甚至可以说是一度在交白卷。这一方面与宁夏的工业基础薄弱、发展缓慢有关，没能给作家提供理想的写作素材与土壤；另一方面则是这类题材和大多数出生于当地农村的作家的生活经验、人文背景相隔较远，也和宁夏在国内发表、获奖的作品多以南部山区的农村生活为主从而引发的获奖带动效应有关，即使偶尔有作家涉及这类题材，也犹如端着大碗喝咖啡，字里行间带着基因般的“土腔”。尤其是高新经济的发展，对走近它的作家有着更高的认识水平与书写能力的要求，这让不少作家望而却步，也在文坛上留下了宁夏文学在工业书写上空白的印象。

将这种书写背景缩小到银川市也同样如此，尽管这座首府城市的发展没离开过工业的滋养，从新中国成立初期的基础工业到现在的高新技术工业，它同样走过了一条工业化之路，却未能产生与之匹应的文学作品，这不能不说是工业和文学的双重遗憾。

2021 年 2 月 26 日，我正在宁夏东南角的隆德县采访，忽然接到电话通知：银川经开区委托银川市文联，想创作一部反映银川经开区 20 年风雨历程的书，文联将这项创作任务又委派给银川市作协。这就是本书创作的缘起。这个选题首先体现出参与其中的作家选准了完成本书的开端。这种开端似乎有种命题作文的意味，但也增加了后期创作的难度。3 月初，参与本书创作的部分作家和文联领导在经开区汇合，集体讨论本书的创作周期和风格，这标志着本书创作的开端。3 月中旬，文联协会部领导和作协工作人员前往宁夏人民出版社，商定图书出版的时间，得到出版社领导的认可。

回头看本书的创作进程，可谓做好了超前规划，紧扣时代脉搏，反映出银川的时代强音，明晰了创作思路与风格，落实、落细了创作规划，突出了以人民为中心的创作导向，落墨于经开区发展的普通人。

## 2

历时一年后，我们能清楚地看到《银色光辉》的创作有这样一段历程：

2021 年 3 月 24 日下午，银川经开区办公室和文联办公室领导再次开会，确定参与创作的人员与初稿、图片、编辑、校审、出版的大致流程。

5 月 8 日下午，全体参与创作人员、出版社编辑前往银川经开区，听取经开区邀请的熟悉经开区建设历史、发展脉络、重要时间节点上的重大事件等方面的经济学者、专家、参与者就经开区20年发展历史作整体性讲述，初步廓清了经开区的发展之路。

5月17日下午，初期参与创作的作家、记者前往经开区，与经开区邀请的有代表性的企业负责人、宣传干部及参与经开区建设的代表见面，听取企业发展历史与企业亮点，以及参与者在基层岗位上的贡献与亮点。

5月19日下午，初期参与创作的作家、记者相聚在银川文学院，讨论本书的编写大纲、目录构成、写作风格、进度方案及每个人的具体分工，列出了具体的写作进度表。

5月20日至6月20日，初期参与创作的作家、记者开始深入经开区进行采访，进行前期创作所需资料的集中搜集。

6月21日至7月30日，初期参与创作的作家、记者开始第二阶段的集中深入采访。

8月1日，鉴于某些创作人员遇到的特殊情况，重新调整创作人员，讨论创作中存在的问题，安排部署创作进度及文风统一等问题，最终确定完成本书的作家为苏炳鹏、杨贵峰、张雯、王文平。

8月20日至8月30日，创作人员交付第一稿，后开始进行修改。

10月10日至20日，交付第二稿。总统稿和出版社编辑、图片编辑召开会议，讨论二稿中出现的问题，安排图片事宜与三稿修改工作。

12月，银川经开区领导根据新的发展形势，提出将经开区出现的新成绩及“一带一路”建设方面取得的新成就写进本书，作家们又重新进入企业开始采访。

2022年1月14日，书稿开始第三次统稿工作；1月18日，经开区邀请的审稿专家反馈了意见；3月18日开始最后一次统稿工作……

以上的数字是枯燥的，但它的后面是作家们历时一年多时间，深入企业采访，完成了一部报告文学作品所要完成的第二步，可谓夏采“三伏”，冬采“三九”。他们通过深入企业、查阅文献、消化史料、采访领导与员工，掌握了报告文学所需的第一手资料，涉及的相关企业达30多个，人员近90人，为今后掌握银川经开区人的奋斗史提供了可信的原始资料，也给参与本次创作的几位作家提供了拓展创作宽度和广度的机会，让他们努力偏离惯常的写作领域，带有某种前置性意义地选择了经济开发区这块土壤，但又跳出了题材决定论视域中的窄界。

## 3

在第一次统稿时，眼前的文字仿佛还带着参与创作的作家们的汗水，不难看出作家们的努力与辛苦。他们以“田野调查”的方式，深潜于经开区20年间流淌的时光之河中，打捞着宏大的历史背景；也如下潜到珊瑚礁中仔细辨认水中的微生物一样，捕捉着那些微尘般的细节；写进书稿中的，既有历史使命下的谋局、招商、服务等大背景中的宏观举措，也有企业发展中的创业、升级、拓展等环节中的细微调整，宏大叙述与微观书写中的时代与个人、理智与情感都得到了巧妙的安置与呈现。参与创作的作家们，可谓用情、用心、用力、用功地书写着镶嵌在银川经济发展史上的“黄金腰带”。

有人问及纳博科夫：“你的小说为什么离现实那么远又晦涩难懂？”这个人得到了这样的答复：“我是作家，不是邮递员。”是的，如果将采访资料直接搬到书中，那么，书中就不存在作家了，我们看到的作者无疑就是一名邮递员而已！参与本书创作的作家在做好选题、做完采访后，通过对历史材料和采访资料的消化，努力构建报告文学作品创作所需要的故事、结构与表达之美，让“报告”与“文学”两种特性都尽可能地体现在作品里。不难看出，在创作过程中，这几位作家既遵循20年间银川经开区发展的真实历史轨迹，也极力遵循报告文学作品创作的审美规律；既体现了文学在其中的审美价值，也体现了这本书在银川文学生成史上的时代价值。至少，在宁夏的当代文学写作史上，它具有对现代工业与新经济开发方面的开拓性，体现了参与其中的作家在这方面的新尝试和新努力。他们并不是简单地叙述经开区的历史表象，也不只是简单地讲一个关于经开区和其中的企业之间的“联姻故事”，而是尽可能地努力发掘每一阶段的历史现场与一种精神体现，让经开区发展历史中的每一个时间点和每一个决策者、招商者、服务者在完成自己使命中的每个故事以及每一个入驻企业真实的行进过程。这无疑扩大了作家们创作的边界，有人类学、社会学、口述史、新闻调查等印记，更有着文学性的体现。

值得注意的是，当传统的报告文学创作遇上“舶来的非虚构”创作时，为几位作家在创作实践中突破传统报告文学手法的边界提供了足够的可能，使现代工业经济这一题材为作家们提供了前所未有的机遇。

这次参与《银色光辉》一书创作的作家中，既有传统意义上的专业作家，也有以普通人身份介入的写作者，尤其是后者笔下的呈现并不能满足读者对本书的文学性要求，但其体现出了写作的大众化作用。他们及时地吸取了当下非虚构写作的一些营养，突破了惯有的新闻叙事与传统报告文学写作能力的束缚，巧妙地处理了题材与审美、传统视野与现代题材之间的关系，让作品凸显了新闻报道和报告文学的区别，在眼力、脚力、脑力的基础上，显示出了他们的笔力，体现出了他们身为银川人对银川经开区的情怀。

## 4

作品初稿形成后，并没有赶时间地交付出版社，而是反复交给专家和当年参与经开区发展的老同志审稿，请他们提出修改意见，留出了出版前的“窖藏沉淀期”。在具体文本呈现上，读者通过《银色光辉》能够看到一部银川经开区的时间简史，还能看到银川市历届政府和经开区历届领导，在推动经开区这艘时代巨轮往前航行时的决策之美；既能看到每个“入区”企业犹如鱼苗入塘般进驻这里，在招商政策、服务态度、营商环境等“鱼料”的喂养下变鲸成鲲的过程，也能看到这些入驻企业的老总与员工踏着经开区送给他们的助跑器和时间赛跑的精神与状态。文笔的切入点是经开区，关注点是企业和经开区的双赢，叙述点则是一个个人物故事，尽可能地满足读者所关注的问题或情感，这势必在打开作家与新时代工业视域勾连的视角时，也尽可能地拓展着他们的文学世界疆场。

从银川的文学创作来看，这是一次新的阅兵，是对银川作家队伍涉猎现代工业经济题材发出的一次号召，是对银川市的报告文学作家、非虚构作家在创作中提升专业性、时代性和文学性的一次新要求，对此本书的几位作家进行了勇敢的试水。他们在面对现代工业经济题材时，努力摆脱传统新闻通讯式的写法，融进了非虚构甚至创意写作的手法，和当下中国的报告文学创作保持了同步，为银川市的报告文学献上了一部具有鲜明时代特色的力作。他们忠实地记录、书写了一部银川历史上的“新经济创业史”，以真诚的文学书写为经开区画像、立传、明德，这既是投身于本书创作的作家们的使命职责，也是贯彻落实习近平总书记《在中国文联十一大、中国作协十大开幕式上的讲话》重要精神的具体举措。

当然，由于各种原因，《银色光辉》一书的作者们对企业的采访明显存在深度不够的问题，缺乏在现实与历史交织中书写经开区发展历史的驾驭能力，缺乏将历史资料消化成文学创作题材的能力，对经开区 20 年间涌现出的典型人物涉及不全，更遑论对他们进行性格化、典型化塑造。在无论大小事中必见人物、把人物形象写活及写出人物精神等方面，尤其是争取凿出一条诗意浩荡之河流淌在全书中，《银色光辉》的作者们仍有着很大的提升空间。

从领受这项创作任务之始，我就伴随着其方案动议、选题策划、章节设计、风格预设、采访联系、修改书稿、编辑出版的全过程，看到了银川经开区领导和银川市文联领导对本书所给予的指导，尤其是经开区办公室的人员在会议召集、资料提供、采访联系、图片提供等方面的付出，在此感谢他们；也深深感谢宁夏人民出版社的领导和责任编辑付出的心血，更是感谢参与本书创作的作家，以及著名作家季栋梁先生在百忙中为本书作序。

唐荣尧

2022 年 6 月